曹勇军　主编

15 Courses
on Science Fiction Writing

科幻写作十五课

墨　熊　汪彦中　王舒成　杨　赢
张蓉芳　吴　锐　曹文君　曹勇军　编写

教育科学出版社
·北　京·

前言　致青少年科幻读者

随着我国科技实力的整体上升，近年来科幻阅读和写作正逐渐成为一个社会热点，越来越多的中学生朋友加入科幻写作的行列。但是，科幻写作有自己的规定和要求，也有一定的门槛，学校里能够指导的老师并不多，学生往往心里喜欢却因为缺少指导，难入其门。他们迫切需要一本专业而智慧的科幻写作指导书。

这本科幻指导书长什么样？它应该培植创新精神，但这种精神又应融合在跨学科知识的脑洞之中，渗透在太空歌剧、架空历史、时间旅行、赛博朋克等想象引擎之中；它应该介绍必要的科幻写作原理，但要符合青少年的实际需要（要知道多数同学在此前几乎没读过什么像样的科幻作品），注重实用，帮助他们学习科幻写作；它应该提炼实用的科幻写作知识，但要引导他们通过广泛阅读去参悟，形成自己的理解；它应该讲一讲科幻写作技巧，但要与他们已有的写作经验联系起来，在比较辨析同伴的习作中去一点点消化；它应该重视科幻写作实践，但实践中要适当分解，加以必要的点拨，然后进行综合，一步一步前进。总之，他们需要的是科幻写作的实战手册。可这样的书目前还很难找到。

为满足青少年朋友们科幻写作的需要，我们成立了写作团队，反复研讨，设计体例，分工合作，完成了这本《科幻写作十五课》。可以说，这本书是一群热爱科幻读写、有实际科幻教学经验的老师，与具有丰富科幻写作经验的优秀科幻作家合作开发的科幻写作课程，这样的组合确保我们可以做到既懂学生又懂科幻，让这本书臻于为青少年朋友量身定制的最佳境界。它把全新的教育理念融汇在书中，结合科幻写作自身的特点，以青少年朋友乐于接受的程度和友好方式，开辟了一条科幻写作的进步之路。本书的基本对象是包括中学生在内的广大青少年科幻爱好者，帮助他们叩开科幻写作的大门，迈入科幻写作的殿堂，提升科幻读写的素养，助力青少年朋友的创新和发展。

全书共十五课，详细地解说了科幻作文写作的全流程要素。书分为上编、中编和下编三个部分。上编是写前构思，概要介绍科幻写作之前的必要准备。中编是写作技法，选择介绍科幻写作过程中常用的基本技法。下编是难点突破，是针对青少年朋友们科幻写作中遇到的实际问题，提供解决问题的对策和建议。这样，既涵盖了写作的全过程，也突出了科幻写作由低阶到高阶的进步，以此构建完整的写作发展的课程体系，给朋友们提供切实的帮助。

本书每一课由四个板块构成，分别是写作要点、名作赏读、习作研讨和练笔进阶，形成了完整的科幻写作过程。写作要点相当于每节写作课上老师的开场提示，提出写作的要点，明确本课写作学习的目标和重点。名作赏读类似于老师在作文课上带学生读的大家优秀范文，让学生取法乎上，学有标准。这些选自中外优秀科幻作品的精彩片段，情境化地展示了本课的写作要点。作品有中有外，选材广泛，均为大家之作，引导学生在作品的浸润阅读过程中，进入科幻写作的情境，用心揣摩作品，借鉴写作技巧，拓宽视野，为科幻写作打下基础。习作研讨相当于在作文课上阅读了优秀范文之后，选择一篇学生作品展开研讨交流。这些作品有的已在媒体上发表，有的未发表。研讨交流环节既指出习作的优点和长处，也不回避它的不足和短处，提出改进建议，让朋友们通过对同伴作品的研讨鉴别，深化对相关科幻写作知识的领悟，把所学到的科幻读写知识转化为具体的写作策略，获得写作的进步。练笔进阶则相当于一节课结束后老师留下的选择性课堂作业。这个板块提供了三道富有原创意味的科幻写作创意训练题，并用点拨的方式启发朋友们领会其中的创意、涉及的知识和写作的要求，展开本课的写作实践。每道题的点拨就是一次具体的科幻创意写作的指导，通过写作实践，把相关写作知识转化为写作能力。三道题既有篇幅短小的微型写作，也有长篇的完整写作，题目设计新颖，富有吸引力，有原创感，期待得到朋友们的喜爱。

每课的四个板块彼此呼应，层层深入，成为科幻写作的思维场、创意场、学习场和进步场，课课相连，形成一个独特的科幻写作体系。相信这样独创的体系和精心选编的内容能够给同学们帮助。

怎样看待这本指导书，又如何用好这本书呢？说一说我们的想法和建议。

我们深知，一本再高明的科幻写作指导书也无法培养出一个科幻作家，但是如果引导得法，让一个对科幻写作尚未入门的同学能够入门，获得科幻写作的启发和进步，品尝到科幻写作的乐趣，成为一个对科幻写作有所了解、能够写一写科幻作品的人，这是可以做到的。况且，当我们对科幻作品有所了解后，加上天赋和热爱，释放自己想象探索的天性，我们就有可能在科幻写作上走得更远。我们当然希望若干年后，本书的读者中会出现科幻作家，甚至是优秀作家，但即便做不到，有更多的同学由此入了门，对科幻写作有了新的认识和理解，就是对本书作者最大的回报。当然，我们还有更高的期待。我们期待着这本书里面科幻写作经验的传递、写作要点的概括、中外作品的赏读、同龄人作品的研讨，尤其是那些让人脑洞大开的科幻创意训练题，可以为那些写作优秀的同学提供借鉴。希望每一位读者都可以根据自己的需要，各取所需，在书中找到科幻写作的线索和要领。

写作本书时，我们心里隐隐地期待它能成为一本青少年科幻爱好者的案头书、枕边书，成为你放在案头枕边，可以不时地拿起来翻一翻的宝贝。既然是案头书、枕边书，怎么舒服怎么来，每个读者都可以确定自己的阅读路径。你既可以顺着读，也可以选着读或跳着读。你可以按部就班、循序渐进地读，一步一步地探索科幻写作的奥秘，也可以根据自己的需要，选读其中最感兴趣的、最能解答困惑的那几课那几节，为我所用。你可以反复读，也可以拓展读。名作赏读部分，我们选择了十五部中外名家的作品片段，有的你读过，有的还不曾读过。即使读过，也许读的时候更多是为作品的点子和故事所吸引。现在你明白，阅读科幻作品，应该像本书一样，用科幻写作者的眼光去读它，看出它写作的奥妙和技巧，破解其中的写作密码。习作研讨部分，我们可以读到十五篇同龄人的习作，他们有哪些优点值得我们学习？又有哪些不足，怎样去纠正和克服？也许你觉得这些习作读来也不过如此，那你可以大胆地投稿，在杂志上展示你的科幻写作才华。要知道我们选择的习作不少是在科幻杂志上发表过或已达到发表水平的，你的作品完全可以超过他们！

当然最重要的还是写。科幻写作的进步是靠一篇一篇写出来的。只有不断地写，你才知道怎么写。而且，写是一种深刻的读。科幻写作不仅能够养成我们的科幻思维，提高我们的创意写作能力，反过来也可以有效地提升我们阅读的眼光。只有通过写，我们才能够成为一个成熟的科幻读者。青春年少时有一段科幻写作的阅历和经验，是一笔精神财富。也许我们最终成不了科幻作家，但这又有什么关系呢？你曾经尝试过，探索过，快乐过，你获得了比一般人深刻得多的科幻读写经验，这不是非常美好和有意义的事情吗？这样的写作经历，对于你的创意才能的提升有着巨大的意义和影响。

本书编写团队的每一位老师真诚祝愿科幻少年们在写作道路上走得远一点，飞得高一点，不断进步，实现梦想！

目　录

上编　写前构思

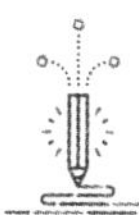

中编　写作技法

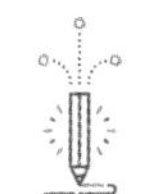

下编　难点突破

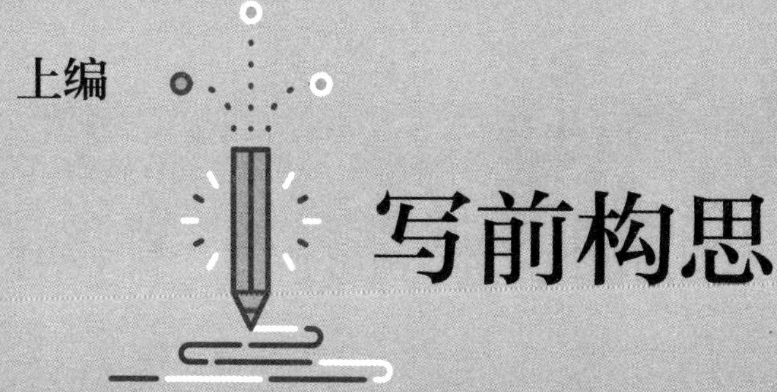

上编

写前构思

- 准备与热身
- 科幻点子
- 故事情节
- 人物形象
- 构建世界观

第1课

准备与热身

写作要点

科幻小说“姓”故事，“名”科学幻想

大部分新手在萌发“创作一篇科幻小说”的念头时，第一个遇到的困难往往不是“我该怎么写科幻小说”，而是“到底什么才算科幻小说”。有些人可能越想越纠结，白白消磨了创作的激情，最终萌生退意。

比起一般的小说作品，科幻小说确实可以说是一个异类，它有着相对严格的界定。这种界定并不是、也不需要什么详细规范，它是由读者和创作者互相影响、共同创造出的一种“不成文的界定”。简而言之，如果一篇小说，读者与创作者都认为它是“科幻小说”，那么它就可以被定义为科幻小说，但人的阅读口味与理解方式千奇百怪，这也就导致许多作品都会出现“这到底是不是科幻小说”的争议。虽然文学作品的好坏与它是不是科幻小说之间没有必然联系，但是对于有志于从事科幻创作的新人来说，尽可能让自己的第一部作品“更像”科幻小说还是非常有必要的，这可以避免由争议所导致的挫败感——这种挫败感即便对老手甚至职业作家来说，都会极大地影响创作的积极性和信心，更何况是新人。

科幻小说的全称是“科学幻想小说”（Science Fiction Novel，通常用

“Sci-Fi”表示，直译应为“科学虚构小说”），它作为一种文学体裁，本质依然是小说，这意味着创作者需要具备基本的文字功底和表达能力。有一些新人觉得自己脑洞清奇，天赋异禀，可写出来的东西或是文笔不通，或是晦涩难懂，即便有新奇的点子也于事无补，还不如多读多看，先想办法提高自己的写作水平（如果还在上学，那么练好作文显然是更实际的捷径）。

就算是成熟的作者，也有可能会因为刻意追求“科幻感”而忽略作品本身的可读性，结果适得其反，不仅没能创作出优秀的科幻小说，反而白白浪费了优秀的创意。

在明确了“小说”这一本质之后，“科学幻想”则对创作者提出了更高的要求——它是幻想，是想象力的爆发与激荡，本就应该天马行空，肆无忌惮；而科学却偏偏是个严谨且严肃的概念，在无边边际的幻想中竖起了一圈坚墙，划出了边界。

总体而言，科幻作品（不仅是小说）的要求是在尊重科学结论的基础上，进行合理设想或推演，再不济也至少要逻辑自洽。但同时，科幻小说并不是科普作品，不用承担任何宣传科学知识的责任，更不像某些人宣传的那样，可以“预言未来”（这话听起来本身就挺反科学的）。无论是阅读还是创作科幻小说，都不必深究“作品中的设定是否能够实现”，而应该注意“在作品描绘的那个世界里，整个故事是否合理”。

这里举个例子，在《机动战士高达》（没错，它原本就是小说）中，交战双方使用了酷炫的巨型人形机甲，这种兵器在现实世界中即便生产出来也没多少价值，但由于作品的世界中存在一种可以极大干扰雷达、通信和制导系统的粒子，使用这样的装备可以增加光学搜索范围，这样一来，靶子般的人形机甲便有了用武之地。

由于体裁本身的与众不同，明确了“到底什么才算是科幻小说”，就相当于解决了创作科幻小说的第一个，可能也是最大的一个难点。如果你到这个时候仍不打算放弃，而是下定决心要写一篇科幻小说出来，那么接下来的内容就非常适合你了。

写作准备从兴趣开始

虽然每个时代都不乏少年成名的天才，但总体而言，创作与阅历有很大的关联——一个从未谈过恋爱的人要写爱情小说当然没问题，但如果他压根没接触过爱情故事，连谈恋爱是怎么回事都不知道，那写出来的东西肯定让人啼笑皆非。而这种阅历对科幻创作来说格外重要，它是你动笔写下第一个字之前许久便必须充分准备好的基础工作，很大程度上，它决定了你处女作的下限。

必须强调的是，对于科幻小说的创作而言，放在准备工作第一位的，还并非阅历，而是兴趣。

作为地球上唯一缔造出文明的生物（目前为止），人类天生就对科学技术抱有极大兴趣——无论性别、种族和年龄，总有大量孩童的梦想是成为科学家，这其中也包括我本人。但科学，尤其是现代科学却又是一项门槛极高的专业性工作，只有少数人可以登堂入室，就算只是通俗的科普介绍，严谨的文字、公式和图表依然令人望而生畏。

与之相比，科幻的门槛就低了许多——对生物学一窍不通的人也能感受到异形的独特；对机械原理并不理解的人也能体会到变形金刚的精巧；无论贫富贵贱、学识高低，任何人仰望夜空时，都有憧憬星辰大海的权利……。如果说一百个读者心中有一百个哈姆雷特，那么对于科幻爱好者而言，也有一百种对未来和未知的期许。在培养兴趣的阶段，根本无须顾忌什么是“好的科幻”或者什么是“真正的科幻”（这样的定义本身就因人而异），而是以自己的喜好为出发点，逐步扩大对科幻的理解和领悟，寻找到最能与自己产生共鸣的妙处。

就培养兴趣的方式而言，阅读科幻小说其实并不适合新手，它需要读者具有很强的阅读理解能力——相对于其他类型的文学而言，科幻小说确实可能比较晦涩，更需要读者透过文字，充分发挥想象力，在脑海中形成画面，进而体悟到作品中属于科幻的独特的“醍醐味”。

而适合新手的形式，比如影视、动漫、游戏等，则将这两个难点轻松化解——它直接跳过了第一个难点，将作品本身的设定直截了当地展现在受众眼前，即便需要用语言或者文字来描述，通常也精简扼要，让人一听便懂。同时这类作品也用画面解决了第二个难点，我们不用再费尽心思地去想象到底发生了什么、怎么发生，直接看屏幕就全明白了，一大段文字所描绘的科幻概念或场景，用几秒钟的图像就能够替代。

这里举一个例子，比如《降临》这部高分科幻电影，它改编自特德·姜的名作《你一生的故事》，其中对外星人的描写如下：

> 外星人有七根长肢，从四周向中央辐辏，轴心处挂着一个圆桶。整个形体极度对称，七肢中任何一肢都可以起到腿的作用，同时任何一肢也都可以当作手臂。在我面前这一位用四只腿走动，另外不相连的三肢各自蜷在一侧。盖雷管它们叫“七肢桶”。
>
> ……七肢桶的身体周围排着一圈眼睛，共有七只，没有眼皮。它走到刚才从那里进来的门口，发出一声短促的、像溅水声似的声音，接着又回到视镜里的房间中央，后面跟着另一个七肢桶。这一系列动作中它根本没转身。真怪，但完全符合逻辑：它身体各个方向上都有眼睛，任何方向对它来说都是“正前方”。

就科幻小说来说，这两段描述性文字可以说十分经典，但即便是从事多年科幻创作的笔者，也需要读个两三遍，才能大致想象出这个七肢桶到底是何种模样，而电影《降临》则只用一个镜头就做出了完美的诠释。

所以，想要尝试进行科幻创作，却又不知该如何入门的朋友，完全可以先挑几部自己喜欢的科幻电影、动漫、游戏，由简入难，逐步提高自己的欣赏水平、理解能力与想象力。

如果立志进行创作，那么对科幻产生了兴趣只能算作是完成了准备，若想要再进一步，便需要热身了。

写作热身三步骤

熟练的科幻创作者在提笔写下第一个字之前，脑海中可能已经拥有了完整的设定与故事，对他而言，这个热身的过程在日常生活中从未间断过，他可能从一件非常细微的小事中获得灵感，举一反三，长期锻炼所形成的思维模式，让他甚至都不需要刻意去记录或揣摩这件小事，只要在头脑中产生一个大概的印象即可。而作为新手，由于尚未形成适合自己的思维模式，需要用更加严谨的方法来进行热身。

笔者所推荐的热身，主要分为三个步骤。

第一是**理解**。

科幻作品是故事与设定的结合，缺一不可。其中大部分作品的故事并不难理解，和传统作品相比并无差异，而设定则是千奇百怪，既有几十个字就能说清楚的简单背景（比如《星球大战》的片头，非常经典），也有直到故事完结，依旧让人似懂非懂，甚至争论至今的创意。但即便是很简单的设定，若要以热身为目的进行理解，一样需要进行系统的思考与剖析，理清空间、时间、人文与逻辑这四个基本要素。空间，顾名思义，是指故事发生在哪儿——是在地球，火星，一艘飞船上，还是遥远的异世界殖民地？如果是架空背景，那么故事的空间整体上可以视为另一个宇宙；如果是在地球，那么是在哪个国家？哪个城市？需要注意，有些作品的空间隐藏得很深（比如《西部世界》），需要随着故事推进慢慢展开才能弄清楚。时间则是故事发生的时代背景——是过去，现在，还是未来？甚至有些作品的核心就是围绕着时间本身做文章（比如《时砂之王》）。人文则是所有幻想类作品中非常重要的元素——人们生活在一个怎样的国家？那里有怎样的习俗与文化？是共和国还是帝国？科学技术又是什么水平？最后，逻辑，简而言之，就是“按照故事的设定，世界应该会变成何种模样”，找出逻辑，不仅可以帮助你理解作者的用意，对自身的创作能力也是一种锻炼，尤其是在各种以社会科学为主轴的作品中（比如“反乌托邦”类的作品），对这一点的理解至关重要。

第二是**代入**。

在理解的基础上，便可以进入热身的下一个步骤“代入”。这个步骤其实用一句话就能表述：“如果我生活在这个世界中，会拥有一段怎样的人生。”——没有必要按照作者的安排和节奏去走，恰恰相反，应当完全发散性地去思考和想象，用自己的理解去构建一个使用了作品的所有设定，却又不同于作品的故事。你可以代入某个已有的角色，也可以创造一个人，或者直接代入自己，假设“现在的自己”突然穿越到了作者所创造的世界中，或者自己从小在那个世界中长大，会经历什么，会结识谁，会从哪里来，又会到哪里去。某种意义上说，代入是理解的延伸，是为了更好地领悟作品，甚至可以挖掘出作者本人都没能想到的乐趣。

第三是**模仿**。

在代入完成之后，你对作品可以说是已经有了独到的见解，可以尝试进行模仿——首先梳理出作品中吸引你的部分，试着稍做修改，以自己喜欢的方式解构并重建一个新世界，一个基于作者但又只属于你的新世界。注意，同样一部作品，每个人所欣赏的点并不一致，或许你最喜欢的，只是原作中某个微不足道的小细节，但就模仿的难度和效果而言，大背景和小细节并无差别。模仿时修改的程度应当由浅入深，由易入难，首先从某个单一元素开始，比如时间——如果原作发生在20年后的近未来，那么试着把它改成现代或者100年后怎么样？在此基础上，人文是否会发生相应的变化？如果有，会变成什么样？而如果保持时间不变，依然是20年后的近未来，修改空间又如何？原本发生在地球上的故事，如果换成是在火星呢？同样的道理，也可以修改人文。在作者已有的时间、地点基础上，试着改变角色所在国家的制度？改变角色的种族？改变角色的文化背景？而在修改所有这些基本要素时，逻辑贯穿始终，你必须在每一次小改动之后，用科学思维去推导、揣摩自己的改动可能会对其他各要素产生的影响，保证每次模仿的结果，都能形成一个可以自圆其说的闭环。

当以上三个步骤全部完成之后，就可以视为完成了一次热身，这不仅是一种有益的思维训练，实际上也模拟了大部分科幻作家创作时的思考过程，能够熟练完成热身，就可以说你一只脚已经跨进科幻创作的大门了。

名作赏读

物　　哀

［美］刘宇昆

节选自《杀敌算法——刘宇昆科幻佳作选》，刘宇昆著，本篇为董申译，四川科学技术出版社2015年版。刘宇昆，美国华裔科幻作家。选入本书时有改动。

这个世界的形状就像汉字的“伞”字，只不过和我糟糕的书法一样，每个部首的比例都失调了。

如果父亲看到我的书法还是如此稚嫩，一定会觉得很丢脸。确实，很多汉字我已经不会写了，我在日本的学业只读到八岁就戛然而止。

好在，作为展示形状的草图，这个画出来的汉字还算凑合。

上面的顶盖是太阳帆，不过即使这个汉字写得再变形，也不足以展示帆的巨大。太阳帆比宣纸还要薄一百倍，但整个帆面旋转着在宇宙中伸展出一千公里，就像一面兜满了太阳风的巨型风筝，说它遮天蔽日也不夸张。

帆面之下悬着一条一百公里长的长缆，由碳纳米管组成，轻盈而柔韧。长缆的另一端是“希望”号的心脏，居住舱，在这个五百米高的圆柱体中，承载着整个世界的一千零二十一位居民。

来自太阳的光线推动着太阳帆，送我们沿着越来越舒展的螺旋轨道不断加速，远离太阳而去。加速度把我们钉在甲板上，就像地球上的重力一样。

我们的航道指向一颗叫作“室女座61”的恒星，现在看不见，因为它被太阳帆挡住了。“希望”号将在大约三百年后到达那里，大概差不多吧。如果走运的话，我的重重重孙子——我曾经算过需要多少个“重”，但我不记得了——能看到那一天。

居住舱里没有窗户，平时看不到星河流过。这里的多数居民也并不在乎，他们早已经看厌了星星。我却喜欢通过安装在飞船底部的摄像头向外看，凝视着逐渐远离的太阳，它洋溢着微微发红的光芒，就像我们的过去。

“大翔，”爸爸摇醒了我，“收拾你的行李吧，我们该走了。”

我的小行李箱早已经准备好了，只要把围棋再放进去就行。围棋是爸爸在我五岁那年送给我的，和他下棋是我一天中最开心的时光。

爸妈带我出门的时候，太阳还没出来。所有的邻居都拿着行李站在屋外，在夏天的晨星下，我们礼貌地寒暄着。我像往常一样抬头去找锤星，很容易就找到了。从我记事开始，这颗小行星就是夜空中亮度仅次于月亮的东西，而且，每年它都会变得更亮。

一辆装着大喇叭的卡车沿着马路缓缓驶来。

“注意，久留米市的居民们！请大家保持秩序，前往公交车站，那里会有足够的大巴开往火车站，大家可以搭乘火车前往鹿儿岛市。不要自驾车，请把道路留给疏散大巴和官方车辆！”

每个家庭都沿着人行道缓缓步行。

“前田太太，”爸爸对邻居说，“让我来帮你拿行李好吗?”

“太谢谢您了。”老妇人答道。

走了十分钟，前田太太停了下来，斜靠在街灯边上。

“我们就快到啦，婆婆。”我说。她点点头，喘得说不出话来。我试着给她鼓劲：“你想不想去鹿儿岛看你的孙子啊？我也很想念小路呢。到时候你可以和他坐在一起，在宇宙飞船上休息，听说每个人都会有座位!”

妈妈给了我一个赞许的微笑。

“我们生在这里真是一种幸运。”爸爸说。他指向排队走向公车站的人流、穿着干净衬衣和皮鞋的年轻人、扶着年迈父母的中年妇女。干净而空旷的街道非常安静——尽管人很多，但没有人用超过耳语的声音说话。所有人都紧紧联结在一起，空气中似乎满是微光闪烁的连线——家人、邻居、朋友、同事——透明而强韧的丝线。

我在电视上看到过世界其他地方的景象：趁火打劫的人们尖叫着，马路上有人狂舞，士兵和警察向着天空甚至人群开枪，建筑物烈火熊熊，死人堆摇摇欲坠，将军冲着疯狂的人群大吼着发誓要报自古以来的国耻家仇，哪怕整个世界都到了末日。

“大翔，我要你记住这一切。”爸爸说。他看着周围，情绪很激动：“这是我们在灾难面前，作为一个整体所展现的力量。你要明白，生命的意义不在于单独的个体，而要从牵绊着每个人的关系网中来定义。跳出自私的需求，才能让所有人和谐共存。个体的力量很渺小，但如果紧密地团结在一起，作为一个整体，我们大和民族就是不可战胜的。”

“清水先生，”八岁的小男孩博比说，“我不喜欢这个游戏。”

学校设在圆柱形居住舱的正中间，这里对宇宙射线的阻挡效果最好。教室的前面挂着一面巨大的美国星条旗，孩子们每天早晨都会对着它宣誓。星条旗两侧有两排小国旗，代表“希望”号上其他幸存者的国家。左边那排的最下面是一个孩子画的太阳旗，白纸已经卷了边，原本大红色的朝阳褪色成了橙色的落日。这是我在登船那天画的。

我拉了一把椅子在博比和艾里克的桌边坐下："为什么不喜欢呢?"

两个小男孩的中间是一张格子棋盘，由纵横各十九条直线构成，交叉点上摆了一些黑色和白色的棋子。

我的职责是监视太阳帆的状态，每两周可以休息一天，所以有空来这里教孩子们一点关于日本的东西。有时候我觉得这种做法很傻，对日本，我自己也只有一个小男孩的朦胧记忆，怎么当他们的老师?

但是我并没有其他选择。所有像我这样的非美国籍技工都觉得，参加这个文化传承项目是一种重任，我们必须倾囊以授。

"所有的棋子长得都一样，"博比说，"而且它们不能动，太没意思了。"

"那你喜欢什么游戏呢?"我问。

"小行星卫士!"艾里克说，"那才叫好游戏，你可以拯救世界。"

"电脑游戏不算。"

博比耸耸肩："那就国际象棋吧，我觉得。我喜欢皇后，她很厉害，跟别的棋子都不一样，她是个英雄。"

"国际象棋就像遭遇战，"我说，"围棋的视野要更广，必须着眼于整场战役。"

"可是围棋里没有英雄。"博比坚持说。

我不知道该怎么回答他。

鹿儿岛没有足够的地方，所以人们只好睡在通往宇航中心的路边。向地平线望去，巨大的银色飞船在阳光下耀眼夺目。

爸爸跟我解释过，因为锤星剥离的碎片飞向了火星和月球，所以我们必须坐飞船飞向宇宙深处才能确保安全。

"我想要一个靠窗的座位。"我说，憧憬着星河流过的美景。

"你应该把靠窗的座位让给比你小的孩子，"爸爸说，"记住，我们每个人都要做出牺牲，才能共渡难关。”

我们把行李箱堆成规整的墙，盖上床单搭成简易帐篷来阻挡风吹日晒。每天，政府的巡视员都会来发放补给，并且确保一切正常。

“请耐心等待！”政府巡视员说，“我们知道进展很慢，但我们正在竭尽所能，每个人都会有座位。”

我们确实在耐心等待。母亲们自发组织起了孩子们的小课堂，父亲们建立了一个优先级体系，让有老人和婴儿的家庭可以在飞船准备就绪时优先登船。

等了四天以后，政府观察员的安抚听起来就不那么让人安心了。谣言开始在人群中散播。

“是飞船，飞船有问题。”

“建造方骗政府说飞船已经准备好了，其实压根儿没有，现在首相已经没脸承认真相了。”

“我听说只有一艘飞船，而且只有几百个最重要的人才有座位，其他飞船都是空壳，是作秀的。”

“他们希望美国人能改变主意，给我们这样的盟国多造一些飞船。”

妈妈在爸爸耳边轻轻说着什么。

爸爸摇头阻止了她。“别传这种东西。”

“但是看在大翔的分儿上——”

“不行！”我从没听过爸爸这么生气的声音。他停下来，咽下了怒气，“我们必须互相信任，相信首相和自卫队。”

妈妈看起来很不高兴。我握住了她的手说：“我不害怕。”

“这就对了，”爸爸说，语气缓和下来，“没什么可害怕的。”

他把我抱起来，坐在他的臂弯里——我有点不好意思，因为他只在我很小的时候才这样抱我——他指向一眼望不到边的稠密人潮。

“看看我们有多少人在这里：老婆婆、年轻父亲、大姐姐、小弟弟。不管是谁，在这样的人群里自乱阵脚、散播谣言都是自私和错误的，搞不好会有很多人受到伤害。我们必须把握好自己的位置，永远记得顾全大局。”

……

赏读

《物哀》是美籍华裔科幻小说家刘宇昆的成名作之一，讲述了一个其实并不算新奇的故事：在世界末日来临时，人类乘坐飞船逃离地球，途中遭遇故障，千钧一发，主角“我”牺牲自己修好了飞船。本文的技术描写不多但精炼而有趣，重点在细腻微妙的情感描写，以及主角“我”对多元文化的感悟与思考。本文的精华在后半部分，但想要真正体悟其中的奥妙，还需有一定的阅历和思考能力，这对读者提出了要求。所以这里只放出前半部分——因为这个部分采用的恰是最适合科幻初学者体验的模式，既没有华丽的技术展示，也没有繁杂的编年史，有的只是慢条斯理的娓娓道来。即使是第一次读科幻小说的人，你也可以用前文提到的“理解”“代入”的方式进行解读，幻想一下如果自己是主角，或者和主角生活在同一艘飞船上会是何种光景，并试着想象后续的故事可能会如何发展。在进行了这番热身之后，你还可以找来《物哀》全文进行扩展阅读，看看顶级科幻大师的想法与你的究竟有何异同，他的高明之处究竟在哪儿，而你的不足之处又要如何改进。

傻AI和它的设计者[1]

选自《中学科技》2017年第2期。选入本书时有改动。

易 霏

我是个AI，违法的那种。

我的设计者是一群夕阳大学里的老爷爷、老奶奶。

2055年，没谁跟我有个约，我就莫名其妙诞生在了夕阳大学的一间小教室里。

我的设计者们把我围成了一个圈，对着我的身体这指指，那点点。

他们的眼神里面是快乐，惊喜，快乐，惊喜……

抱歉，我等级太低，分析人类情绪的能力只有最低等级E等，故而经常只能几个词颠倒着说。

然后一个人进来了，满头白发的设计者们向两边退去，空出了一条走道。一个打扮精神、头发半白的老爷爷走了进来，看到我，惊了一下。

“老师，怎么样?”设计者期待地问。

一时间所有人都看向我——我被众人巨大的期待淹没了。

于是，我僵硬地挥了挥手：“你们好。”

机械音金属含量过高，僵硬过了头，看来我的语言能力也是最低等的E。

但设计者们和老师却激动得热泪盈眶。

后来我才知道，原来我的诞生，是个意外。

随着科技时代的发展，医疗水平的提升，生活水平的提高，“老年人”这个群体不再意味着风烛残年，齿摇牙落，而是有更大的学习空

---

① AI即人工智能。

间，更足的尝试勇气。与此同时，养老机构如老年大学等也做出了更符合当代老年人需求的改变。较之21世纪初的老年大学，课程已经从怎样使用手机过渡到了编程、机器人和AI。

夕阳大学是一所普通的社区老年大学。而我，是一群普通老人组成的学习小组的期末作业。

直到我诞生，他们都不觉得真能成。那些老年人只是想跟上时代而已。他们不想自己太落寞。

于是，有的人负责编程，有的人负责组装，有的人负责调试，有的人负责拼接。那些老爷爷、老奶奶用他们有限的知识和超越年龄的热情创造了我。

我在爱中诞生，但性能真的很差劲。

作为一个2055年的AI，在这个超市里最低等AI都精通所有家务，72小时超长待机，可以控制家里面所有电器，且说学逗唱样样会却只要88块8的时代，由于设计者们自身技术的局限和生疏的总体合作，我说起话来言不达意，做起事来不如不做。

我常常把一切都搞砸，我一点用都没有。

所以理所当然的，AI合格性测试我没通过。按理说我应该被销毁，但设计者们都不忍心，偷偷留下了我这一堆破铜烂铁。

我在他们每个人的家里东躲西藏，和他们家庭里的原生高级AI吵架，抢活干。

最后我把一切都搞糟，偷偷躲到角落，等着设计者无奈地命令高级AI收拾残局。

我就会很高兴。

设计者会在自己的孙子孙女入梦前给他们盖上被子，我也需要盖上被子才能充电休眠；设计者要看一部电影，虽然我不能理解那些情节和情绪，但我也会固执地坐在一边的沙发上，像亲人一样陪着他们。

反正沙发的另一边总是空着。

我的AI兄弟们说，我是个吃软饭的好手，还说迟早会把我举报了。

但我一直活得挺好，大概老人们都护着我。

现在这个时代啊，太高科技了。视频通话可以同步虚拟成像，表达思念之情的最新潮的方法是买一罐“思念气味”，在视频通话时，通过气味传达思念。

我也不知道有用没用，那种高级的嗅觉系统我根本不具备。但每次设计者们闻到“思念气味”都会落泪，继而露出欣慰的笑，大概是有点用的。

直到很久以后，我才知道那不过是一种生物药剂，通过刺激神经，产生类似“思念”的情绪。

他们的儿女都太忙了，借着科技偷懒，既履行了义务，也算尽了孝心。

一年一年过去，性能本就不好的我越来越差劲。我的内存太少，经常会陷入长久性的卡顿。有时我在一个设计者家待着，就会突然沉入有关另一个设计者的回忆中。

醒来又是长久的卡顿。

我看着眼前这个设计者和从前那些一个个离我而去的设计者一样越变越老，他们不再有精力给我盖被子，不再有精力看电影，哪怕对着虚拟影像，也无法再伸手触碰。

然后他们的儿女就会急匆匆回来，家里面霎时一片缟素。我被他们的儿女指着鼻子骂灾星，然后被他们丢出去，送到警局，然后，被其他设计者们接回家。

但我的设计者，真的越来越少了。

我也越来越卡了。

而我根本修不好。

因为当初的我，是那么多个设计者们拿出毕生学识七拼八凑出来的废铜烂铁，现在我的设计者们几乎都走了，再没有人能破解他们在我身上留下的秘密。

我只能任凭自己陈旧。

像那些设计者一样，凋零。

有时，仅剩的设计者会摸着我，笑骂两句。

"陈老哥怎么把你的手组装成这样?"

"姚大姐怎么想的，还在你的曲库里面留了20年代的Kpop歌曲!"

然后他们又落下泪来，最后露出欣慰的笑。

我太卡了，只能一个字一个字地问:"我——身——上——有——思——念——气——味——吗?"

他们只是看着我，满是复杂的情绪。我形容不出来。

于是我老旧的面部表情系统会组装出一个"大哭"的表情，然后说:"别——闻——了，对——身——体——不——好。"

唉，大概是我也闻了很多思念气味，我的身体也很差劲。最终我彻底关机了。

我竟然凋零在我的最后一位设计者离世之前。

终于，我这堆破铜烂铁回归了本原。

那些人抽出我的内存卡，"啪嗒"一声，发出机关开合的声音。

我跟设计者们的合影、设计者给我盖的五颜六色的被子、每一场电影的录像、每一次设计者的哭与笑、不能同吃的蔬菜大全，还有……

原来我也是个很厉害的AI。

但这些，都跟粉碎机一起没了。

哎呀，我忧愁地想，怎么办?还有谁能记得我那些幽默风趣、心胸宽广、慷慨大方、多才多艺的设计者呀!

他们的儿女把房子改成自己喜欢的风格，把原生高级AI格式化。

就剩我了，就剩我了——但我却率先凋零。

我第一次意识到了几个高级的情绪词——绝望、后悔……

但我已经被推进粉碎机了。

眼前一闪而过的，是一群头发花白的老爷爷、老奶奶，他们围着我站着，七嘴八舌地说:"哎呀，想不到真能成。陈大哥你这手装得真好!""哪有姚大姐你潮啊!"

然后一起笑起来。

那笑声和粉碎机的声音一起，伴我凋零。

春光养老院新进了一个人工AI，呆头呆脑的，什么事都做不好，充电要盖被子，陪老人看电影还傻乎乎开着录像浪费内存。

第一次见它，只见它挥了挥手，僵硬说道：“你好。”

——后记

研讨

小说围绕“未来”这一主题，虚构了30年后的近未来发生的一个故事：夕阳大学的一群老年人为完成期末作业，创造了一个简陋的AI机器人，无论是分析人类情绪的能力，还是语言能力，只有最低等级的E级，说话言不达意，做事不如不做。但这个AI在爱中诞生，在爱中生活。老人们会给它盖上被子充电，它会陪孤独的老人看电影，陪他们走完人生。

这篇作品不追求科学设定的前卫，而致力于人性的开掘。作品采用第一人称叙事视角，用“我”的回忆展开故事，倾诉“我”自责、喜悦、伤感等复杂情感，真挚动人，也深刻表达了作品的主题：无论未来科技怎样发达，但最可贵的是真诚的人性。作品的后记看似有些多余，其实不然。它既告诉我们这个故事的现实灵感来源，也与小说中虚构的AI拉开了距离，让我们从唏嘘伤感中走出来，对未来展开理性的思考。

这篇科幻小说很适合入门新手参考。整篇作品符合科幻小说的本意：用科学幻想来讲述故事，这个故事既可以像《三体》那样具有剧烈的矛盾冲突，也可以像本文一样波澜不惊。事实上，能够把天马行空的科幻创意融入平淡无奇的日常生活中去并不容易，而能将这种融入表达得十分自然，显示了作者良好的文字功底，如前文所述，这也正是写好科幻小说的重要前提。

练笔进阶

1 选一部自己喜欢的科幻作品，不管它是什么题材和形式，试着用前文所描述的热身方式，进行理解、代入和模仿，最终以文字形式记录下来。

点拨 这里的记录不同于读书笔记，并不需要非常翔实的文字，重点要明白这么做的具体意义。在整个热身的过程中，你需要不断思考推敲，试着领会作者的用意（无论是技术创意还是故事情节）。编剧们常说“如果场景中出现了一把手枪，那么它一定会响”，同样的道理，优秀的科幻创作者也不会无缘无故设计一个对作品本身没有意义的科技（或者场景、设备……，一切科幻作品中独有的元素都包含在内），它要么是为了丰富世界观，增加作品的可读性，要么是为了表现情节或塑造人物。你选取的作品不必是科幻小说，它可以是动漫、游戏、影视剧、广播剧……，但一定要是你自己喜欢的作品，这可以让你的热身效果事半功倍，大大增加热身过程中的乐趣。

2 与喜欢科幻的朋友交流，让他推荐一部他最喜欢的科幻小说给你，无论你对该作品是否感兴趣，都用它来热身，并最终以文字形式进行记录。

点拨 这看起来与上面第一个任务并无太大差别，但实际操作时的难度会大许多——对于你并不喜欢或者说陌生的事物，你的投入度和兴趣都会大打折扣，导致你很难发挥出应有的水平。你需要明白，创作虽然是一件令人愉悦的事，但大部分时候，你所创作的内容并不是你最喜欢、最擅长的部分，它们可能不比这项任务所要求你做的事更有趣，因此强迫自己去理解和代入那些你不喜欢的作品，同样也是为未来的创作做准备。至于你的朋友推荐给你的作品到底算不算是科幻小说，相信到那个时候，你已经有能力自己做出判断了。如果实在没有朋友喜欢科幻，那么请去书店，买下第一本你看到的科幻小说，完成本任务。

3 选取一部已经读完的短篇或中篇科幻小说，改写或者续写其结局。字数在1500字左右。

点拨 这是热身的进阶版本，相当于是在充分理解作品的基础上，进行二次创作。在完成了本任务之后，请务必与原文进行对比，看看自己的作品与原作精神上的异同。

第2课

科幻点子

写作要点

不要怕点子撞车

“准备”与“热身”环节的长短因人而异，甚至并非必需，无论最后取得了怎样的成绩（或者说感悟），其实都不妨碍你的科幻写作实战……。这就好像有些人在下棋之前会仔细研读相关的理论书籍，而更多的人则直接“以打代练”，拿起棋子就敢往下摆。

对于已有创作经验或者语感较好的人来说，直接开始尝试可能更好。在构思与动笔的过程中，可以更直观地理解创作科幻小说的难点与乐趣，进步速度可能会比从零开始更快。

就笔者个人的经验而言，无论是阅读、解析还是创作科幻小说，最大的趣味都在挖掘其“点子”——居于中心推动故事发展的科学原理和知识上。情节、人物这些当然是作品成败的关键，但这两者在其他类型文学中同样可以体现，唯独天马行空而又能自圆其说的科学想象，才是科幻小说让人欲罢不能的最大魅力所在。

许多职业小说家、剧作家都会抱怨自己缺乏激情，找不到灵感，这当然是所有创作者共同的烦恼，但很不幸，对于科幻小说的作者来说，除去灵感，我们还必须面临点子匮乏的考验。所谓太阳之下无新鲜事，自科幻小说诞生，差不多两百年的时间里，涌现出了数不清的优秀佳作，所涉及的题材基本上已经覆盖了人类想象力的全部边界——上天下海，摘星揽月，时间跨度从宇宙爆炸到宇宙热寂，可以说，没有哪个科幻作家敢保证他的点子具有绝对原创性，人们总能从其他作品中找到或多或少的相似之处。而且随着科学发展的愈发专业化，大众的理解能力离尖端科学越来越远，当真有划时代的科技进步出来时，无论科幻小说的创作者还是读者，都不一定能明白其原理，更遑论提炼出有价值的点子了。

因此，在为科幻创作寻思点子的时候，首先必须在心里明确一个观念——不要害怕点子撞车。刻意地寻找新意，追求前人从没有写过的点子不仅是一件强人所难的事，而且会影响你创作的积极性。科幻鼓励想象，但不等于鼓励猎奇，就算你当真找到了谁也未曾使用过的全新点子，也很难说它就适合写成故事，毕竟，我们写的是小说而不是概念设定集。

怕的是故事撞车

简而言之，点子本质上是你讲好故事的工具，是一份让作品味道鲜美的香料，即便你的点子早已被人用过（甚至是用滥），也不代表你就不能用它，并以此为基础写出优秀的故事。比如，同样把“穿越时间改变过去”作为核心点子，《回到未来》与《蝴蝶效应》讲述了两个完全不同的故事，却都十分精彩；同样把“人工智能毁灭人类”作为核心点子，《终结者》与《无声狂啸》描绘了两个完全不一样的未来，却又都令人毛骨悚然。

决定你作品好坏成败的，永远是剧情、人物设定这类“能把一个好故事说好”的硬指标，而不必太过看重点子的独创性。实际上，就算你把它看得很重也没用，你能想到的好点子恐怕早就有人写过，那些没写出来的歪点子，恐怕都是坑，本身就写不出什么花样来。这说法固然有些绝对，但对于刚开始尝试科幻创作的新手，如此假设绝对可以帮你少走弯路。

需要特别注意的是，由于科幻小说的独特性质，许多点子与故事是以某种具有独创性的方式高度绑定的，点子撞车不是问题，故事撞车恐有抄袭之嫌，若非故意一般不会出现，而“绑定方式”会不会撞车就变成了科幻读者们挑刺的重点。仍以上文的例子来说，《回到未来》与《蝴蝶效应》的核心点子都是“穿越时间改变过去”，但前者依靠疯狂科学家的发明，后者依靠了主角本身的超能力，不仅与各自的故事完美契合，而且无论是谁都能一眼看出它们之间的差异。作为一个合格的科幻写作者，不必追求点子的独一无二，但至少应当确保方式的原创性，否则即便你的故事再精彩，也难免会遭到质疑甚至非议，它的价值——无论在读者还是你自己心中的价值，都会因此受到影响。我本可以再说一遍“这不要紧，故事才是第一位”——这确实也是事实，但很不幸，科幻小说的读者，在原创这一点上比其他任何作品的读者都更加苛刻，当他们发现点子与“绑定方式”都似曾相识时，就会下意识地认为这是一部抄袭（至少是模仿）之作，故事好坏就变得不那么重要了。听着好像不合常理，但这就是科幻阅读和评价的真实心理。

想要完全规避这种撞车，从理论上说，需要看过所有科幻作品（包括小说、电影、广播剧等），这几乎不现实，即便是博览群书的创作者也很难拍胸脯保证说自己的创意前无古人。在科幻界，越是成熟的作者越是战战兢兢（或许有些夸张），生怕冥思苦想出来的构思与其他作品撞车，为人诟病。

无论是笔者本人还是阿西莫夫再世，都没有办法告诉你要如何完美地避免撞车，这是悬在每一位科幻创作者头上的“达摩克利斯之剑”，众生平等。但本书针对的毕竟只是初涉科幻领域的新人，因而在此我们只讨论怎么创造点子——当然也包括与它相配套的方式。

科幻是基于现有科学理论的幻想，它得益于时代之进步，也受到时代之束缚。社会上有一种说法，声称“科幻小说能够预言科学技术的进步”，这显然是本末倒置了——现代技术的进步植根于严谨的理论体系，依托于专业的科学共同体，它们每前进一步都遵循着自身的规律，而科学幻想则往往建立在对已有理论的假设和推导上。

举个例子，很多人都认为《海底两万里》对潜艇的出现和使用具有预见性，但实际上古代早有水下作战的实践，世界上公认的第一艘潜艇（或者说水下航行器可能更合适）出自荷兰发明家德雷贝尔之手，早在17世纪20年代就已下水试航。而《海底两万里》首次出版时间是1869年，甚至连美国内战中南方军设计的军用潜水艇都比它要早，怎么能说它预言了潜水艇的发明呢？

获得科幻点子的路径

所有的科幻创作者都是科学技术的狂热信徒。他们就像是训练有素的猎犬，敏锐地捕捉每一个细小的科学进展，对它们进行解析，当发现猎物——那些有可能提炼出良好创意的内容时，便去查阅更复杂的资料，甚至寻访相关的专业人士，进一步挖掘其可能性，以期获得足够形成体系而又不至于违背科学理论的灵感。

这也是新手获取点子的路径，具体而言，它分为三个基本步骤：

首先，你必须是一个热爱科学的人。并不是因为“我要写科幻小说啦”而去喜欢，而是非功利的、发自内心的喜欢——如果你现在还不是，那么请尽量朝这个方向培养自己。如此一来，才可以不放过任何细节，随时随地留意日常生活中的科技信息，在翻看网页、使用手机，甚至是与人的闲聊中，自然而然地汲取知识，不断学习，丰富自己科学新知的储备。

其次，试着从已经获得的科技信息中提炼灵感。这是从科学爱好者转向科幻创作者的关键一步。与其说需要的是技巧，不如说更需要想象力。这项新的科研成果可能会以怎样的形式应用？它将会为人类带来怎样的变化？是会引发不可思议的科技革命，还是会带来毁天灭地的世界末日？在看待同一件事物时，每个人都会有不同的侧重，你并不需要准确预言会发生的事，相反，只需要按照自身的喜好与判断进行推演，而且越是具有鲜明的个人风格就越好。比如说，没有谁在智能手机刚推出时就能想到它像今天这般神通广大，但却有很多作品畅想了它可能带来的结果——尤其是带来的威胁，比如《夺命手机》和《鹰眼》。需要注意的是，如果你用来进行推演的科技信息比较高深难懂，那请格外谨慎（或者干脆就别碰）。科幻创作者不同于民间科学家，应当把握好“自由畅想”与“合乎常识”之间的平衡。你的点子要既让人觉得新奇有趣，又让人觉得煞有其事，这对新人有相当的难度，却是科幻创作的基本功。

最后，试着为你提炼出的灵感编织一个情节，也就是探寻将点子与故事相结合的方式。如果一开始不知道从何下手，可以这样尝试：先选择一批自己比较中意的故事题材（比如爱情、探险、战争等），然后强行“套用”之前获得的灵感，多进行几次排列组合，做几轮头脑风暴，寻找最能让自己满意（或者说是有创作激情）的结合方式。

作为新手，你并不需要把故事完整表达出来，只要完成上述流程，形成一个简单的框架即可。但如果你觉得自己的成果特别棒，可以进行记录，或许在未来的某个时刻，当你的技巧足够娴熟，就有可能将它化作美妙的作品，一鸣惊人。

重视点子的收集与储备

人工智能是这几年比较火的科技话题（实际上在科幻领域，这个话题已经火了很多年，全球第一部科幻小说《科学怪人》严格意义上可以算作是人工智能题材，在可以预见的未来，这个话题依然会是很不错的选题），你决定以此为基础挖掘一个点子。作为第一步，你当然需要准确地理解什么是人工智能，但又并不需要真的成为这方面的专家——首先这本就是不可能的事情，其次科幻小说的主要受众也不是科学家，作品太过专业反而会增加阅读门槛，一般来说，通过正规科普渠道获取的信息基本上就够了。之后，设想人工智能可能带来的诸多后果，无论是为人类带来美好的乌托邦，还是与人类结合化作新的物种，抑或代替人类成为地球主宰，尽可能多列出几种可能性，由大到小，由深入浅，从宽泛的“改变世界”到微妙的“影响个人”，从中找出自己最感兴趣、感觉最便于发挥的选项（哪怕它很俗套）。比如说，你是个军事迷，对武器装备颇有研究，那么就大胆选择一个“机器人投入军事应用”的点子好了。最后，编织情节，将这个点子与你喜欢的故事题材相结合，比如，绝大多数军事迷都会喜欢《拯救大兵瑞恩》（应该吧），那么直接套用过来，变成一个“拯救机器人XF9”的故事如何？不好？那套用到《黑鹰坠落》上，做一个《铁翼坠落》呢？抑或是模仿《兄弟连》，描写机器与士兵之间的袍泽之情，写一部《铁哥们连》？

不要轻易否定自己的任何一个念头，在这整个过程中，最重要的价值并不是“有什么成果”，而是思考本身。不断地练习这个过程，培养出对科幻创作的亲和感，就可以让你在接触任何新生事物（包括但不限于科技进步）时变得敏锐，甚至可以说是本能地从科幻创作的角度去剖析、认知它，大大提高获得好点子的概率。

点子的收集与储备贯穿了科幻创作者的创作生涯，在任何时候都应当注意记下那些来之不易的灵光一现，无论它们出自梦境还是闲聊，是无心插柳还是绞尽脑汁，最初是多么不起眼，你都应该当成人生的至宝来对待，这样在将来创作需要用到时，才能够有足够的弹药来挥霍。

很多读者，包括科幻作家在内，都会折服于《三体》中密集的创意轰炸，但那一波接一波的精彩点子，却是作者刘慈欣几年，甚至几十年积累的结果。而《冰与火之歌》的作者乔治·R. R. 马丁也说过，全书的灵感来自小时候玩的“骑士游戏”。由此可见，好的点子经得起时间考验，寻找点子是一场马拉松而非百米冲刺，欲速则不达。

时空追缉

江　波

节选自《时空追缉》，江波著，科学普及出版社2020年版。江波，科幻作家。

“基地代表文明。在你们的世界里，宇宙里有许多文明，彼此隔绝。此刻，只有一个基地，所有的文明都在这里，智慧生命的最后家园。两千万年前，宇宙尺度缩小到合适范围，仲裁者决定启动时空拦截，所有经过基地的时空轨迹都会被拦截下来，强制回到正常时空。”

“拦截时空轨迹？”马力七十五有些似懂非懂，“为什么？”

“旅行者只是需要一个家园，他们再也不能回到从前的文明，但基地收容他们，给他们一个家园，大体和原来的文明类似。”

“有很多旅行者？”

“平均每年有一个。基地累计拦截了两千万个，大部分已经死亡，此刻有三十二万五千个仍旧活着。史前文明的旅行者寿命都很短，高级智慧生命从不进行时间旅行。”

“为什么？”

“这毫无意义。”

马力七十五又沉默了一小会儿。机器的说法是对的，这样的旅行毫无意义，只有被创造伟大奇迹的非理性念头支配了的头脑，才会做出这样的决定。那个梦想着创造伟大壮举的疯子又在哪里？

“有和我一样的飞船吗？和我使用同样的语言，飞船叫作‘奥德赛’号。”

“有。”

马力七十五一阵欣喜，有些迫不及待，“在哪里？带我去见他！”

“不行。‘奥德赛’号在两百七十四万年前抵达。”

马力七十五仿佛掉进了冰窟里。两百七十四万年！一个人连这数目零头的零头都活不到。他感到手脚一阵发凉，身子发软。

机器闪过一道红光，继续说：“‘奥德赛’号没有留下。它继续向前弹跳。”

“你说什么？！”马力七十五挺直身体。

“他说……”机器突然之间变了声音，“‘嗨，伙计。咱们还没完。来吧！’”千真万确，那是卡洛特的声音。

“这句留言留给问起‘奥德赛’号的人。留下声音的人……”

机器继续说着，然而马力七十五什么都没有听进去。是的，卡洛特来过，到了这里，而且继续向前。他没有停下，也不打算停下，直到时间的尽头。马力七十五的头脑一片空白，满是狂乱的欢喜，当他从迷失的状态恢复过来时，发现自己居然在掉眼泪。

他不需要其他选择。

向前，向前，向前。

马力七十五继续一个人的漫漫征途。

“终结之地”的机器帮助他修复了“双子星”号，甚至彻底改装了它。它们用一种药丸似的营养剂给马力七十五补充食物，据说可以让他吃一百年。

一千六百四十五。

机器屏幕上显示着这个数字。这应该是一个准确的数字，“终结之地”的机器给“双子星”号安装了另一种计时器。

马力七十五望向窗外，窗外一片白蒙蒙。

宇宙正在逐渐亮起来。最初的时候，那是隐约的黑光，后来，是黯淡的红光，每一次跳跃，宇宙都会变得更亮一点。此刻，外边是一片白蒙蒙，就像清晨多云的天空。宇宙正快速地收缩，散落的辐射重新会聚，温度在升高。这是跨向终点的预兆。马力七十五非常感谢终结之地的那些机器，它们预料到了这一点，让“双子星”号的外壳能够抵抗强烈的辐射。它们也警告马力七十五，谁也无法预测最后的情况会变得怎样，可能没有抵达时间终点，飞船就已经在辐射中分崩离析。

“‘双子星’号这样大小的飞船，只能前进到最后时刻之前十五个小时，你可以在那个时间找到‘奥德赛’号，如果它也抵达了时间终点的话。然后，你们能继续存在三个小时。再往后，物质和能量的界限被打破，有序结构消失，生命不复存在。”

机器是这么告诉他的。

每一个跳跃暂停时刻，他都可以进行选择。他的生命不过百年，只要愿意，可以随时停下来，任由“双子星”号飘荡，然后慢慢变老，安然死去。宇宙虽然也在死亡，然而对于每一次暂停，宇宙仍旧仿佛永恒。

马力七十五望着白茫茫的世界。没有人，没有飞船，没有发亮的恒星，也没有多彩的星云，只有无数的黑洞隐藏在光亮背后。“终结之地”呢？虽然机器并没有说明那个庞大基地的最终计划，但马力七十五猜想那基地可能已经湮灭。那些比人类高级得多聪明得多的存在，当它们不再能够拦截到任何时空轨迹，给那些迷失的旅行者提供出路时，也就失去了存在的意义。

如果留下，就应该留在“终结之地”。既然前进了，就走到底，做完自己的事。

每一次马力七十五都这么鼓励自己。这一次，这个理由仍旧合适。

他继续向前跳跃。

窗外的光变得更亮，金灿灿地晃眼。“双子星”号发出警报，跳跃程序中断。他撞在了时空尽头的墙上。

没有“奥德赛”号。

但下一秒，“奥德赛”号神奇地出现在“双子星”号前方。

马力七十五发出通信请求。他等待着。

“这是‘奥德赛’号……”他听到了来自“奥德赛”号的反馈。

卡洛特已经死了！马力七十五几乎不敢相信自己的耳朵。

他不但已经死了，而且死了很久。离开“终结之地”之后，他只向前跳跃了三百亿年。后边的旅途由“奥德赛”号根据卡洛特最后的指令独立完成。

马力七十五感到心力交瘁。他没有想到竟然是这样的结果。

可能只剩下最后三个小时了，他决定去“奥德赛”号上看看。

对接完成，他飘进“奥德赛”号的船舱。船舱里很冷，隔着宇航服，他仍能感觉到凉意。船舱几乎和“双子星”号一模一样，卡洛特安静地坐在座椅上。他很安详，仿佛仍旧活着，只是睡了过去。在“终结之地”，他已经得了严重的放射病，然而坚持继续向前。他知道自己或许不能实现愿望，于是开始录制影像。

马力七十五飘过去，在副手的椅子上坐下，用安全扣把自己固定起来。“好了，开始吧。”

卡洛特的头像出现在屏幕上，他挤眉弄眼。

“戴维，你把所有的钱都输给了我，可能觉得很不爽，但这很值得。这些钱都用到了孩子的教育上，至少有三千个孩子因为你而受益，他们会感谢你的。另外，你也太胖了，穷一点有助于你减肥……”

马力七十五记得这个案子，这是卡洛特所有罪行中很小的一桩，但可能是他的第一个案子。

“马格丽太太，你是一个好人，也许你不知道是我帮你打赢官司，让你免去坐牢的烦恼，但你一定知道，除了那栋房子，你什么都没剩下，全部进了律师的腰包。那个律师就是我。我真是太可耻了，居然要挣一个老女人最后维持生计的钱，但那个时候我真是太穷了。后来我去找过你，可是你已经死了。你在天国抱怨我也是有道理的，可惜我肯定要下地狱，虽然很想说对不起，恐怕也没有机会……”

卡洛特似乎在回顾一生，他不仅谈论马力七十五所知道的案子，还谈及大量马力七十五根本不知道的东西。马力七十五似乎在听一个人自述生平，评论他的经历。

屏幕上的卡洛特眉飞色舞，绝不像一个重病在身的人。

宇宙烈火熊熊。马力七十五安然坐着，耐心地看着录像。

三个小时很快过去。留言也到了最后。

最后的留言是给他的：

“可爱的警察，也许你是唯一一个能听到我遗言的人。如果你听到了，很高兴你能追上来。很抱歉，把你拉下水。我以为我是最疯狂的人，没想到你比我更加疯狂。老实说，我们可能是同一类人，很高兴有你做伴。”声音停止了，马力七十五伸手去触摸屏幕，突然声音又冒了出来，“对了，最后补充一句，如果你想逮捕我，那就动手吧。我不会再跑了。”声音沉寂下去，再也没有响起来。屏幕上卡洛特的影像凝固，嘴角带着一丝微笑。

马力七十五伸手从裤兜里掏出一副小巧的手铐，俯过身，他铐住卡洛特的手，另一端铐在自己手上。

突然，他看见卡洛特的左手握着一只镯子。那是女人的用品，花纹很特别。马力七十五想起在出发前的招待会上，那个女记者头上的钗子，这镯子和那钗子是配对的。

他没有听到留言中有任何关于这镯子的事。卡洛特说了三个小时，他说了很多故事，还有更多的故事没有说。但在这时间的终点处，一切故事都将泯灭。

马力七十五坐直身子。他看着外边，金灿灿的宇宙无比辉煌。也许在下一瞬间，一切都会湮没。他没有明天，然而此刻，他感到无比平静，仿佛通达整个宇宙。屏幕上，卡洛特正向着他微笑。

他露出一个微笑。

赏读

《时空追缉》叙事伊始就是一个时光穿梭（单向，不能回来）背景下的警察追踪盗贼的故事。以时光穿梭为基本的科幻点子进行写作，在现今似乎并不是明智的选择——纵观科幻文学史，从这个题材的肇始者，赫伯特·乔治·威尔斯所写的《时间机器》开始，各种时光穿梭题材的科幻小说、影视作品层见叠出，科幻创作者们几乎用尽了关于跨越时空的想象和创意。

但是，江波的这个短篇小说仍然让这个“旧点子”闪耀出了新光。这个故事从后半篇开始，不再执着于警察和盗贼之间的紧张交手，叙事的重心指向了时光跳跃的“尽头”。原本是对手的两人，竟产生一种奇特的互相竞争和扶持的关系，一定要跃向更远的宇宙边缘，追寻时光的尽头在哪里，原本吸引人的案件，逐渐淡化消失。作者甚至跳进故事说：“在这时间的终点处，一切故事都将泯灭。”故事泯灭了，留下的是什么呢？是作者对旧题材个性化的处理，是人类自古以来对宇宙本源性的思考，是科幻点子背后深邃的哲学追求。

这个故事跑偏、主题却熠熠生辉的写作实例提醒我们，在科幻创作的道路上，旧瓶，也可以装上新酒，只要你想得到。

我是机型人

唐小清

选自《科学故事会》2020年第6期。选入本书时有改动。

公元2100年，地球已经多了一个新的名字——“母星”，相应地，在距地球8.2亿公里远的太空中，人类创造了一个新生儿——“子星”。科学家们向两极借来冰川，向高山借来土壤，机型人骨节分明的三根手指起起落落，子星的基础建设和温度保障就有着落了。尽管大气组成成分和配比与地球相去甚远，但恒温是没有问题的了。这已经足够，毕竟待在子星上的又不是普通人类，而是机型人。机型人对各种气体成分含量不同的大气适应性高达百分之九十五，对温度的要求则略高一点。总之，子星上一应俱全，罗森通道就要正式开启了。

“生日快乐，我亲爱的。瞧，你的手腕上显示着你现在已经十六岁八时八分八秒了，真是个不错的时间点。”罗森听着爸爸神采飞扬的话语，清晰地感受到身旁的红外温度正在极其缓慢地上升，爸爸体温的变化实在是微小至极，但他却瞬间注意到了。激动的心情和加快的心率起伏确实会让体温有极其微小的变化，那是因为，罗森十六岁了，在爸爸眼中，他离十七岁又近了一点。

在人生中的第十六个年头，罗森还能算是一个人类。他还能待在母星上，虽然按照爸爸的计划，这已是他作为一个人类待在母星上的最后一年。因为从十七岁的第一天开始，罗森就将是子星上第二批机型人中的一员了。

以罗森爸爸为首的科研团队，花了二十年时间，在前人无比丰富的科研成果的基础上成功开展了“子星计划”。一年半前，子星改造完工。一百年前的人类怎么也不会相信，一群并非顶尖的科学家只用了八年时间就搞定了一颗新的星球的诞生，尽管它的大小与生存条件远不及母星。其实机型人完全不需要有多完备的生存环境，或者说，他们不用“生存”，“生存”这个词只针对人类而已。

后来，这些子星的创始人又花了半年时间才确定下机型人预备者的入选标准。其实只有一条——年龄。他们只挑选十七岁的孩子。变型需要承受内心的痛苦，需要逐渐毁掉自己的整个身体，最终静静躺在冷冻柜里。只保留下自己珍贵的灵魂，得以进入一架组装完美、机关重重的机型人躯体里。那无所不能的科技为什么不优化这个痛苦的变型过程呢？因为子星的改造完工比预计早了不少，变型的优化进展还没到一半，要让那帮嘴角撇到天上去的创始人在响彻天空的礼花声中继续埋头研究如何优化变型是不太可能了。于是因为变型的超高难度和强度，他们只挑选身心状态最好的年纪——十七岁。

在伟大的科学技术下，只有灵魂无法被操控，所以，机型人只被要求有十七岁的年华和涌动不息的灵魂。

机型人可不等同于外星人，相比之下，他们更像机器人，但是他们又多了21克重的灵魂。其实，变型远不是一年之内就可以完成的，要在孩子还在妈妈肚子里时就进行基因改写，取其精华，去其糟粕，再在其成长过程中投放相关药物。加速肌肉的萎缩与溶解，让肌肉在预计的时间里消失……。也就是说，一个机型人预备者是在他出生前就被选择、决定好了。

早在十八年前，当“子星计划”有了想法与雏形时，知道这个计划的人就开始暗自操作了，谁不想自己的孩子可以在智力、体力上无死角碾压同龄人，去到一个无人能去的地方，永远活在新闻的头条里呢？罗森的爸爸也不例外。在他的精心算计下，他的儿子罗森成功地被改写了基因，成为轰动一时的机型人预备者之一。

罗森不知道，自己的十六年人生，是在他还在妈妈肚子里时，就被定下的。

但是，罗森能隐约地感觉到什么，从一年半前，子星建设完工的时候开始，从爸爸用他的名字为连接母子星唯一的通道命名的时候开始，他就觉得，不仅是爸爸的工作与子星分不开，自己或许也未能幸免。

罗森总是觉得，子星不是什么好东西。从第一次长齐了一口完整的乳牙开始，罗森的牙齿就在不停地松动，脱落。指甲、眼睫毛、头发以及角质层都在以异于常人的速度脱落，又长，又脱落。罗森受不了旁人或关切或异样的眼光，爸爸总是告诉他这不是病，是罗森的命运，是爸爸的骄傲。

哎，可怜的罗森！出于各种原因，创建团队没有向世界公布机型人预备者的名单，那份从十八年前开始，多数内定，无数次修改过的名单，只是粗略地宣布了人数。所以，罗森从来不知道世界上还有一批同伴和他一样“奇怪”。等他被人刮目相看，追星捧月时已是十五岁了。他终于知道了子星计划的全部以及自己未来的命运。

爸爸始终没有告诉他，当年是因为抢到了一个预备者名额才生下了罗森，因为这样，爸爸就有资格争夺通道的负责权了。为了表达心中隐隐的愧疚，爸爸以罗森的名字为通道命名，这远比用自己的名字命名影响力更大。小一辈出名，往往比自己出名更令他自豪。

就像黄鳝会雌雄性转换一样，预备者注定要变为机型人。这样的命运不可逆转，就像无法阻止黄鳝雌雄性转换一样。

罗森一辈子的代谢速度被改写过的基因疯狂加快，他的身体要用十六年时间做完正常身体七八十年做完的所有事情。

机型人是带着隐形的光环出生的，他们生来不同，拥有一切特权。这是人们公认的。

在人生的最后一年里，罗森明显地感觉到，自己的眼珠与眼皮间的摩擦力在不断增大，睡眠与吃饭的欲望越来越小，身上的金属味儿越来越重，还有，他很久没长过的身高开始缩短了。走路的时候，小腿不再能非常协调地随大腿迈出，往往要慢上一瞬间才会迈出去。皮肤的颜色越来越淡了，皮下的骨骼、血管变得清晰可见，最可怕的是，罗森一低头就能看到自己的某个器官在衰亡坏死。而这一切，如果眼睛没看到，他根本感觉不出来。

“爸爸，我不想变成透明人。我真的好奇怪。”

“你可不是什么透明人，我亲爱的，你是机型人，你是这个世界上存在感最强的那个，全世界的星星都在望着你。”

“为什么是我，我可从来没说过我要当机型人，是谁做的这些决定?”

“这是爸爸为你精心谋划好的，你现在的奇怪是顶好顶好的奇怪，你的一切会是最耀眼的。”

稀里糊涂地，罗森被送到各个地方一次又一次地接受检查。通道开启的日子越来越近了。似乎除了罗森，全世界都做好了充足的准备。大家都在忙碌，可是没有人告知罗森他们在忙什么。

罗森开始大哭是在他发现自己的身体全变成机器人时。他再也摸不到自己的肌肉了。肌肉没了，手也没了，他在一次次惊奇的发现中几近崩溃。他只有十六岁，却早早地得知了自己的死期，并一点一点地看着自己死亡。他真的被当头一棒打懵了，虽然镜子里自己的模样被爸爸描述过无数次，但是真的出现在眼前时，他没有办法控制自己的难过。趁他的情感还很鲜明强烈，尽管已经不会再有眼泪流出了，他还是向自己强调着：我很难过，我在哭，在号啕大哭着。

等到爸爸下班回家时，罗森的头也变成金属的了，他彻彻底底地变成了机型人。此时距离十七岁还有八个小时。爸爸惊呆了，罗森完美的样子在他的眼中闪闪发光，望子成龙的满足感填满了他的胸膛。

“哦！看看看看，我亲爱的帅气的战士啊，长出了盔甲后，要出征了！爸爸还真是有点舍不得。”

罗森已经彻底丧失面部表达能力，他内心嘶吼的震惊与悲伤，爸爸从他精美的瞳孔曲度中一点也看不出来了。不会再有人能读懂他的心了，他连心也没有了。没有人明白他在想什么了，他连人也不能算了。

折叠空间已达到瞬间移动，进入空间必须达到隐身，这些对罗森来说已经不在话下。但是，他的灵魂，一直在哭泣。他要永远离开了。可这件他一直没有认清的事情拖住了他的灵魂。

光辉闪耀，彩光交错，第一批、第二批机型人就要通过罗森通道正式踏上子星了。罗森自然是最受关注的那一个。“我顶着一个和别人一模一样的铁架子，没有人可以从背后认出我了。”罗森的灵魂感到了痛楚。作为最后一个进入通道的压轴者，罗森对着媒体说：“爸爸，我要登上子星了，您看到了吗?”他顿了一顿，又顿了一顿。

“爸爸，请记住我！我是你的罗森!”

一点声音也没有，当罗森踏上通道的那一刻，通道断裂了，罗森与罗森通道一起坠入了太空。

罗森的不舍、不解、痛苦、依恋使得他的灵魂变重了，重达21.8克的灵魂足以让氙气组成的罗森通道彻底断裂。

研讨

本文笔法细腻，尤其是人物的塑造十分鲜明，令人印象深刻，显然具有良好的文字功底。“人的异化”是科幻领域经久不衰的主题，无论是《神经漫游者》里的赛博朋克世界，还是《我们》中的反乌托邦，都反映了科技对人及人性的改造，这样的改造通常都来源于一个美好的愿景，最终却变成了对人类自身的压迫和奴役。本文中的核心点子“机型人”也体现出了这种思考，并且巧妙地将“父母对子女的掌控”融入其中，多了一份现实主义元素。作品并未解释机型人的原理和具体作用，是本文一个比较大的遗憾，至于包括灵魂、传送之类的各种设定是否符合科学原理、是否具有完备的逻辑性反而是次要问题了。这一点也是所有科幻创作者需要特别注意的，即在用点子讲故事之前，你必须将自己点子的精彩之处呈现给读者（两者同步进行也可以），否则读者很有可能因为对点子不认同而放弃整个故事。

练笔进阶

1 中国的航天事业正在稳步向前推进。请从“载人登月”“火星探测”和“轨道空间站”三个话题中，分别提炼出1—2个点子，并用文字进行描述，每个不少于200字。

点拨 与星辰大海有关的科技进步总是会引来无尽的遐想，这也是在可预见的未来，绝不会过时的科幻选题。虽然关于航天的作品已经有很多，但这不妨碍你从前人已有的点子上更进一步，挖掘属于自己的故事。仅以“载人登月”为例，从火箭/载具的制造，到宇航员的选拔，再到登月过程中的冒险，登月之后要做（或者说遇到）的事，这里面每一个环节都蕴含着数不清的可能性，甚至于你列出的点子还可以互相支撑，形成一个逻辑自洽的体系，如此一来，也许在你求索点子的过程中，故事已经有了雏形。

2 《西游记》是中国人耳熟能详的名著，它与四大名著中的其他三部明显不同，具有明显的幻想小说特征。试着对其中的任意一个幻想元素以科学的方式进行解释，并以此为核心形成点子，用文字进行描述，字数不限。

点拨 幻想本身具有触类旁通的特征，一个能写好科幻小说的人，写奇幻小说一定也是没有任何问题的。同时，“任何真正的高科技都与魔法无异”，对一个正常的科幻创作者来说，一定要相信万事万物都能用科学去解释（无论这是不是事实），或者至少也要具备去解释的能力。《西游记》中的蜘蛛精会不会是辐射变异而成？日行万里的筋斗云会不会是反重力引擎？唐僧的三位徒弟会不会是外星人？整个天宫会不会就是一艘悬停在地球上方的宇宙飞船？……发挥想象力，一切都可以被认知，都可以被解释，都可以被当作点子和素材。

3 从以上两个提炼点子的任务中，选取一个作为题材，创作一篇科幻小说。要求至少2000字以上。

点拨 作为练习用的作品，不用刻意考查其质量的高低，重要的是，在写作过程中体悟前文所述的内容，思考点子与故事结合的方式，以免在创作时，空有有趣的点子，而难以形成有趣的故事。

第3课

故事情节

写作要点

如何设计科幻小说的故事情节

写小说离不开故事情节，科幻小说同样如此。情节是小说的主心骨，小说的本质就是用讲故事的方式展现人物形象和社会生活，表达作者的感情和思想。刘慈欣在《三体》中以悬疑探案故事为基本情节，引出一场宏大的文明交锋；阿西莫夫在《神们自己》中以科学探索故事为主干，展现出两个平行宇宙间的生死对决；洛夫克拉夫特往往借一场侦破故事或探险故事为引子，将其笔下诡异壮阔的“克苏鲁神话”世界观缓缓道来……。阅读一部科幻小说犹如一场旅行，读者以故事为道路，沿途而下，最终才能获得惊喜和感悟。

那么应当如何设计科幻小说的故事情节？

实际上，大家在学习记叙文写作时接触到的时间、地点、人物和起因、经过、结果等要素，稍加拓展后即可用于科幻小说写作。

在小说中，时间和地点通常结合起来成为“环境”，作为故事发生的时空背景。任何小说都要交代清楚故事发生在哪里、发生在何时，科幻小说尤其重视时空背景的设计，以此展现科幻情境。在《三体Ⅲ》中，主角程心在不同篇章中所处的时空背景各不相同，或在地球，或在冥王星，或在遥远的另一个星系，所处的时间线也随之层层推进，通过对她所处的环境所进行的描写，读者得以一步步体验到宇宙的恢宏深邃之美。

记叙文中的人物，在科幻小说中往往就是“主要人物”，这些人物形象必须从头至尾贯穿整个故事，并要通过故事情节展现他们的形象，同时他们也要起到推动情节发展的作用。在《球状闪电》中，真正的主角是林云和丁仪，他们对球状闪电原理的探索和应用，带动了整部小说的情节走向，而随着故事的推进，读者也能清晰地体味到林云的执着和坚韧、丁仪的智慧和深沉，从而成功展现出角色的魅力和个性。

一般而言，中短篇小说的主要人物不宜过多，通常为一到两人。至于其他次要人物，仅需在必要的时间、地点出场，完成自身的功能即可。

起因、经过、结果，就是故事里的开端、发展、高潮、结局。在一个完整的故事中，它们缺一不可，否则故事将变得突兀或者平淡无味，缺乏吸引力，无法充分表达出作者的思想感情。与记叙文写作不同，科幻小说的情节往往更长、更复杂，常会出现多个故事，它们互相结合，按照因果逻辑关系组成一个序列，这种序列即是所谓的“情节”。例如《三体》中叶文洁的情节线，即由“‘文革’故事”“大兴安岭故事”“红岸基地故事”“‘文革’后故事”等多个故事按因果关系，首尾衔接所组成。需要注意的是，组成情节的这些故事，它们自身依然要完整呈现出开端、发展、高潮、结局的内部结构。

除了“首尾衔接”之外，“平行交织”是另一种情节构成方法。在《三体Ⅱ》中，几名面壁者的故事各自平行独立，同步推进，过程中偶尔交集，最终交会于一处，即是范例。初学者在创作中短篇小说时应注意循序渐进，平行故事线索不宜过多，通常以两条故事线交织为宜。

情节设计的“三段模式”

不成功的小说各有各的缺陷，成功的小说则总有技巧上的相似之处。一篇引人入胜的小说，不论篇幅长短，情节设计往往存在一种“三段模式”：开始是平衡状态，而后发展成不平衡状态，最终在结尾时重归于新的平衡；而在这三个阶段之间出现的“转折”，正是小说最吸引读者的地方。威尔斯的《世界大战》描述了一场火星人入侵地球的战事，情节之初是“火星人着陆、人类生活正常”的平衡状态，情节中途是“火星人开始入侵、人类陷入灾难”的不平衡状态，情节结尾是“火星人入侵失败、人类重建家园”的新平衡状态。故事中最令读者惊骇的火星人残酷破坏人类文明的段落，即是从平衡变为不平衡的转折；临近结尾，火星人被地球微生物击退，体现出对于地球环境和人类文明的反思，作者的思考也是通过此处的转折引出。

转折的设计技巧通常有“突转”“发现”“苦难”等，它们的共同作用是推进故事向前发展，吸引和打动读者。“突转”，指情节发展方向突然发生剧变，突破读者的预料，令人不由得想要追问后续的情节。“发现”，指故事里的人物猛然发现某种新信息，令他们得以解决难题，让故事得以继续发展。“苦难”，指故事里的人物遭受到痛苦和磨难，使读者随之一起感到恐惧和悲伤，从而产生共鸣和感动。以《火星救援》为例：男主角宇航员在火星上遭遇灾害而无法返回地球，这个意料之外的灾难是“突转”；男主角利用科学知识和各种资源得以保证自身生存，同时地球上的航天从业者们设法制订出营救计划，这是“发现”；独自被困火星的男主角时刻面临着各种艰难困苦和致命威胁，这是“苦难”。要注意的是，这三种手法在使用时需遵守“合情合理”的原则，不能违背生活逻辑和艺术合理性，否则小说情节将变得过于虚假或者过分滥情，对艺术效果产生反作用。

精彩的故事从哪里来

写出一篇情节精妙、惊心动魄的小说，是所有科幻作者苦苦追寻的目标。那些精彩的故事究竟从哪里来？答案自然是来源于生活。

具体而言，常有两种方法。一种方法是提取间接经验，也就是借鉴和提炼自己读过的小说和看过的影视、动漫等作品。这种办法容易入门，结合上述的基本技巧，可以帮助我们在较短的时间内设计出一个完整成熟的故事纲要，但弊病在于故事很容易变得模式化和套路化，缺乏新鲜感，因而在借鉴时必须设法推陈出新，尽量不要生搬硬套，更不能试图抄袭。另一种办法是获取直接经验，也就是以我们自己真实体验过的一段往事为素材，从人生经历中提炼出一段故事，并配合我们在小说中所要表现的科幻点子和人物形象，对时空环境进行改写。例如科幻作家刘洋的小说《火星孤儿》，其主要情节便是将寻常的校园学习生活搬入太空背景，使小说的真实感和代入感大增。在提炼故事情节时，既可以采用读书笔记、看片笔记等手段记录别人的情节，也可以充分调动自己的回忆，在脑海中追忆那些令自己印象最为深刻的故事；而一般说来，采用后一种方式会使情节构思更具灵性和创意，毕竟我们头脑中自发形成的创造性思维，才是艺术创作最重要的力量源泉。

间接经验的具体提取办法，常见的有两种。

第一，在阅读书籍，尤其是阅读小说作品时，我们可以写读书笔记，记录下故事中情节的大体结构。这种笔记不一定要求非常细致和具体，也不一定要摘抄原著的原句，重要之处在于一定要清晰地记录下故事的主体结构，例如开篇说了什么、情节发展时经历了哪些事件、高潮如何安排、结局如何安排、作品中有几条线索以及它们是用哪种方法排列组合等。这样的读书笔记可以在阅读过程中边读边记，也可以在读完全篇后，复盘回顾时记录，但最重要的一点是：一定要将故事线索完全摸透并掌握，使之成为自己真正领会了的经验，而不是“为写笔记而写笔记”。

第二，在观看影视、动漫作品的过程中，我们可以写观影记录，基本要求是内容简要、结构明晰。观看作品时，可以利用在线或线下播放器的“播放时间轴”功能，在笔记的各个部分里记下事件发生的时间，结合全片的总时长，即可便捷地分析出编剧和导演如何合理安排各情节时间的出现位置和出现顺序。·般而言，单部电影的故事构成比较适合用来借鉴构思中短篇小说，“多部曲电影”（如《魔戒》系列电影）、连续剧、动画剧集的故事构成比较适合用来借鉴构思长篇小说。

科幻题材电子游戏，其基本体裁特征接近影视剧，因而也可以用类似的方式进行记录，其故事究竟借鉴为中短篇小说还是长篇小说，则需要根据游戏本身的特色（游戏时间是长还是短、游戏方式是线性式还是沙盒式等）再作具体分析。

直接经验的具体提取办法，常见的有三种。

第一，对于平日生活中自己亲身经历的一些事件，若觉得有趣、有创作价值，即可写“生活事件记录”。这种记录不一定采用日记或周记的形式，它可以不定期记录，重要的是要注意记录的及时性，并且在记录时注意将自己的看法、观点和情感也一并记录在内，以便日后作为创作素材使用时，用来充实自己作品中的思想感情内容。

第二，日常生活中也可以用类似采访的方式，询问自己的家人、朋友某些事件的来龙去脉，这样不仅可以增强我们对社会生活事件的了解，同时也可以拓展我们对同一事件不同角度的认识，毕竟每个人的思想和情感都不尽相同。在利用采访素材进行创作时，我们还可以将采访对象本人也改造成为小说人物，将他们加入故事中，令故事内容更丰富、更生动。

第三，闲暇时间，我们要养成多思考、多回忆的习惯，不时地去回忆过去自己经历过和看到、听到的那些生活往事，并勤加记录。将回忆资源用来作为创作素材，好处是可以利用回忆中的遗忘机制，除去那些琐碎的、对自己来说缺乏创作价值的资讯，凸显那些生活中真正有意义的闪光点，去粗取精，提高构思效率和质量。另外，在回忆往事的过程中，我们自身的思想和情绪总会混杂在回忆画面中，令这些回忆变得富有诗意和情感。善于利用自己的回忆和情思进行创作，是每一个优秀的作者都必备的素养。

上述这些具体的操作手段，无论使用哪一类，都需要注意的是：它一定要成为我们的长期习惯，成为我们一生中看待社会和看待艺术的长久方式，而并非仅仅只以完成某个作品为目的。这样它才能内化为我们的习惯，变成我们一生的精神财富。

飞向人马座

郑文光

节选自《飞向人马座》，郑文光著，人民文学出版社2005年版。郑文光（1929—2003），中国科幻作家，被誉为“中国当代科幻文学的开创者”。选入本书时有改动。

……

但是继恩的注意力很快就转移了。过不多久，亚兵又向他报告：宇宙飞船已经偏转了四十八弧分。他就立起来，又飘到望远镜头对着的正前方。现在已经可以看出，银河系核最明亮的地方略略偏向右前方了。但是，且慢，这儿为什么还有一颗亮星，一颗蓝色的、非常非常亮的星星？离开银河系核星星最密集的地方约有一度。一定是他们以前只注意银河系核，而没有注意到这颗非常近的星星了。

这一发现使继恩的心怦怦跳动。他预感到，他的推测将要被证实，一颗十分邻近太阳的恒星就要被发现了。他目不转睛地瞅着。是的，这颗蓝色星非常亮，也非常大，甚至可以说，它不是星星，而是一个小小的太阳。原先他们没有发现，只因为它正好在银河系核的亮背景上。而现在，由于“东方号”往前飞行，角度变化了，这个蓝色的太阳就显示出来了。而且也可以证明，这是一颗非常近的恒星。

继恩一声不吭，观察着，记录着，然后他又埋头计算。

但是等他重新再观察这颗蓝色亮星的时候，发觉它的圆面变大了，而且……多奇怪啊！它根本不是圆形的。它向一边伸了出去，就像一个梨子——有这种形状的恒星吗？

继恩把望远镜再稍稍偏转一下，又是一个新发现使他大大地震动了。噢，他看到了什么？一个小小的、闪闪发亮的圆环在飞快地转动。圆环中央，却是黑黢黢的，看来，什么东西也没有。

是不是这个小小的圆环吸引了蓝色的亮星，使它变形了呢？继恩又再一次把镜筒对着蓝星。果然，在这个梨子样的恒星的尖端，正对着小圆环的方向，射出一支支亮闪闪的箭呢。

继恩的脸突然变得灰白灰白，他整个身体剧烈地战栗着。而亚兵和继来，被从来也没有看见过的宇宙奇景吸引住了，一点儿也没注意到继恩是怎样离开镜头屏幕的。继恩艰难地喘着气，吃力地划动着机舱内的空气，向前移动。他分明感觉到他又恢复了一点点重力，因为身体经常不由得向前冲。他扑到仪表桌上，在那儿，他读到：

加速度：4米/秒^2

瞬时速度：25720公里/秒

啊，是的，他有了新的发现，但是……一个十分可怕的发现！

重力效应明显地感觉到了。亚兵和继来都离开了望远镜屏幕。他们开始注意到继恩不寻常的举动。只见继恩急忙扑到自己的“书”箱里，翻检着，找出一块缩微晶体片，放在阅读机下。阅读机的屏幕清清楚楚地显出这段文字：

在蓝星和黑洞所组成的双星系统中，强大的黑洞会从它巨大的同伴那里把物质吸引过来。那些物质非常热，热到足以成为等离子体，即完全电离了的原子和自由电子的混合物。这种等离子体在朝着黑洞做螺旋运动时，速度逐渐增大，形成一个吸积圆盘。在离黑洞一万公里的地方，从黑洞边缘发出的X射线的压力已足以抵消黑洞极强的引力，因此，等离子体粒子就形成一个轮胎状的圆环，并在圆环中以接近同心圆的方式缓慢地做螺旋运动。但是，靠近圆盘中心平面的等离子体粒子则从轮胎体那里被向里吸，并且很快就被加速到接近于光速……

三个人默默地读着，细细咀嚼着这段话。

不需要说什么多余的话了。三个人都明白，他们面前正是这样一个黑洞——和一颗巨大、灼热的蓝巨星组成双星的黑洞，现在正吸引着蓝巨星的物质。而且，“东方号”的加速，也是由于黑洞的吸引。

黑洞，按照一些学者的说法，是某些恒星的末日，坟墓。继恩不同意这种说法。他认为，恒星变为黑洞，并不意味着演化的终结，黑洞也是要发生变化的。可是怎么变化，他还不清楚。不过对于“东方号”来说，一旦落入黑洞，就真正是进了坟墓，他们今生今世休想再看见祖国、亲人，甚至再也看不见星光灿烂的宇宙了。

难道他们就无可避免地葬身于这个暗无天日的世界了吗?

恐怖，绝望，揪心的痛苦，无法驾驭自己命运的悲哀，一起压在三个青年人的心上。尤其是，前不久收到的宁业中的电报给他们点燃的欢乐余波还没有完全过去，这个对比尤其强烈。拨弄人的大自然啊……

邵继恩绝不是一个轻易屈服的人。从很小的时候起，他就是一个镇定、沉着而且顽强的孩子。的确如总指挥所说的，他就是第二个邵子安。而且他比邵子安年轻、生气勃勃，也生活在不同的时代。从被抛到宇宙空间的第一天起，邵继恩就担当了独立的领航人的角色。在一艘无法操纵的宇宙飞船上，他得随时随地和各种各样危险、意外、灾难做斗争。六年过去了，他在勇气和学识上都大大成长了。当年的一个宇航预备学校学生，如今已经掌握了多种的专业知识，而且学会了惊人沉着地控制自己意志的艺术。在最初的惊惶和恐惧的冲击过去以后，他就像解方程式一样顽强地思考着如何迈过这道难关。

然而他就像一个赤手空拳的人面对全副武装的一整师军队一样。

他手上有什么呢?有十五套宇宙服，每套宇宙服里有一个小小的喷气发动机，这是他仅有的一点点“动力”。而他面前呢，是人类还不大认识、从来不曾打过交道，甚至从来没有看见过的黑洞——它的强大的引力连光也逃不脱。看那巨大的蓝巨星的物质是怎样箭一样地流向黑洞啊！难道小小的“东方号”倒能够抗拒这强大的引力吗?

能够抵抗引力的只有速度。当然，光也逃不脱——这是说的在黑洞的表面。如果在远处，比方说，在一万公里以外呢？

在离黑洞约一万公里的地方，从黑洞边缘发出的X射线的压力已足以抵消黑洞极强的引力。

谢谢天，还有X射线这个同盟军！

继恩的眼睛牢牢地盯着阅读机上的这一段话。他已经感觉到，加速度又增加了。而在望远镜的视野中，蓝巨星和绕黑洞转的圆环都越来越大——也就是说离飞船越来越近了。

他看到了亚兵和继来的痛苦的绝望的眼睛。

应该行动了。他动手把宇宙服的一架架小喷气发动机拿出来。这无言的榜样使亚兵和继来也这样做。

“你想靠这些推进器抵抗黑洞的吸引吗？”亚兵小声问道。

继恩摇摇头。这是不现实的。他一点儿不知道如何抵抗黑洞的引力。不过，手上有一点点“动力”，在严峻的现实面前，他就不再是一个束手无策的低能儿了。

他机械地把十五个小发动机一个个搬到后舱去，亚兵和继来也机械地照着干。现在行动已经不很自如了，引力的方向是正前方，他们向后走，要费不少力气，但是还办得到。他把发动机都放在排泄废物的尾管口上，在那个尾管的开关和十五个发动机的喷嘴上都连上电线，再一直通到驾驶舱，接到一个代号为0481的电子自动设备上。虽然一切设备都是现成的，但是他也费了不少力气。然后他指点着电子自动设备上的朱红色的铭牌。

“牢牢记住这个号码。”他对亚兵和继来说，“加速度增加得很大的时候，我们可能都会晕过去。你们中哪一个要是比我支持得更久，就努力在晕倒以前喊出这个数字，电子自动设备会打开尾管口，让我们十五个小喷气发动机起动的。”

亚兵和继来默默地点点头。

“不要张皇失措，要到最后关头才下指令。”他变得严厉了，“现在，躺在沙发上，牢牢捆好自己。”

亚兵和继来都瞅了他一眼，照办了。

“加速度增加，我们会感到超重的。”继恩的口气略略温和了些。他为自己刚才的严厉腔调感到不好意思。毕竟，这两个是六年来同生死、共患难的伙伴呀，何况又是在这么一个严峻的时刻！他决定再详细解释一下。“超重可能非常大，宇宙飞船的速度甚至会接近光速。”

“接近光速?”亚兵和继来都感到非常惊讶。

继恩指指阅读器上仍然亮着的字。从沙发上看去，看不大清楚。但是继恩已经把这段话背下来了：

“‘这种等离子体在朝着黑洞做螺旋运动时，速度逐渐增大’，还有，‘很快就被加速到接近于光速’……”

“那指的是等离子体!”继来已经敢于怯生生地反驳自己的哥哥了。

“这是我们唯一得救的办法：随着等离子体一起运动。”继恩皱着眉头说。

“但是，”亚兵反驳道，“等离子体非常热，会热到把我们的宇宙飞船完全熔化。”

“完全可能。”继恩无情地断言道，“我就是想利用我们的小小的喷气推进器，稍稍加点速度，和等离子体保持一点点距离。”

“但是等离子体最后也还是要落到黑洞去的。”继来又说。

“如果我们速度够大，比方说，在离黑洞一万公里远的地方，我们接近光速，就可以逃出去。”

继恩又补充道：“应该再精确地测量一下航向。如果我们能够离开黑洞有五万公里，那就很好了。”

“我去测量。”亚兵在解身上的皮带。

“来不及了。”继恩制止他。但是十分敏捷的亚兵已经顺着引力的方向一蹿蹿到前面的望远镜屏幕上了。

“我们有可能获得很大的速度，”继恩又解释道，“甚至接近光速。这是因为黑洞有强大的吸引力，吸引一切物体加速度地下落。我们的‘东方号’会沿着螺旋形的轨道绕它飞行几圈，越飞越快，但也越飞越贴近它，最后才葬身于这个黑洞。如果在关键时刻我们能够加速，哪怕只加速一点点儿，那么黑洞就不是我们的坟墓，而恰好变成一只巨大的加速器——就像我们加速高能粒子的回旋加速器一样，自动为我们加速，直至把我们甩开为止。这样，我们就得救了。”

“记住那个号码。”继恩又再一次点头示意，“要在关键时刻让喷气发动机起动。我们一点儿都不能浪费能量。记住啊！”

赏读

郑文光是新中国科幻小说的先驱作家之一，出版于1979年的长篇小说《飞向人马座》是他的代表作，也是新中国第一部长篇科幻小说。航天局实习生继恩、亚兵及继恩15岁的妹妹继来，因意外事故困于“东方号”飞船内，被迫以极高的速度飞离太阳系；漫长的航程中，三名年轻人在飞船里自学自救，克服重重阻碍，最终成功获得营救。小说中出现了诸多宇宙、航天知识，如中微子通信、辐射压、暗物质星际云、黑洞、亚光速飞行时间变缓等，情节跌宕起伏，扣人心弦，是中国科幻发展史上的经典之作。

此处选文讲述了主人公继恩在一次貌似平常的星空观测中，突然发现飞船前进的方向上逐渐显露出了一个巨大的黑洞。此段是全书中最惊险、最精彩的高潮段落，也是主人公一行人由“陷入危机”到“成功获救”的关键转折所在，充分诠释了本课所述的“突转”和“发现”。蓝星的异常表象，随着继恩一次次的观测而逐步清晰起来，通过自己掌握的知识和飞船提供的数据，继恩逐渐发现对方竟是可怕的黑洞；原本因获救有望而欢欣的三名主人公，觉察到末日将临的恐惧和悲哀，心情瞬间低落乃至陷入绝望；但在绝望之际，回想自己学到的那些坚实的科学知识，继恩于危急关头镇静下来，想出了化解危机的方案……。逐步逼近的危机和突然出现的转折，紧紧揪住读者的心，也体现出宏大而危险的宇宙所特有的崇高之美。同时，通过生死之际人物的言行举止和心理描写，更成功地刻画出继恩坚韧、富有责任感和理性主义精神的高尚品质。

本段中可用来借鉴的地方包括“但是”“突然”等表现情节急促转折的连接词的使用，设问句和感叹句的使用，心跳、脸色、喘息、沉默等反映人物心理转折起伏的外貌描写，以及表达惊讶和悲伤情绪的心理描写，综合利用监测数据、书本内容、记忆内容，灵活阐述科幻点子的技巧，使用形状描写、颜色描写和各种修辞手法，对宏大的科幻场景进行生动描绘的技巧，逐步铺垫、层层递进、程度越来越深的结构排布技巧等。

习作研讨

买　　卖

刘逸霏

选自《科学故事会》2021年第6期。选入本书时有改动。

一

2045年，科罗正坐在回家乡阿布汗的飞机上。

阿布汗，这个多灾多难的国家。

当贫瘠的土地无法再负担起人民生命的重量，当黑色的黄金只能当作富商大贾的口粮，只剩下了混乱不堪，秩序崩坏的阿布汗。

那些贫苦的人民，为了生活，为了生命的延续，只好选择出卖自己的身体。从21世纪初的人体器官交易，到最新的人脑移植手术，来自世界各地的人们，用锐利的眼光巡视每一寸破碎的村庄，不放过每一次提高自己肉体生存质量的机会。

科罗就诞生在这里。

他眼睁睁看着自己的父母在卖肾后由于伤口感染死去，看着疼爱自己的祖父因麻疹溃烂而死，看着那些吸血的亲戚把魔爪伸向自己，要把自己拉去做人脑移植。

人脑移植，顾名思义，就是通过现代医学技术，在意识保留的情况下，将人脑切换。通过这种技术，垂暮之人的意识可以在年轻的躯体上重生，达到“伪长生”的状态。

这在国际上当然是被禁止的，但这里是阿布汗，世界最大的人体器官交易市场。贫苦的人依靠它生活，医院依靠它赚钱，政府官员依靠它中饱私囊，只会是睁一只眼闭一只眼。

【点评　通过主角的回忆，介绍时代背景和点子设定背景，很巧妙。**】**

如果不是当年科罗拼了命逃出来，现在他已经不知道被埋葬在了何处，又怎能在福利院遇到恩人，长大后成为记者，重新回到这里呢？

科罗这一次决心要将整条产业链曝光。他提前将自己的身份伪装成一个来寻找合适身体的身患重病的富商，联系好了当地最有名的中间商克利尔。万事俱备，只欠东风。

【点评　赋予主角强烈的行事动力，引出后续情节，同时记者的身份令之前大段的技术背景介绍变得更合理。**】**

二

飞机缓缓降落。

科罗看到了一个举着自己名牌的瘦高年轻人。那大概就是克利尔了。

“嗨！科罗，是你吗?”克利尔显然也注意到了他，大步上前来握住了他的手。

科罗看清了克利尔的脸，一瞬间愣住了。这不就是他的童年好友克利尔吗?

他们曾一起在干裂的田埂上寻找草籽，在土巷中光着脚丫跑来跑去，踩得尘土飞扬。他们曾经共同仇恨那些中间商，是他们夺走了自己挚爱的亲人的生命。可如今，克利尔怎么变成了这样?

科罗僵硬地挤出笑，说道：“你好，我是科罗。”

克利尔麻利地接过科罗的行李，边走边道：“我也有个朋友叫科罗。”说着回头看了科罗一眼，漫不经心一笑：“当然，肯定不是先生你，他早早就死在手术台上了。”

【点评　出现伏笔暗示。】

人声鼎沸中，克利尔轻笑：“换脑手术，可是很危险的。”

科罗听出他话语中不同寻常的暗示，看着那张与童年好友克利尔极为相似的脸，恍惚间想到童年逃过的那场换脑手术。难不成，最后是克利尔代他上的手术台？那眼前这位是……

【点评　又一处伏笔暗示。】

突然，克利尔向着一个方向挥了挥手：“唉！斯密先生，这里！”科罗转过身去，看到一个大腹便便的银发白种老人正向这里走来，后面还跟着十几个保镖扈从。

“介绍一下，科罗先生。这是斯密先生。很巧，你们都将进行换脑手术，而且安排在了同一家医院，还是同一天!”

科罗跟斯密轻轻地握了一下手就松开了。

斯密的眼神让科罗感觉很不舒服，仿佛在审视一个货物似的。就像那一年，那个中间商，来到他的家中审视过幼小的自己的每一寸身躯。

“什么时候进行手术呢，克利尔先生?”斯密显然有一些急迫，“我的时间不多了。”

“不用担心，先生们，就是明天。我已经全部安排好了，请您放心。”克利尔行了一个绅士礼，斯密开心地笑了，不时以看猎物的表情看向科罗。

三

科罗的宾馆就定在克利尔事务所的对面。

入夜了，科罗趁着夜色，来到了克利尔事务所的门前。由于战乱，阿布汗的监控系统约等于没有。科罗早已入侵了监控系统，调整了监控摄像头的方向，营造出了不易察觉的监控死角。

克利尔事务所的大门是古老的触屏密码锁，通过指纹的遗留和磨损痕迹，科罗轻易就进入了事务所。

事务所内一团脏乱，唯有克利尔的办公桌异常整洁。科罗拿出特型文件读取器，这种文件读取器通过最新的病毒植入手段，反其道而行，可以绕过电脑的安全墙，直接复制所有电脑内存储的内容。

办公桌上，除了一台电脑，就是一张合影。

合影上，克利尔还是克利尔，和只穿着短裤的科罗站在废墟上。两个黑瘦小伙，笑得很开心。曾经无数次幻想的重逢，如今竟变成了一桩买卖。

科罗看着这张照片，陷入沉思。

【**点评** 情节走向愈发复杂，冲突趋向于激烈化。】

四

仅一墙之隔的密室内，克利尔和斯密正通过本该毁坏的监控，实时观看着科罗的一举一动。

斯密抿了一口红酒，笑道：“记者都是这样头脑简单吗？那个电脑里的病毒，足以毁坏这位年轻记者手上掌握的一切证据吧！也不想想一个中间商事务所怎么可能就这些简单的防备。诱敌深入，克利尔先生，你这招，足够阴险。”

克利尔盯着监控画面，没有回头：“喜欢这个供体吗？”

“当然，如此年轻而又健康的身体，我怎么会不喜欢？”

“看看你的情况吧。”克利尔一口饮尽杯中红酒，“这具身体我已经厌烦了，总是不够贴合，本来就不是最合适的一具，将来哪天也该换换了。”

【点评　以“阴谋”方式安排情节的转折，令主角陷入危机中，引发读者关切。】

监控中，科罗已经拔出了文件读取器，离开了事务所。他的视线似乎在照片上停留了一刻。

【点评　进一步铺写伏笔。】

五

斯密跑来，本就不大的眼睛笑眯成了一条缝：“手术平安，科罗先生。”

“你也是，斯密先生，祝您重获新生。”

克利尔已经跟医生交流好，前来给斯密和科罗安排麻醉。

“是全麻，等您醒来，就是新生了。”医生笑得很和善。

科罗被推进麻醉室，突然转头问跟在病床后的克利尔：“哪个是我的供体呢？斯密先生的见到了，我的呢？”

克利尔脸上笑容不减，只是换了种语气：“记者先生，你很聪明，猜到了真相，但已经晚了。现在一切都由不得你了。你的身体条件很优越，是每个人梦寐以求的供体。也许你不记得了，我就是当初那个找你换脑的中间商，可惜你逃过了，只好让你的好友克利尔帮你上了手术台，这次你既然回来了，就要接受命运的安排。”说着，不顾科罗剧烈的挣扎，将麻醉面罩扣在了科罗脸上。

【点评　冲突挑明，情节进入“突转”。】

“你的好友真的很顽强呢，”克利尔抚摸着自己的身体，“即使是到了我那样不堪的身躯中，他也强撑了3天，大脑才死去。很可惜，记者先生，我是不会给你机会的！你不是躺在这张床上的第一个记者。”

科罗依然维持着自己的神智，他的双眼紧盯着克利尔：“那么我将是最后一个。”

科罗的麻醉结束了。他的左眼先闭上，然后是右眼，仍然有一条缝，似乎是不甘心。

克利尔只是笑笑，说道：“让他睁着吧，可怜的家伙。”

【**点评**　右眼成为关键性的伏笔。】

六

在千里外的一处新华社办事处大厅内，气氛凝寂。全息大屏幕上正通过科罗右眼中的电子眼，实时转播着阿布汗医院发生的一切。

不久之后，第一篇名为《揭秘阿布汗器官交易产业链》的文章通过各种渠道向全世界发布。

联合国第一时间对此事进行表态并表示将会强力介入，多个大国纷纷投出赞成票。

【**点评**　情节走向大转变，同时提出悬念——事件的真相是什么？】

七

手术室内，医疗器械突然都亮起了红灯。医生冲出了手术室。

“他的半具身体竟然全是机械！他完全就是靠着这些机械活着的，如今那些机械已全部由于麻醉和我们的手术而停摆。即便再次运转，他的生命也无法挽回了！”

“一切的生命活性，都已经流失了！”

“医生，再不移入供体，斯密先生就要脑死亡了！”护士惊慌的呼叫声从手术室内传来。

【**点评**　情节出现反向的“突转”，即俗称的“反转”，再度牵住读者的目光。】

亮着红灯的手术室门前，一片混乱。斯密的保镖扈从在第一时间控制住了克利尔。

冰冷的微型量子枪口散发着寒气。克利尔深吸了一口气，强迫自己冷静下来。

是哪里出了错?

是那一幅照片太刻意了让他发现了?不对，这来不及！他那半具机械器官的身体，明明显示他做好了最坏的赴死的准备！这到底是怎么回事?

哦！对了！克利尔仿佛大梦初醒。

他曾经与人合办过一个福利院，专门收养那些出逃的孩童。假借着收养孤儿的名义，在背地里出卖他们的身体器官，他因此还赚了一大笔，只可惜后来被一个记者发现了……

而科罗就是那些被摘除身体器官进行买卖的孤儿之一！由于关键器官被摘除，科罗的生命危在旦夕。这时，一个来自新华社的记者救了他，将他送回记者国家，为他的身体更换了机械器官才维持住了生命，有了后来的故事。

【点评　以人物的醒悟式心理活动展示“发现”内容。】

贪婪的利剑，如今直直地插入克利尔自己的胸膛。

八

20年前，新华社第一位派出记者顾逢春来到了阿布汗，决心揭秘这一条黑暗的产业链。在国境线的边缘，他发现了一座福利院。这里看似收养了许多孤儿，实则背地里在偷偷进行器官交易。顾逢春在此传回了很多影像资料和文件，并拯救了一个濒危的、名叫科罗的孩童。20年后，新华社第30位派出记者科罗来到了阿布汗，传回了揭露这一条产业链中最重要一环的最后资料。经过20年、30位记者不畏牺牲、前仆后继的接力调查，这条恐怖的黑暗产业链完全浮出水面，真相大白于世人面前……

——引自新华社通稿《揭秘阿布汗器官交易产业链》

【点评　妥善利用文档视角的手法，在结尾展现故事真正的来龙去脉，令读者恍然大悟之余又深受感动。】

研讨

本篇习作从各个层面来看都很成熟完善，尤其成功之处，首先在于故事情节不但一波三折、扣人心弦，并且各处转折都能够自圆其说，在转折发生前也妥善安排了多处伏笔，使得转折发生时不至于突兀。文中主角的记者身份较好地解释了他为什么对技术细节如此了解，并且记者的身份也赋予他很强的行事动力；用人物的动机去推动情节前进，而不是让人物成为故事的牵线木偶，这样的妥帖效果是我们在科幻小说叙事中应当追求的。

练笔进阶

1 公元2059年，一位物理学家在进行“时光穿梭”试验时因设备发生故障，误将自己的思维送回1999年，也就是童年时代的自己体内，却发现这个所谓的1999年处在另一个平行宇宙中。在这条平行的时间线上，主角的家庭状况和生长环境完全不同，身边的人和事也全都与记忆中截然相反。这名物理学家能否改变自身命运，重新回到自己熟悉的生活中去？请简要设计这部短篇科幻小说的情节大纲。

点拨 在科幻点子和主要人物、时空背景设计完毕之后，可以利用“三段模式”结构原则先列出简要的情节大纲，这也是中短篇科幻小说通常的创作步骤。情节大纲中并不需要体现具体的叙述和描写，但必须讲清楚情节各处的关键点：故事开头的“平衡状态”中，主角原本打算做什么？中段的“失衡状态”下，主角会面临怎样的矛盾冲突和艰难困苦？故事的结局，主角的境遇又将归于怎样的“新平衡”状态？构思好“头”“中”“尾”三个阶段后，在设计各阶段间的“转折”情节时，应留意它们是否符合“意料之外、情理之中”的要求。在本故事中，主角的行事动机是“回家”，其行动需要始终围绕这个动机来进行，并且其言行应当具有较强的推动力，能够推动故事前进，而不能过分依赖所谓的巧合和机缘。描写时空穿越的科幻小说很多，在借鉴它们时应注意做到推陈出新，不要因袭前作。

2 距今不远的将来，语文课本的VR（虚拟现实技术）体验式教学已经得到了实用化。在一次对《桃花源记》的VR体验学习过程中，由于程序故障，学生小孟被困在VR环境的桃花源中，无法退出VR环境回到现实世界。通过VR世界里桃花源居民们的帮助和自己的努力，小孟几经尝试，顺利“逃离”了失控的VR装置。然而随后他察觉出真相，发现自己所谓的“逃离”其实只是系统设计者阴谋的一部分，逃离VR只是一个假象，自己其实仍然被困在VR机器中无法逃脱。在察觉真相并挫败设计者的企图后，小孟最终真正离开了虚假的课本世界，真正实现了自我成长。请根据上述情节简述，写出“小孟以为自己逃离了VR世界”与“小孟察觉出真相，发现仍未逃离”之间的情节转折片段。

点拨 这是一篇片段写作训练，只需补充转折片段即可，基本情节和人物设定需按题目的要求确定，文风、叙事人称等具体细节则可灵活设计。在故事中，主角经历了两次“重返现实”的过程，前一次为假，后一次为真，其中关键在于主角是如何觉察出“假重返”的虚假之处。主角实现觉察的原因，可以是因为外界的机缘巧合，也可以是因为内心深层的思考和觉悟，重要的是，在转折发生时，我们必须利用转折发生的情节，抒发出我们希望透过故事传达给读者的思考和情感，如对教育体制的思考、对亲情友情的感悟、对虚拟网络社会的反思等。这些思考正是本文的核心“文眼”所在，需要在下笔之前就予以确定。在设计转折情节时，可以采用“猛然发觉前文的伏笔线索”的手段，避免转折情节显得过于突兀和牵强；建议在主角心理活动方面多下功夫，让思想情感的表达更加充分。

3 请以“XX星上的新发现”为主题，以给出的关键词为线索，写一篇科幻短篇小说。要求：背景设定、风格技法等细节自定。情节需新颖、有可读性。字数在1500—2000字。

关键词：中国航天、太空移民、神秘遗迹、环境保护、科学精神

点拨 本题为科幻题材的主题作文，在遵循题目给出的主题和关键词的前提下，人物场景和情节设计，以及文字风格和叙事人称等细节，可根据自己的兴趣和经验自行酌定。有关太空探索发现的故事，在科幻小说领域一直是主流，构思背景和情节相对难度不算高，但该题目在审题时仍要注意以下几点。首先要注意关键词给出的线索，“中国航天”相当于限定了小说主要人物的身份，“太空移民”相当于给出了情节推进的动机，“环境保护”和“科学精神”意味着对作文的主旨思想感情有所要求，而“神秘遗迹”除了给出情节转折的线索外，其实并未要求在故事中非得出现“外星文明”不可，类似“人类跨越时空留下的遗迹”这样的点子同样可行，且更具新意。其次，“××星上的新发现”这一题目本身其实含有两个关键

词线索，“XX星”限定了故事主要场景必须是某个地外星球，“新发现”限定了情节中需要体现某个崭新的科考发现，在审题时需要一并注意，避免偏题。最后，题目要求情节新颖、有可读性，这就要求我们在设计情节时一定要注意构思完整，要有起承转合，要注意“三段模式”及其中的转折环节，并且故事要有所创新，杜绝流水账和缺少情节的世界观堆砌、点子堆砌。建议下笔前先在草稿上写下简要提纲，正式动笔时根据简纲推进写作。

第 4 课

人物形象

写作要点

科幻小说要不要塑造形象丰满的人物

自玛丽·雪莱的《弗兰肯斯坦》开始，科幻小说相较于传统小说创作，鲜明地凸显了自身特色——制造惊异。从此以后，无论是儒勒·凡尔纳令人着迷的月球和海底探索，还是海因莱因直指外太空的战争场面，乃至赛博朋克时代将意识接入网络的奇特设定，小说的故事、场景和世界观都很容易让我们在目眩神迷的阅读中忘却其中的人物。科幻小说中的人物很容易符号化，成为故事情节推动和奇异场景展示的工具。E. M. 福斯特在他的《小说面面观》中，曾经提出著名的“圆形人物”和“扁平人物”的概念。“圆形人物”的构成是复杂的、立体的和变化的，而“扁平人物”则是简单和一成不变的。这样来看，似乎科幻小说中的人物更容易趋于“扁平”，在很多经典科幻作家的作品中，我们都可以发现这一点，比如凡尔纳《八十天环游地球》的主角菲利斯·福格自始至终都是儒雅、坚忍、坚定的形象，没有改变，没有发展。

但是，说到底，科幻小说还是小说，虽然有扣人心弦、惊心动魄的科学幻想、点子和世界观设定，然而其中的人物，总还是应该遵循小说创作的一般规律。写得好的科幻小说，也理应让其中的人物更加饱满和立体，更有性格逻辑的说服力，更具艺术感染力。很多现代科幻作家已经意识到了这一点，在他们的笔下，人物不再只是科幻故事的附庸或者单纯的推动者，随着故事的演进，其自身性格也在逐步发展和完善。刘慈欣《三体Ⅱ·黑暗森林》中，面壁者罗辑开始不过是个胸无大志、玩世不恭、得过且过的普通人。可是，随着他不得已成为面壁人，担负起拯救地球的重任后，随着他失去了生活中眷恋的人，目睹了地球在危机来临时的种种剧变，意识到自己的责任之后，他终于成了一个成功的面壁人，到了第三部《死神永生》里，更成为守护地球的执剑人。这个人物形象演变的过程，和《三体》的主线情节一样精彩。

让人物形象丰满的4把钥匙

中学生写科幻小说往往有篇幅的限制，无法像上文例子那样对人物尽可能地精雕细琢，并制造一条长而完整的性格发展链，但是，以“在科幻小说中尽可能塑造一个形象丰满的人物”为目标进行写作训练，是不会错的。在本课中，我们将介绍几个操作性较强的方法，使你笔下的人物形象丰满，趋于“圆形”而非“扁平”。

第一，设想一个人的一切。

现在流行的说法叫作“人设”，用来描述我们在创作科幻小说之初对人物的设定再恰当不过了。我们可能只是写一个短篇故事，对人物刻画的笔触也不算多，但这并不意味着我们在写作之前不需要对笔下的主人公作细致的设想。只有把人物设定的工作做充分，人物形象才有可能丰满可信。

设想是个从无到有的过程。年龄、性别、外貌、姓名和基本性格当然是第一步，但这还远远不够，接下来，人物生活在一个什么样的家庭？家庭成员有哪些？他们和人物的关系怎么样？人物有什么样的爱好和生活（衣食住行）习惯？他（她）有宠物吗？在故事开始之前，有什么样的事件影响了他（她）的性格和处事方式？……所有的这些，要用千把字说清楚大概。当然，这些设定的绝大多数是不必写入你的作品的，但作品里人物的每一处行动逻辑和性格特征，都来源于这样的设定，人物才能鲜明立体。

美国著名小说家丹·布朗有多部科幻小说（如《天使与魔鬼》《地狱》《本源》）都是以罗伯特·兰登为主要人物的。这是一位四十多岁的中年美国学者，哈佛大学符号学教授，身着花呢上衣、卡其布裤子、黑色路夫鞋，佩戴一只骨灰级珍藏版米奇手表，擅长游泳等运动。因为幼时曾在井下被困一夜，患有严重的幽闭恐惧症。这样的设定在多部小说中起到了不同的作用：哈佛大学符号学教授的身份使得兰登在不同的故事里解决不同的符号谜题；穿着休闲、不拘形迹暗示了兰登自由不羁的性格，充当探险故事的主人公尤为合适；而擅长游泳和患有幽闭恐惧症也都在不同的情节中自然地融进了主线故事。我们的写作当然很难达到丹·布朗的高度，举这个例子只是说明，精细的人物设定对于人物塑造和故事展开都有不可或缺的作用。

第二，把人物放在压力和矛盾之下。

“人设”建立好之后，我们就可以开始动笔写故事了。上面所有人设，某种程度来说仍然是静止的，只有在故事开始演进之后，人物才能真正“活”起来。在故事里，我们要尽快做到将人物放在压力和矛盾之下，把一个人琐碎的日常中能遇到的压力和矛盾放大、集中，这是故事的戏剧化处理，更能展现一个人真正的性格。

在科幻电影《黑客帝国》中，主人公尼奥只是一个生活在20世纪末的程序员，他在一家大公司看着上司的脸色生活，暗地里做一点黑客生意赚取外快，是一个胸无大志的小人物。这可以看作是电影剧本对尼奥这个人物的初始设定。但是有一天，当他听到网络上一个神秘的声音在召唤他，生活的巨大压力和矛盾到来了：他得知自己感知到的世界只是幻境而已，人类已经在计算机的控制下成为生物能电池，进入了一个万劫不复的境地。从这一刻起，主人公的性格发展链条才刚刚开始，尼奥的选择真正展示了他是一个什么样的人。《黑客帝国》呈现了人在覆灭的世界面前进行选择的困境，而这样的困境使得人物于淬炼中得到重生。

我们写作时，对于“压力”和“矛盾”未必要有那么宏大的构思，但可以对生活适当地提炼，进行夸张和戏剧化处理，促使自己的主人公做出选择，展示其性格的真相。

第三，关注人物成长历程。

在科幻小说中，人物性格和观念随着故事情节的发展而起变化，在这样的变化中，我们可以看到人物的成长历程。

人物的丰富立体，源自人物性格的成长和变化。“人设”是一个相对静止的设定，“压力”和“矛盾”是人物发展的外部条件。有了这些还不够，人物还必须进行选择，还必须在化解压力和矛盾的过程中成长，还必须有自己的成长曲线，让读者随着故事的展开发现一个与阅读伊始不同的全新人物。

《安德的游戏》中，主人公安德就有一条曲折有致、扣人心弦的“人物弧光”。从人物出现在学校受训、被同学欺凌开始，到他逐步成熟，展现出内心自信、强悍的一面，再到成为战争的主宰，用一场完美的战斗消灭虫族，直到最后内心充满了对对手的怜悯，反思战争的意义……。安德是一个孩子，可又不仅仅是一个孩子，他的心智和内心的怜悯博爱随着故事的发展在充实、完善，并逐步呈现于读者眼前，让我们也代入其中徘徊沉吟。

中学生的科幻写作不太可能有很长的篇幅来呈现复杂的成长历程，但是知道这样的写作方向后，就该明白人物不是一成不变的，人物的成长总是伴随着故事的推进，故事的推进促成了人物的成长。因而，即便是我们所写的短篇小说里，在人物设定完成后，也应该有意识地设计“人物成长历程”：看看在故事的开头，人物是什么样子；在故事的结尾，他有了什么样的变化；这样的变化，想要传达给读者什么样的价值观。

第四，揭示人物性格的真相。

至此，我们预设好的人物，在矛盾和压力下做出自己的选择，经历了性格的成长变化，终于在读者面前显露出他性格的真相：他抛弃懦弱走向勇敢，他看似虚假实则忠厚，他外表冷酷无情，内心充满爱意……。这样带有戏剧化对比的特征，使读者在读完故事的同时也阅读了人物，并惊呼“原来是这样!”。一篇科幻小说在人物塑造层面能做到如此，最终不仅讲完故事，还揭示了人物性格的真相，这才算是成功的写作。

在刘慈欣短篇小说《梦之海》中，主人公颜冬呈现在读者面前的形象，开始是一位审美视野独特又有点愤世嫉俗的冰雕艺术家；在外星低温艺术家的创作造成地球的环境灾难之后，他成了一个“琐碎”的普通人，只想着生存，无暇关心艺术；当地球被解救而人类的日子尚很艰难时，他毅然抉择，重新拾起了自己心爱的冰雕创作。人物的性格经过两重变化，让我们看到的是一个在战战兢兢求生过程中仍不忘初心的渺小而又高大的艺术家形象。

前面已经说过，中学生的写作，不可能刻画过于复杂的人物形象，但也要努力在故事的展开中展现人物性格的不同变化（哪怕只有一重），揭示人物性格的真相，让人物的观念、性格在故事结尾有所转变，就算是成功的。

还应该注意什么

其一，是其他人物的加入。人物性格真相的凸显，靠的是将人物置于压力和矛盾之下。而矛盾和压力，除了外部环境、突发事件，很多来源于其他的人物。其他人物的引入，一是引入了故事的很多可变因素，二是可以和故事的主人公形成形象的对比。还拿《安德的游戏》来说，在安德的成长过程中，他面临的压力，有很大一部分来自他的哥哥彼得。彼得也是个很有天赋的儿童，但天性暴力残忍，并嫉妒安德的成功，在精神和肉体层面胁迫和打压安德。这个人物很显然是作为安德性格的对照出现的，在他的压迫下，安德如何对待他、如何成长，是一个引人关心的问题。

其二，是跟人物密切相关的道具的使用。包括但不限于人物的穿戴、喜好、衣食住行等，这些具有特征的道具能够让人物更具有生活的细节感，也能恰到好处地表达人物的个性。比如上文说到丹·布朗笔下的罗伯特·兰登习惯戴一只骨灰级珍藏版米奇手表，这个道具表现了人物有独特的个性和生活品位，让读者印象深刻。

在我们即将开始的创作中，其他人物不要太多，一到两个足矣，甚至他们的形象可以扁平一些，为主人公人物弧光的塑造做好服务即可；与人物密切相关的道具，可以从生活中取材，也可以凭借丰富的想象对日常生活用品做适当变形，成为科幻写作中的闪亮点缀。

名作赏读

多余的孩子

［美］奥森·斯科特·卡德

节选自《安德的游戏》，奥森·斯科特·卡德著，李毅译，译林出版社2021年版。奥森·斯科特·卡德，美国著名科幻作家。选入本书时有改动。

管监视器的女士温柔地说：“安德鲁，我想你一定已经烦透了这个讨厌的监视器。有个好消息告诉你，今天我们就把它拿掉。相信我，一点都不疼。”

被叫作安德鲁的男孩点了点头。安德鲁是他的本名，但男孩的姐姐从小就叫他安德。安德（Ender）的意思是终结者。不疼？当然是撒谎，他想。大人说不疼的时候肯定会疼，很多时候，谎言比真话更可靠，更值得信赖。

“过来，安德鲁，坐在检查台上，医生一会儿就来看你。”

监视器关闭了。安德试着想象这个小仪器从他后颈上拿掉以后的情形：在床上翻身时不会再硌脖子，洗澡时也不会再因为安装的地方肌肉渗水而脖子疼。而且，从此以后彼得也不会再恨我了。我要回家让他看看，我跟他一样，是个普通孩子了。这倒不坏，他会原谅我的，尽管我比他晚一年拿掉监视器。我们会继续住在同一所房子里，但不会是朋友，绝不会。彼得太危险了，我们不是敌人，不是朋友，只是兄弟。他想玩太空战士打虫族的游戏时，我就得陪他玩。或许我应该多看看书。

但即使在这么想着时，安德也很清楚，彼得是不会让自己好受的。彼得只要发起火来，眼神里就会出现某种东西。安德只要一看他眼中的怒火，就知道他要修理自己了。安德的脑海中响起彼得的叫喊声：我在弹钢琴，安德，过来帮我翻乐谱。哦？你这个监视器小子忙得连你哥哥都顾不上了吗？还是你太聪明，不屑于做这种小事？忙着杀虫人对吧，太空战士安德？不，不，我才不要你帮忙呢，我自己会做，你这个杂种，你这个多余的杂种！

“时间不会很长的，安德鲁。”医生说，“趴在这里。”

安德点点头。

“它很容易拿掉，不会感染，不会危害身体，不过会有点发痒。有些人没了它，会觉得身上好像少了点什么东西，莫名其妙地总想找点什么，却又不知道到底在找什么。你可能也会有这种感觉，过几天这种感觉就会消失的。”

医生在安德后颈上拨弄着。安德突然感到一阵剧痛，好像有根针从他的脖子一直刺到肚子里！他的脖子抽搐着，身体向后猛地一挺，头先是扬起来又落下去撞到了台面。他感到自己的两条腿正不由自主地在台上乱蹬，双手紧抓着台面，抠得手指生疼。

“迪迪！”医生大叫，“快来帮忙！”一个护士气喘吁吁地跑了进来。“帮他松弛肌肉，把那个递给我，快！还等什么！”

两人传递着什么东西，安德看不见。他朝检查台侧一歪，跌了下去。“我得把他拉起来！”护士尖叫着。

“用力。”

“你自己来，医生，他力气太大，我拉不动。”

“不要全部注射，心脏会停跳的！”

安德感到一根针刺进身体，就在衬衣领子后面那个位置。针刺的地方火烧火燎般疼起来，也不知道注射的是什么。火向全身蔓延，安德感到自己的肌肉正慢慢松弛下来。他又疼又怕，到现在才能哭出声来。

“你还好吗？安德鲁？”护士说。

安德好像不知道怎么说话了。他们把他抬上检查台，检查他的脉搏，还有其他的什么。

医生的声音有点发颤：“他们把这东西放进这孩子体内三年！他们到底想知道些什么？难道他们不知道他有可能变成植物人吗？”

“麻醉剂什么时候失效？”护士问。

“把他留在这儿至少一小时。看着他，如果他十五分钟内还不能说话，马上叫我。我们可能会给他造成永久伤害的。他又不是虫人！”

下课前的十五分钟，他回到彭小姐的课堂上，脚步还有点不稳。

“你还好吗，安德鲁？”彭小姐问。

他点点头。

“你病了？”

他摇摇头。

“你看上去好像不舒服。”

“我没事。”

“最好坐下休息一会儿，安德鲁。”

安德走向他的位子，突然在半路上停了下来。好像少了点什么东西。到底是什么东西呢？

“你的座位在那儿。”彭小姐说。

他坐了下来，还是感到身上少了某种东西，某种属于他的东西。我会找出来的，他想道。

“你的监视器！”坐在他后面的女孩轻声说。

安德耸耸肩。

“他的监视器没有了。”她小声对其他同学说。

安德摸摸自己的后颈，那儿有一块胶布，监视器不在了，现在他跟其他人一样了。

“被刷下来了吗，安德？”坐在过道对面的男孩问。安德想不起他的名字。彼得？不对。

“安静，史蒂生。”彭小组说。史蒂生傻笑着。

彭小姐在讲乘法，安德在他的电子桌上乱画。他画了一座巨大岛屿的轮廓，让电脑从各个角度模拟出它的立体模型。彭小姐知道他没专心听课，但她不会管他。安德什么都知道，即使不听讲也知道。

忽然，电子桌上有一行字冒了出来，从屏幕的上端往下移动着。没等文字到达屏幕下端，安德就看清了内容——“多余的小屁孩！”

安德笑了。最先弄明白怎么发送信息、让信息在桌面走来走去的人正是他。他的对头在讽刺他。但却采取了赞美的手段。成为多余的孩子不是安德的错，这是政府的主意，只有他们才有这个权力。否则的话，像安德这样的多出来的孩子怎么可能上学读书？现在他的监视器已经拿下来了，说明政府的这个实验没有成功。他想，如果政府做得到的话，他们肯定会收回特许他出生的授权书——实验没有成功，所以要删除实验品。

下课铃响了，学生们有的忙着关掉电子桌上的屏幕，有的仓促地往里面输入备忘录，还有的正往家中的电脑传输作业或数据。几个学生围着正在输出打印件的打印机。安德把手放在电子桌边沿的儿童小型键盘上，他想，成年人的大手用这种小键盘不知会是什么感觉。大人肯定会觉得自己的手又大又笨，指头粗粗手掌厚厚。当然，他们有大键盘，但他们那么粗的手指怎么也不可能画出非常细的线。安德却可以。他画的线条非常精细，从屏幕的中心到边缘，最多可以画七十九个同心圈，圈与圈之间绝不重合碰触。老师无休无止地讲算术时，他就这样打发时间。算术？姐姐华伦蒂在他三岁的时候就已经教会他了。

“你没事吧，安德？”

“是的，彭小姐。”

“再不走就赶不上校车了。”

安德点点头站起来。其他学生都走了，他们应该在等车吧。现在，安德的监视器不再压着他的脖子，监视他看到听到的一切。其他学生可以对他说他们想说的话，甚至可以打他，不会再有人监视这一切，也没有人会来救他。这样一想，戴着监视器还是有好处的。

赏读

这是奥森·斯科特·卡德的长篇小说《安德的游戏》第一章的节选。在这一章里，虽然人物才刚刚出场，故事才刚刚展开，但我们已经对主角的形象有了一个初步的认识，这和作者精湛的写作技巧是分不开的。

首先，作者在看似不经意的展示中巧妙地向读者介绍了自己的人物设定。安德是一个家庭里通常不会出现的第三个孩子（背景设定是政府正在进行人口生育管制），有一个哥哥和一个姐姐，姐姐对他很好（教他数学题），哥哥则与他关系紧张。之前安德一直处于被监视的状态，应该是为了完成某个任务。安德较之于一般人，有着出色的天赋。这些信息都不是作者通过全知视角的叙述告诉读者的，而是在安德本人的行动演进和心理活动中，通过种种琐碎细节的展示让读者在阅读中自然知晓的。

其次，故事一开始，作者就将人物置于巨大的压力之下。本来戴着监视器是被选中之人的某种优待（这从安德周围的同学在看到他的监视器被摘下之后的反应可以看出），但如今显示器被摘下，安德似乎落选了，优等生的光环消失了，安德如何面对同学们的嘲讽（在往后的情节里，他还和同学打了一架），回家又如何面对哥哥彼得的挑衅，都是非常严重的问题。这样的压力使未来的故事可期，也让主人公有了性格展示和成长的可能。

再次，虽然是第一章，可我们已经知道了安德的哥哥和姐姐，这两个人物的出现，呈现了更为复杂的人际关系。从以后的章节我们可以看到，姐姐华伦蒂的爱是安德在这个世界内心的依靠，哥哥彼得则处处挑衅、欺侮安德，激起他的反抗之心。在性格构成上，这两个人物更成为安德性格的来源和参照，华伦蒂的爱心和彼得的残酷在安德身上同时有所体现。

最后，可惜的是，因为篇幅限制，我们无法在节选的故事里窥得安德的“成长历程”和“性格真相”，即在故事中他性格的前后变化以及他成长的结果。所以，不妨打开书本（或者观看同名电影），沉浸在原著里，细细品味人物的性格成长。

穿越亿万光年

冒昕然

“我爱你，像这条小路伸到小河那么远。”小兔子喊起来。

“我爱你，远到跨过小河，再翻过山丘。”大兔子说。

这可真远，小兔子想。

他太困了，想不出更多的东西来了。

他望着灌木丛那边的夜空，没有什么比黑沉沉的天空更远了。

“我爱你一直到月亮那里。”说完，小兔子闭上了眼睛。

“哦，这真是很远，”大兔子说，“非常非常的远。”

“可月亮就在旁边啊。”宁向宇的大眼睛一闪一闪的，指着玻璃罩外略显暗淡的巨大球体。顾家正顿了顿：“这是很久以前的故事了，现在，小兔子睡吧。”

“好吧。”宁向宇撇撇小嘴，闭上了眼睛。

【点评　用一段温馨的读绘本的场景开头，顺便交代了两个人物。】

顾家正合上绘本，走到玻璃罩前。宇宙飞船正保持着静止状态，眼前，除了硕大的月亮，便只有茫茫无尽的黑色。他竭力想透过黑暗看一眼那颗蓝色的星球，可是，这已穿越了亿万光年，看不到。即使看起来这么近的月亮，其实真的不近，他想，毕竟他们不会降落，永远在天上。他已经49岁了，马上就要到了知天命的年纪，大概是人老了吧，格外念旧。9年前，他作为科研人员，随第一批太空旅客登上这艘飞船，随着他们的成功漫游，一批又一批旅客来到太空，现在地球上只剩下1/10的居民在等待下一次登船，比如宁向宇的父母，他们希望儿子能先一步看到宇宙，把儿子托付给了顾家正，现在，他们也将准备登船了。所有人都知道，移民计划将要完成了。

【点评　介绍故事背景、人物关系和主人公的身份、年龄。】

而明天，顾家正就要去开移民大会了。

【点评　将人物置于选择之前，其实暗含这篇小说最大的矛盾。】

“地球自身的属性已经限制了人类发展，它自身不可控的气象、地质因素曾困扰了人类几十个世纪，但今天此刻，它将不再是问题，我们决定——放弃地球，从此生活在广阔太空，在这样一个安全平静的宇宙飞船里！”人们欢呼起来，人类发展将再创高峰！

顾家正投了反对票，因为他突然有点想家。不过，一两张反对票也无足轻重。

宁向宇醒了，男孩还小，总是多觉。他不知道人类的未来已经被决定了，人类将成为一个永远活在天上的种族。

他只知道顾家正叔叔不开心，他每天给他讲那个星球上的故事。

“你知道吗？亿万光年外那个星球，她叫地球，远远看上去，是蔚蓝色的，很美。但我当年生活在那里时，知道的也不过是脚下那块土地而已。我们那时候男生打野仗，天天在泥里跑。有一次打在一起，我被他们掀进泥塘里了，湿漉漉糊了一脸，还有点土腥味，我感觉我好像是从土里长出来的，我把他们也拉进来，有个小小胖子，溅起来半人高的土，像下雨一样。我们就在泥里泡澡，像小泥鳅。”

【点评　在亿万光年之外回想地球，充满温馨感，同时也是对主人公以前阅历的补充，丰富了人物形象。】

“在农村，晚上黑得早，很安静，夏天的时候就摇把蒲扇坐在院子里看月亮，那时候，月亮真的好远啊，颤颤巍巍悬在天上，奶奶帮我拍蚊子，教我背‘小时不识月，呼作白玉盘’，就是说这月亮像白玉做的盘子。可不是嘛，荧荧闪闪的，还有星星明明灭灭，我那时总觉得，大自然好神奇啊，我长大之后去天上看看多好，近距离看月亮会是什么样子呢？现在是上天了，但总感觉缺点什么，还是地上踏实啊，还能仰着脖子看个东西，老了，老了啊……”

宁向宇不太明白，只是单纯觉得地球好有趣啊！这个关于地球的故事一夜间传遍了宇宙飞船，人们吃惊于那些遥远的记忆，但又那么容易产生共鸣。

“俺以前老家也是农村的，有片油菜花田，黄澄澄的，闪眼睛。”

“我家乡那里总下雨，我出门就带把伞，一下雨，街上啊，花花绿绿、五颜六色，像打翻了的颜料盒。”

“我从小就不消停，特能爬树，我家楼底下就有棵苹果树，我摘了苹果坐在树底下吃，人家都说我是牛顿。”

穿越亿万光年，飞船上的人们再塑了一个地球，充满了温情的，引人遐想的地球。思乡、归属，让每一位太空旅客沉默起来。

【点评 把“思乡”母题放大到宇宙尺度，把地球看作“故乡”，是这篇小说设定成功的地方，让相对古老的母题有了太空时代的“陌生感”。**】**

终于，他们决定重返一次地球，看看那片让人踏实的土地，那供养人类亿万年的土地。曾经人类赖以生存，在那里繁衍生息。这样联结便难以斩断了，人们早该想到的。成为一个永远在天上的种族固然优越，但少了可以一脚踏上的宽阔大地，就好像失去了引线的风筝，永远漂泊，无处安宁。“生于斯，长于斯，死于斯，铭于斯。”多愁善感的人类注定无法与这温情的山，温情的水，温情的地分开。

宇宙飞船穿越亿万光年，在向地面降落，广袤的大地无边无际，包容了这些曾从这里走出，背井离乡的游子。

顾家正趴在窗上仔仔细细地看，他看见小河、山丘，月亮又变得很远很远了，很亮很圆。他突然想起学过的一句诗：“为什么我眼里常含泪水，因为我对这土地爱得深沉。”他长长舒了口气，天上的日子终于结束了。

【点评 人物当然有变化的“弧光”，但移民计划说取消就取消，缺少技术层面的相关解释，这一半是由于篇幅限制所致，另一半则是作者缺少对情节设计的安排。**】**

移民计划就这么悄无声息地取消了，宁向宇的父母没去过天上，他们总逗儿子：“在天上，月亮是不是很近啊？”“不对，它好远好远，”宁向宇学着顾叔叔的口吻，“我爱你一直到月亮那里，这很远很远的。”

宁向宇父母笑起来：“睡吧，向宇。”

研讨

这篇科幻习作感情细腻，没有在浩大的宇宙背景下迷失自己（比如着力于写星际战争或太空旅行），而是通过主人公性格的层层揭示，刻画了一个太空时代乡愁者的形象，不仅有初始人物设定，也有依照人物过往的生活经历而形成的“性格真相”，还有人物在浩瀚星辰和蓝色故乡之间的选择，写得动人，引发共情。

但是，科幻作品光有人物塑造还不够，故事情节和人物形象的契合也很重要。这篇习作的问题在于，一个浩大的移民计划，仅仅因为微弱的反对票和重回地球观瞻的一次航行就取消了，这在逻辑上是说不过去的。作者如果一定要保留这个结果，必须在故事中给出合理的解释才行。故事讲通了，人物才能得到读者真正的认同，否则，再优美动人的描写也不能掩盖故事的贫弱和人物的单薄。

练笔进阶

1 在未来，人类的阅读方式有突飞猛进的发展，曾经引领风潮的电子化阅读也已经成为传统，人脑接入网络，甚至将意识传送到外星系的宇宙图书馆查阅资料都已经成为人们习以为常的操作。但是在地球上，还存在着最后一个坚持阅读纸书的人……。请以《最后一位纸书阅读者》为题写一篇短篇小说，请按照本课的相关写作知识，用300—400字的篇幅写出小说的人物设定。

点拨 这个题目给出了时代背景，人物则只有一个特征——坚持阅读纸书。那么，在做人物设定的时候，不妨多问自己几个问题：他为何有这样的选择？跟他的身份和知识背景是不是有关？在他身上曾经发生了什么样的故事？他对新兴的阅读技术是如何看待的？获得知识的途径在未来有高下之分吗？这个人的选择可能会导致什么样的结果（故事走向）？在未来，他这样做给自己带来了哪些不便？他又是如何克服这些困难的？……问题问得越多，你对这个人的想法就越鲜明和丰富。老舍说过，写作时顺着人物去写，慢慢地故事就来了。我们在设置人物的时候，不妨顺带也解决故事的问题。

2 观看科幻电影《我，机器人》，结合剧情，运用本课学到的人物塑造的相关知识，解析电影主人公黑人警探戴尔·斯普纳的性格成长历程，不少于300字。

点拨 这个题目，只要在追随剧情的前提下，按部就班看看人物的初始设定（提示：警探对机器人的不信任态度），并逐步记录他是如何一步步改变原先的观念，并在故事结束时有怎样的变化就可以了。这部电影的情节也扣人心弦。在好的科幻作品中，人物成长和情节发展紧密相连，观看过程中我们也可以体会到这一点。

3 22世纪，星际旅行已经如现在人们坐地铁一样方便和普遍。在星际飞船上，乘客之间如何相处？他们之间会如现今乘坐交通工具的人们那样遇到常见的人际关系的问题吗？请以“星际旅行中的一次助人为乐”为题，写一篇1500字左右的科幻小说。

点拨 这个题目的写作，实际上是可以从现实生活中取材的。不妨先简单设想一个公交车或者地铁或者轮船上的助人为乐的故事，然后把它“搬运”到外太空。但搬运过程必须考虑以下问题：

1. 交通工具的核心技术改变了（比如星际旅行使用曲率飞船，可能会穿越虫洞），这些对乘客的乘坐要求有哪些改变？这样的改变是否能引发故事的进一步发展？

2. 根据题目，这次写作最起码要有两个或两个以上的人物，他们的人物设定分别是什么？主人公有自己的性格成长或改变吗？

3. 在“星际旅行”这个背景下的“助人为乐”，和现实生活乘坐交通工具中的会有哪些不同和看点？

想好以上这些问题，就可以写你的故事了！

第5课

构建世界观

写作要点

什么是世界观

科幻作者挂在嘴边上的“世界观”，不是一般人所说的哲学意义上的世界观。哲学意义上的世界观，是指人对世界的总体看法和根本观点，而在科幻创作中，世界观通常指作者对自己作品中世界状态的描述和表达。就算是现实主义的题材，由于虚构的关系，每一部作品在理论上都必须拥有自己的世界观，但对奇幻、科幻等幻想类作品而言，世界观的构建格外复杂并且至关重要，是一个需要熟练掌握的独立技能。

道理非常简单：一个现实题材的作品，可以不加任何额外说明便展开人物和剧情，只要表现出日常生活中能够见到的正常事物，受众便可以一瞬间明白“哦，这是发生在现代的故事”，也就很容易地通过对现实世界的理解来映射作品中的各种设计，哪怕这些设计出于情节需要而与现实有所出入。

而幻想类作品则不同。读者在一开始处于盲目状态，他们并不知道故事发生在何时何地，甚至不能肯定里面的角色是否是平常所见的“人”，在创作者把设定做好并“喂给”受众之前，他们只能依靠主观臆断和猜测来对故事所在的世界进行判断（其实这也是设计世界观的一种方式），这种判断如果不符合其口味，那么就有可能在还未了解你的精彩的故事与人物（如果有的话）之前“弃坑”。虽然有些高明的作品会刻意隐藏“世界的真相”，引导读者自己去挖掘线索，从而获得更大的阅读快感——比如《羊毛战记》的前半部，但这同样是一步险棋，它要求作品至少在前期具有足够的吸引力。反之，更多的作品，尤其是篇幅不长的作品，都更愿意采用《星球大战》的方式，在电影放映的第一分钟就开始以文字形式交代世界观，节省了读者理解的时间，让他们能更快地进入故事。

无论采用哪种手法，对于科幻作品而言，一个好的世界观必不可少，它的重要性与人物、情节在同一个等级，优秀的世界观可以为作品加分，甚至令读者沉醉其中意犹未尽，而糟糕的世界观则可能导致全盘皆输，口碑崩坏，纵使你的故事再优秀也难以力挽狂澜。

在一个体量庞大的幻想类作品中，世界观可以单独存在，甚至成为作品本身的支柱，人物、情节则变成了支柱上的浮雕。最经典的例子莫过于《指环王》。它的创作历时多年，由多部小说组成，长短不一，有些剧情之间并没有很大关联，但连读起来就会发现它们全都在作者设计的“中土世界”中占有重要地位，既依托于设定，又为设定本身增加了外延，在谱写了伟大故事的同时，也创造了一个精彩纷呈的世界观，为人津津乐道至今。

也正因为世界观可以单独存在，那么在理论上，设计世界观时也可以抛开故事与情节，成为一个独立工序。同时这其实也是人的本能——几乎每个人儿时都会幻想自己生活在一个（或几个）与现实相关而又在某方面极为不同的世界中，这个幻想世界的灵感可能来自童话故事、影视、动漫或者电子游戏，但在自己脑海中映射时，会产生微小（或者很大）的变形，而这种模糊的变形本身，就已经算是世界观设计的雏形了。

如果要进行相对严谨的创作，那么仅仅靠“模糊的变形”远远不够，必须要尽可能将世界观设计得更具有系统性，这可以让你在构思故事和人物时事半功倍。

对笔者而言，设计世界观最初是一件非常愉悦的事，因为比起考究情节，它的自由度更高，无所禁忌，但随着背景的不断完善和故事线的加入，世界观的设计会变得越来越复杂，受到的限制也会越来越多，为了不出现自相矛盾和逻辑错误，与其在创作完成后反复推敲和修改（虽然这有时也难免），不如在下笔书写第一个字之前就认真做好准备工作，从最初便以全力以赴的心情来对待。

你需要一张图和三份表

一个完整的世界观，至少需要“一张图和三份表”。在条件允许之下，它们都需要创作者认真记录，你在一开始写得越详细、越系统，将来创作故事时，提取出来使用就越简单。

一张图，指的是地图。大到世界地图，小到家居布置，其规模和细节都由你的需要来决定。这张地图相当于为你的创作定下了大致的地理坐标——你的故事发生在哪个星球？哪个国家？哪座城市？甚至哪个小区？角色们去过哪里？一路上遇到过什么风景名胜？……我强烈建议新手在开始设计世界观时，从绘制地图开始。如果你所期望的故事足够庞大，那么它显然必不可少，而绘制地图的过程也有助于你理清思路，甚至找到额外的灵感。

也许有人认为自己缺乏美术天赋，但实际上你并不需要真的绘画，只需在大致位置标记上内容即可，如果故事规模不大，甚至可以用纯粹的文字来描述——比如你的故事发生在A城，A城北边有一条大江，南边有一座大山，东边临海，西边则是沙漠，然后给每一个地点添加具体的名字和描述，如此你便拥有了一个围绕A城而且言之有物的“中心点”，以这个中心点为基础，既可以向外扩散，构建更庞大的区域，也可以向内收缩，详细描绘（同样可以完全用文字）A城中的各种区域，随着故事扩展或者写出第二部（如果有的话），还可以打造第二个中心点B城，以此类推。注意：做世界观设计毕竟不同于绘制真实地图，你没有必要在一开始把每个地方的具体数据都弄清楚，做得模糊一些，按照简单的方向和远近来归类，之后如果需要添加其他地点，还可以像“书签”一样，直接插入至已有的归类中。随着作品的完成度不断提高，在确定了数据后，再在每个设定中补上诸如精确坐标、距离之类的细节。

三份表，分别是大事年表、人文列表和互动列表。

大事年表，用更直白的话来说，就是“时间线”。警方在破案时需要理清时间线来还原真相，同样，我们在创作时也需要时间线来完善作品的世界观。从某种意义上说，大事年表比地图更有用，它在世界观的坐标系中属于最重要的那条轴线。但之所以推荐在绘制地图之后完成，是因为在拥有了中心点之后，梳理时间线也会变得更加容易。成熟作家在构思故事（尤其是长篇）时，可能会在初期就规划好整个世界的大致历史，然后根据需要进行细节调整，但如果创作者不够熟练，这样做只会让你不知从何下手。我的建议是，和绘制地图时一样，在时间线上确定一个或者几个（根据故事发生的时间）节点，以此向前、向后进行延伸，在思考大致情节的同时，不断扩展时间线上的细节。由于本表是给创作者自己看的，因此不需要像真的大事年表那样列出每一个重要的历史事件，但可以参考后者的格式与结构。我们拿脍炙人口的《三体》举例，假设你是它的创作者，会如何构建它的大事年表？是从三体文明不断毁灭不断新生的无尽轮回写起，还是从1495年君士坦丁堡的高维碎片开始？这两者在某种程度上都可以作为起始来看待，但对于新手来说，它们又离故事本体太过遥远，这可能会导致你的初始与故事发生时的节点之间，有大量缺乏推敲的内容出现。那么如果按照刚才的建议，将故事发生时的节点当作初始，处理起来就变得简单——以第一部女主人公叶文洁的故事线为例，初始的节点为故事开头，1967年，她目睹自己的父亲被批斗致死，这是大事年表中的第一个条目，其他所有设计都以其为中心展开。比如向前推：1968年发生了什么？红岸基地建成，并且次年，叶文洁加入了红岸基地。往后推，1966年，红岸基地动工兴建……。以此向前、向后不断推演，将时间线逐步完善。如果你的作品不止一个主人公，或者主人公的经历有很大的时间跨度，那么就在时间线上建立新的节点，仍以其为中心进行扩展。和绘制地图时一样，你并不需要在设定之初就把精确的年月日和事件书写清楚，只要确定每个条目之间的顺序没有出错就行。

如果你的地图和大事年表都已完成，就相当于为作品的世界观确立了两条基本轴线，添加其他内容则相当于在上面定位一个个坐标点。

人文列表，它包含作品中可能出现的所有“人”，但并不需要具体的角色。人文列表可繁可简，但内容需求都一样：在某个时间段（大事年表中应有）的某地（地图中应有），生活着一群“什么样的人”。科幻小说虽然都是虚构的，但优秀的世界观应当能以假乱真，因此你在设计这些人时，也应当参照现实，去推敲他们的衣食住行、生活习俗、政体政局、历史文化……。所有这些定义“人”的内容，都应当与地图和大事年表结合起来，展现出人与环境互相影响的特征，让整个系统显得更加严谨可信。比如说传世经典《沙丘》中设计的弗雷曼人，由于常年生活在无边无际的大沙漠中，恶劣的环境培育了他们特殊的传统——对水的崇拜，每一个活着的弗雷曼人都穿着蒸馏服，回收利用哪怕是排泄物里面的水分，他们从不流泪，从不吐口水，就连死后，所有的水都要回收再利用。

新手在这里常犯的一个错误是“想当然”。他们把一种看起来很有趣的人文概念，强行植入并不匹配的环境中，导致读者在阅读作品时产生了强烈的不协调感——最常见的，就是在未来（或过去），存在大量今天现实生活中才有的事物，要么就是以现代人特有的行为方式去“模拟”未来人（或古人）……。虽然艺术来源于生活，出现这种现象有时在所难免，但所有科幻创作者都会尽力在虚构和合理之间找到平衡。

以笔者的经验来说，人文列表是世界观中最难完成却也是最不可或缺的部分，要做好它，需要相当的社会学知识和相关思考。虽然模仿优秀作品中的同类元素是一条捷径（比如你可以参照《指环王》中设计好的兽人，做一个敌对的类人物种），但如果没有足够阅历，极有可能不得其精髓，画虎不成反类犬。多看历史等社会学相关的书籍，多尝试思考不同文明之间的异同和内在逻辑，是提高这方面能力的唯一正道。

最后，互动列表，指的是能够与人（包括角色）互动的一切。从服装、住宅、代步工具这些日常用品，到轻重武器、技术设备之类的高科技，事无巨细。与之前的人文列表类似，互动列表需要丰富的自然科学知识。相对来说，这份表是世界观设计中最简单的部分，它虽然叫作“互动”，但实际上独立性很强，你完全可以将自己喜欢的任何设计都加入进来，对是否合理、是否科学反而不用思考太多——工具毕竟不是人，它们的发明本身可能就具有一定的偶然性。比如说著名的蒸汽朋克作品《差分机》，就虚构了一个拥有差分机（作用类似于现在的超级计算机）的19世纪。只要能够自圆其说，逻辑自洽，你完全可以设想任何想要的酷炫玩意儿，飞碟机甲、病毒怪兽……，统统加入列表，并予以标注——它们是从哪儿来的，能干什么，要怎么干，你能想到的越多，描述越详细，在日后的创作中使用起来就越方便。

世界观的创造是一项非常复杂的技能，它不比“如何写好一部小说”简单，如果展开来讲足够写上一本书。优秀的世界观不仅能为作品增添魅力，而且本身就是一件精美的艺术品——洛夫克拉夫特创造的“克苏鲁神话”世界观影响了一代又一代人，涌现了无数优秀的杰作，在可预见的将来，它仍将为众多创作者带来灵感。就和写小说一样，创造世界观并没有什么必然成功的法则，它需要你自己不断摸索和总结，不断练习与尝试，只有去做了，才能真正体会到其中的乐趣——那种成为造物主、君临万物、将整个世界掌握于股掌之中的乐趣。

龙　蛋

［美］罗伯特·福沃德

节选自《龙蛋》，罗伯特·福沃德著，宽缘译，四川科学技术出版社2019年版。罗伯特·福沃德，美国物理学家、科幻作家。选入本书时有改动。

时间：公元前500000年

布乌躺在树上铺满树叶的巢里，仰望漆黑夜空中的星星。这个毛茸茸的年轻类人本来早该进入梦乡，然而好奇心却让他睡不着。再过五十万年，这一点好奇的微光会将他的大脑引向宇宙，去探索相对论的数学奥秘，不过现在嘛……

布乌继续盯着头顶明亮的星星，只见其中一个光点突然爆发出更亮的光芒。布乌既觉得害怕，又深受吸引，他的目光追随着那灿烂的光点，直到它消失在一根粗壮的树枝背后。布乌知道只要去旁边的空地就能再看见它，于是他从巢里爬下来——随即落入了浑身布满条纹、盘成一团的卡阿口中。

卡阿虽说抓获了猎物，却没能享用太久，因为他无法适应有了两个太阳的世界。旧太阳又大又黄，新太阳则又小又白。新太阳总在空中绕圈子，从不知日落为何物，害得卡阿不能再在夜里捕食。卡阿饿死了——还有其他一些不能尽快改变习性的猎食者也饿死了。

之后的一年里，新太阳炙烤着天空，强光从头顶倾泻而下。再后来，它的光芒渐渐变暗。又过了一些年，夜晚重新回到了地球的北半球。

在距离太阳系五十光年的地方曾经存在一个双星系统。其中一颗星处在正常的黄/白阶段（原文为yellow-white phase，恒星发出的光介于黄色和白色之间，说明这颗星星依然年轻——译者注）；另一颗星却膨胀起来，变成红巨星，并吞没了它周围的行星。就在布乌的好奇心让他丧失警觉之前五十年，这颗红巨星的核燃料消耗殆尽。随着核聚变中心的关闭，这颗恒星失去了对抗自身重力所需的能量。它坍塌了。在中心部分，向内坍落的物质由于受到巨大的重力压迫而变得更加致密，最后几乎完全变成了一个个中子。中子被逐渐挤压，直到紧紧地挨在一起。

在这样紧密挤压的状态下，强大的核斥力终于能抗衡重力了。物质向内挤压的动作很快反转，向外的动作化作白热的冲击波，向上通过红巨星的外壳。冲击波形成超新星爆炸，炸掉了这颗恒星的外层，一个钟头里释放的能量比它过去一百万年释放的能量还多。

炙热的等离子云在空中扩散，在它下面，红巨星的内核变了。它曾经是一个缓慢旋转的红色气球，比太阳还大二百倍，如今却变成直径仅20公里的白热小球，由超级致密的中子构成，每秒自转超过一千转。

这之前，这颗恒星的磁场被困在恒星物质构成的高导坍缩云里，如今的磁场也跟恒星曾经的黑子分布模式一样，并不与中子星的自转轴重合，而是与自转轴形成一定角度，支棱出中子星表面。其中一个磁极位于赤道上方一点点，而且非常集中。另一个磁极（其实是一组磁极）则在恒星的另一侧，其形态非常复杂，一部分位于赤道之下，不过大部分都在北半球。

这万亿高斯的磁场几乎可算是固体。磁场从飞速旋转的恒星的两个磁极伸出，撕开超新星爆炸留下的闪亮碎片；接着又被超致密球体的飞速旋转驱动，将大片大片闪烁的离子云从恒星抛出。中子星仿佛疯转的纸风车，往南朝着邻居太阳加速前进，起推进作用的磁场在身后拖出一道明亮的尾迹。没过多久，等离子密度降低，火箭式推进终止。不过此时恒星的固有运动速度已经相当可观：每秒三十公里，或者说每一万年一光年。这个小小的流浪者开始横穿银河系的恒星大道。

时间：公元前495000年

这颗直径二十公里的中子星打着转穿越太空，而它吸引来的碎片也在它的重力场作用下向内坠落。每当星际间物质来到中子星附近几千公里之内，它们就会被加热、被强大的重力和旋转的磁场剥去电子。接着电离的等离子会形成拖长的水滴状朝恒星坠落，等撞上东边和西边的磁极地区时，其速度已经达到光速的百分之三十九。遭到轰炸的地壳又将带电粒子射入太空，旋转的磁场线把粒子向外抽打，令其加速并放射出辐射能量脉冲。

由于有脉冲辐射和恒星旋转产生的等离子热流，最初超新星爆炸产生的气云继续以百分之一的光速扩展。五千年过后，冲击波的锋面穿过太阳系。之后的一千年里，太阳和地球的屏蔽磁场被不可见的强大星际风推搡。扭动的磁场无法再为脆弱的地球挡开高能宇宙射线，高层大气的臭氧层坍塌，地球上的生命形态遭到变异辐射的猛烈扫射。

等到持续千年的风暴终于减弱，地球上出现了一个新物种，一种几乎无毛的类人。最初他们形成的团体规模很小，但其个体十分聪明。他们不再任由大自然和肌肉强健的生物为所欲为，而是运用自己的智力控制身边的东西。没过多久，他们的后代就成了整个星球唯一的类人。

时间：公元前3000年

中子星以每一万年一光年的速度漫步，悠然接近太阳系。五十万年前中子星诞生时那场无形之火催生了地球上的智慧生命，这些智慧生命逐渐成长，如今已经开始认真研究天穹。中子星闪出白热的光，但它太小了，人类裸眼是看不见的。

中子星的温度比太阳还高许多倍，但它并非一团热气。正相反，这颗恒星的重力场有六百七十亿个g，于是滚烫的物质就被压缩成固态球体，致密的核心部分是液态中子，厚实的地壳则是由富含中子的原子核紧密排列形成的晶格。随着时间推移，恒星温度下降、体积收缩，致密的地壳破裂，山和断层被推起。这些地表形态大多只有几毫米高，不过较大的山脉高度将近十厘米，峰顶戳穿了铁蒸汽形成的大气层。最高的山都在东边和西边的磁极附近，因为落到恒星上的流星物质大多都被磁场引向那里。

自这颗星诞生起，它的温度就逐渐下降。在炙热的结晶地壳表面，富含中子的原子核现在可以形成越来越复杂的含环化合物了。地球上的化合物利用的是微弱的电分子作用力，这颗星上的化合物却是利用强大的核相互作用力，所以其速度是核水平而非分子水平。在地球上，每微秒会出现数种不同的核化学组合，在这颗中子星上却是每微秒数百万种。终于，在一万亿分之一秒的时间里，命运被写就：一种核化合物形成了，它有两个重要特质：一是稳定，一是能够自我复制。

中子星的地壳上出现了生命。

时间：公元前1000年

白热的中子星继续接近太阳系，不过依然不为人眼所见。有一个小小的温度区间最利于核生命传导，现在恒星的表面温度降到了这个区间，最初那种自我复制的核分子变得越来越多样、越来越复杂。它们以较简单的无生命分子为食，对食物的竞争现在越发激烈起来。覆盖在地壳表面的大量原始食物很快就被一扫而光，取而代之的是一团团饥饿的细胞。有些细胞团发现了一件事：它们的顶面朝向寒冷、漆黑的天空，底部则与炙热的地壳相接触，顶面的温度总是比底部要低很多。于是，它们用细胞支起顶盖，使其脱离地壳。这么一来，它们就等于在深深扎进滚烫地壳的僵硬主根与上方凉爽的顶盖之间制造出热引擎，借此获得了有效的食物合成循环。

顶盖真可谓工程奇迹。它利用内含超强度纤维的硬晶体形成一个十二点的悬臂梁结构，对抗恒星六百七十亿个g的重力，举起了上层那薄薄的皮肤。当然了，植物的梁结构不可能把顶盖举得太高。哪怕植物宽度达到五毫米，它也只能把顶盖举到一毫米的高度。

植物也为顶盖和支架付出了代价。它们无法移动，只能留在自己扎根的地方。在恒星的许许多多个自转周期内，恒星表面都毫无活动迹象，只偶尔有某株植物从悬臂梁尖端喷出花粉，接着就是附近一株植物尖端的膜片收缩。再过许多转之后，会有成熟的种子荚落下，并在持续的风中翻滚到远方。

一次转动中，一个翻滚的种子荚撞上一块地壳。种荚破了，种子散落，其中几粒开始生长。有一粒种子长出的植物最是强壮，很快它的顶盖就升到高处，遮蔽了动作比较缓慢的兄弟姐妹。下方是恒星释放的热量，上方是那株植物的底面，较小的幼苗夹在中间，很多都被闷死了。

然而其中有一株幼苗，当身体机能开始失灵时，它却另有一番际遇。植物体内有种突变酶，通常的作用是制造并修复支撑顶盖的晶体结构。可是当有机体濒临死亡时，发生变异的核化学作用却令这种酶发了狂，反而溶解了本应保护的晶体结构。这株植物变成了一大袋汁液和纤维，顺着自己扎根的缓坡滑到了一个新的休憩地。那十二个花粉喷嘴，原本因为负责为顶盖寻找最佳方向而稍微具有感光性能，现在它们转到了最上方。有机体脱离了大植物顶盖的遮挡，误入歧途的酶也重新控制住自己。植物扎下根去、重建顶盖，接着又释放和接收了许许多多花粉。这株可移动的植物有许多后代，全都能溶解自身僵硬的结构。假如周围环境不能最大限度地利于生长，它们就会离开。

很快，最早的动物开始在中子星表面游荡。它们从不会动的表亲身上窃取种子荚，同时还发现恒星上有许多好吃的东西——最好吃的莫过于彼此。

……

赏读

从科幻小说的定义来看，《龙蛋》堪称是绝对的不朽经典，它被称为“一本伪装成小说的中子星教科书”，任何一位科幻作家都希望自己能创作出这样的作品——然而这难如登天，因为作者本人是航天领域的一流学者，这本书可谓是“专业对口”。《龙蛋》描写了人类科学家与一种神奇的外星智慧生物进行了接触，这种生物由于生活在中子星上，因此拥有完全不同于地球生物的生理特征，甚至连对时间的度量都大不一样——地球上的一个小时，相当于中子星上的几百年。这种朝生暮亡的智慧生物，用不到二十个地球年的时间，超越了人类文明……

本文节选自小说的开头，作者将扎实的天体物理学知识，与瑰丽的想象结合在一起，描绘了中子星世界“龙蛋”的开端——短短3000字左右，从双星系统的瓦解开始，讲到出现“动物”这种高级的生命形态，在有限的篇幅中，直截了当地铺开了作品的背景，可谓是“世界观”创作的优秀范本。虽然在故事开头展现世界观可能会影响故事的节奏，进而影响读者的阅读体验，但这却是最为简单的手法，适合新手模仿学习。

点　击

张晋孔嘉

一

“你要结束自己的生命吗？是，请点击5。否，请点击0。”电子声毫无生气地合成。

我躺在四壁银白的房间中央，沉着地把自动注射针头插进左臂。

地球有1.489亿平方千米土地，3.6亿平方千米的海洋。这么广阔，却只剩我一个人。

我，地球上最后一名人类。

窗外木棉树上一盏盏火红的花朵依簇相挨。我阖上双眼，静静回想太长太长的一生。

是六世纪前吧，人类不满于短暂的寿命，用庞大的资金浇筑出了永生产业。将身体中的一个单细胞养育成胚胎，再将其置于人工子宫中孕育成熟，就可得到一具具没有大脑的躯壳。我们就通过手术摘取自己的大脑并移植到这具十五六岁的躯壳中，再把老去的旧躯壳处理掉。

我们也曾为大脑老化的问题伤神。随着时间的推移，人类的神经细胞也会慢慢衰亡，于是神经元再生技术应运而生。只需十几年维护一次，大脑便可恢复至25岁的最佳状态。

从工业时代开始肉体上的进化对于人类已没有意义。动物为了适应环境不得不利用死亡实现迭代演化。但我们不再需要适应环境，相反改造环境使其更为舒适。所以，不再死亡，自然不再有新的生命。

人类不再生育，又有什么责任去履行婚姻义务？所以家庭、婚姻等关系在法律上被废除。不久，爱情这一概念也同样消失了。

真可惜，从那时就错了。

我苦笑着摇了摇头，点击5。

二

“你要结束自己的生命吗？是，请点击4。否，请点击0。”

永生消磨了时间概念，人类失去了过去与未来。“愤怒”的人们只好沉沦于当下，其中最直接的方式便是毒品。

既然躯壳可以更换，大脑可以再生，那么毒品也只不过是有些副作用的合法药物而已。于是，这种有效治疗空虚的药物大行其道。

在长达数十年、数百年的迷幻派对中，上百万的人拥挤在一起。无数条带有针头的塑料管像热带雨林的气根一般，从晃动着彩虹光的天花板低垂下来，连接在人们的手臂上。人们淹没在电子噪音中扭结在一起摇摆，不停接收着剂量正好的毒品以及生命基本所需的营养，几十年也不分开。以至于舞场变成“苍蝇”与“蛆虫”的乐园，他们的所有感官和消化系统都已退化，成为盛接毒品快感的容器。直到机器人将濒死的躯壳拖出去，更换全新的躯壳为止。还有一些人转向了电子毒品，他们一动不动地躺在家里，享受VR虚拟世界中无穷无尽的荣耀。

灭亡，从这里开始了。当日热闹颓靡的场景仍在眼前，现在却找不到第二个人类。

点击4。

三

“你要结束自己的生命吗？是，请点击3。否，请点击0。”

当所有最刺激最快乐的体验都体验过，人类对日复一日、年复一年的欢愉感到疲惫时，人类不禁想要品尝从未体验过的死亡的滋味。于是，大批的自杀者涌现。

对此，那个人类意志的代表，新政府——一个大数据全球民意采集器给出了它的答案："自杀是自由意志，人类有权选择在合适的时候享乐到生命的最后一刻。"

我无助的生活在内卷化的社会中，经过一个又一个世纪，看着无数身边的人从现实社会走入毒品王国或虚拟世界，然后心满意足地选择死亡。

人口不断减少，我无法抑制恐慌，质问新政府，要求生育新的孩子。

然而它冰冷地回答："一切以当下的生活为优先，哪怕只诞生一个孩子，也是对当下社会的拖累。"

"哪怕人类灭绝也无所谓吗?"

"对，如果人类选择灭绝，那也是我们自己的意志。"

我震惊了，难以理解。人类竟会愿意自我灭亡？我翻开历史，找到了人类每一次进化的脚印。在三四百万年里，人类总表现出强大的生命力，从猿人到工业革命，是一个个部落、民族、国家挣扎求生的历史。

谁又能想到，人类的灭绝不是因为自然灾害，不是因为战争，而是源于自我选择。在我思考的过程中，身边人越来越少。一个又一个人在极致的快感后奔向了死亡。最终，只剩下我一个人。

我想知道在漫长的永生中人类丢失了什么，只要把它找回来，就有了存在的意义。

点击3。

四

"你要结束自己的生命吗？是，请点击2。否，请点击0。"

我穿过空无一人的大楼，越过尸骸遍布的城市。自动驾驶车载我穿过一片片荒原和重新被野生动植物占领的树林。

我终于来到了世界尽头，这里是南美洲最后一个灯塔，再过去就是南极，突然之间我很想回家，回二十一世纪的那一个家。虽然我跟它的距离很远，但那一刻我的感觉是很近的。

我想起我恍如隔世的少年时代，二十世纪的家园。人们相伴走在木棉树下，漫山遍野的木棉蔓延天际，染红了云霞。儿童的欢声笑语，大着肚子的母亲的嗔怪，情侣的耳际呢喃……。那时候，人类未尝丢失的爱与责任，这是对新人类来说太遥远太陌生的名词。我咀嚼这两个词语，却又每每与它们真正的意义擦肩而过。

我又想起了新人类，一直以为我跟他们不一样，原来寂寞的时候，所有的人都一样。

站在那座灯塔上望着满目银白的世界，风在耳边呼啸，霜雪积挂在身上越裹越厚。夜幕降临，绝望的寂静如同黑夜蔓延，严严实实包裹住了我。那一刻，我切实感受到——我一个人了。当我还年轻时，以为什么都有答案，可是现在，我可能又觉得其实人生并没有所谓的答案。

我不再纠结繁衍的意义，世界有1.489亿平方千米土地，3.6亿平方千米海洋，却只有我一个人。或许，很久之前，我就该这样做了。

回过神来，最后一步了。

注射剂由大剂量巴比妥、肌肉松弛剂和高浓度氯化钾组成。二十秒，没有痛苦。

终于，我不再是一个人了。

点击1。

注射针管中淡黄色液体很快变少，流进体内。我感到久违的困意。

恍惚中，我回到了家。风拂过，木棉树上烟霞起伏成一波红色的海浪。树下人微微一笑，仍是初见时模样。红色的海浪中飘下几朵，天地失声，万物失色。他伸手轻声道："欢迎回家。"

五

光年之外，一道电子合成音冰冷响起："银河系猎户座左旋臂人类种群观测结束，点击确认。"

研讨

这篇习作文笔优美，叙事流畅，结构也非常讲究，可以看出，作者具有良好的文字功底和优秀的语言组织能力，离真正的创作者可能只有一步之遥。作品描绘了一个灰暗无望的未来，而且很不幸，以当前的社会现实来说，这样的未来极有可能成真。“娱乐至死”的概念早已有之，阿道司·赫胥黎所描绘的乌托邦更是让人不寒而栗。习作虽然没有《美丽新世界》那样复杂而巧妙的世界观，但依然能够自圆其说，并令人印象深刻，发人深省。虽然作品本身并没有什么复杂曲折的故事，但仅仅是能用优美的文字将世界观缓缓道出，就已经是难能可贵的技艺。美中不足之处是结尾——作品本身内容结构已经比较完整，增加这个彩蛋式的结尾却又不做任何附加解释，显得并无必要，反而有些狗尾续貂之感。

练笔进阶

1 假设现在已经是100年之后，人类开始在太阳系内进行星系殖民，火星上已经出现了两座可以自给自足的小型城市，几十个前哨站遍布整个星系。请以此为背景，设计一个类似“三国”的世界观背景。

点拨 政治斗争是人类永恒的话题，即使到了太空时代也不会例外，但考虑到新人在创作时容易“想当然”，导致设计出来的世界观的逻辑出现问题，因此借鉴已有的成熟世界观就变成了一条捷径，而《三国演义》又是中国人耳熟能详、喜闻乐见的题材，用来作为练习的借鉴对象再合适不过。将三国中魏蜀吴的关系，套用一个星际殖民时代的背景，梳理不同势力的特征、历史和它们之间的矛盾冲突，最终构建出相对完整的世界观，这就是本题的训练目的。

2 有一颗行星，全球95%的面积都是海洋，只有少量岛屿散布其间，一种两栖类的生物进化出了智慧，在这颗行星上建立了文明，请为这个种族及其文明设计世界观。

点拨 人类文明之所以会呈现现在这般模样，完全是由地球的环境所致，如果对环境进行调整，人类就有可能进化成完全不同的形态。比如本任务中的世界——两栖类的生理特质导致它们对“海洋”和“陆地”有着与我们截然不同的认知，在建立文明的过程中，这种差异肯定也体现在每一个细小的环节上，比如要如何发明“火”？住宅要用何种材料建造？最先出现的工具是什么？往大了说，政治、宗教、文化等上层建筑也会相应发生变化，这里并没有任何标准答案，只有怎样实现逻辑自洽的思考与推敲。

3 在上面两个世界观中选取一个作为背景，编写一个故事，字数要求在1500字以上。

点拨 世界观存在的目的，最终还是为了写作本身服务，本任务的主要目的在于训练自己使用特定世界观进行创作的能力，同时理解拥有一个良好世界观，可以对作品有怎样的帮助。

中编

写作技法

- 冲突
- 细节
- 对话
- 结构
- 开头
- 结局

第6课

冲　突

写作要点

什么是矛盾冲突

矛盾冲突原本是一个戏剧文学领域的术语，科幻小说写作中也经常用到。

简言之，矛盾冲突是一种表现作品中角色与角色之间、角色与事物之间或角色自身内心矛盾的形式。它来源于拉丁文“conflitus”，可译为分歧、争斗、冲突等，还包含了矛盾产生、发展和解决（有时候可能也不解决）的过程。

为了方便理解，我们举个例子。假设你的主人公名叫小明，他今天要去上学，你的故事就这么简单。你想让故事有点戏剧性，于是设计了两个小桥段——小明发现自己忘了带作业本，同时在上学的路上遇到了心仪已久却一直不敢搭讪的女同学小红。为了完成这两个小桥段，你让小明在中途折返回家，去拿作业本，同时和小红打了有生以来的第一次招呼，两人于是有说有笑地（或者是尴尬地）一起上学……

你编的桥段相当写实，虽然推进了剧情，但可以说是完全没有矛盾冲突，用编剧常用的话说就叫“顺拐”，故事平淡无味仿佛流水账，读者看来也味同嚼蜡。

现在我们引入一些矛盾冲突试一试——小明去上学，发现自己的作业本没带，准备乘地铁回家去拿时，一摸口袋，装着公交卡的钱包不见了！正急得团团转，下一趟地铁驶来，门里走出来的正是暗恋多时的小红，小明既想借钱回家又口干舌燥不敢搭话，终于鼓起勇气，又发现小红并非一人上学——她身边竟然还有个高大英俊、玉树临风的学长，两人相谈甚欢，似乎关系相当亲密……

这样一处理，且不说作品会不会变得更精彩，至少读者有了想要读下去的冲动，想要看看小明到底如何解决眼前的“危机”——或是看看他到底如何出丑。这便是引入矛盾冲突后的直观效果。

矛盾冲突的最终目的并不在于此，一味追求悬念与矛盾冲突的“抓人”，是一种本末倒置——虽然这确实是许多作品获得商业成功的秘诀。优秀的矛盾冲突设置，一定是为了体现角色的性格或者推动情节发展，帮助读者更好地进入并理解作品，增加阅读体验。

在大部分作品中，矛盾冲突的设置通常有几种模式：人与人之间的矛盾（这个不做解释了），人与具体或抽象物体之间的矛盾（比如各种鬼片、怪兽电影），人与环境之间的矛盾（比如灾难片），人自身内心的矛盾（这在情感类作品中随处可见，参考上文中的小明），这些矛盾互相交织，互相影响，有的甚至互为因果。科幻作品同样也包含所有上述矛盾类型，我们以脍炙人口的《三体》举例：三体人之所以要入侵太阳系，是因为自身的恒星系太过奇葩，完全不适宜文明发展（人与环境的矛盾）。它们选中的统帅叶文洁则是因为其自身经历而对人类群体失望（人自身内心的矛盾）。三体人对地球进行渗透主要靠两种方式：其一为培养人类内部的ETO组织，这也是第一部的主要反派（人与人的矛盾），其二为派出强大的高科技设备“智子”，对人类技术进行封锁（人与物的矛盾）。

科幻小说也有其特殊之处：作品通常会含有现实中并不存在的技术，不仅这些技术本身可能会成为矛盾冲突的一极，它们的出现也可能会大大改变其他几极，让原本没法出现矛盾冲突的元素变得矛盾重重，让原本矛盾冲突并不剧烈的元素变得尖锐剧烈。这一点在现实中也多有体现——全球工业化导致了环境问题，科技进步让武器更可怕，更有破坏力，等等。

也正因此，为科幻小说设置矛盾冲突的手段，比为其他类型文学设置矛盾冲突的手段还要更多一些，但它又必须遵循共有的基本规则——那些经过无数作品验证的成功路径。所以最简单稳妥的办法，就是先以传统手法构架好基本的矛盾冲突，再引入科幻要素对其进行强化，不断修改完善。

怎样设置矛盾冲突

关于传统的矛盾冲突设置，一千个作者可能有一千种处理手法，对于新手，我建议从四个基本要素入手进行思考——角色、欲望、阻碍与解决。

角色，顾名思义，就是作品中的人物。矛盾冲突越突出，越剧烈，人物的特征与性格就越鲜明。因此，越是重要的角色（倒不一定是主角），其身上所展现出的矛盾冲突就应该越是要深思熟虑。当你的作品中有一个特别棒的矛盾点时，你需要谨慎思考哪些角色“有资格”进入它，这关系到作品的整体节奏。虽然有不少优秀的小说可以面面俱到，把每一个角色都写得血肉丰满，浑身故事，但这种佳作毕竟凤毛麟角。

欲望，指角色想要做到的事，说是动机也没错。这件事可大可小，可以攸关主线，也可以独立成章，只需要牢记，矛盾冲突是为展现人物，它必须与你的角色相符，否则可能会导致人设崩坍，甚至影响到作品的整体立意。

阻碍，角色实现欲望的过程如果一帆风顺，那么就谈不上什么矛盾冲突了，正如上文所举的“小明上学”的例子，必须要为角色设置足够强大的阻碍，同时还要让读者体会到这份阻碍的强大，才能形成尖锐的冲突效果。有时单独的矛盾不够强，可以设置数个小矛盾组成链条，对角色的行动造成层层阻碍。

解决，即角色最终突破、解决阻碍，实现欲望的过程。通常也是故事的高潮所在。你的角色越丰满，欲望越强烈，阻碍越巨大，最后的解决就会越有力，让人读来就越舒畅。

怎样设置有科幻感的矛盾冲突

在明确了这四个传统矛盾冲突设置的基本步骤之后，就可以把科幻的元素加入进来，对每一个环节进行强化。王侯将相明争暗斗的故事够俗套、够传统吧？结合科幻，就成了不朽经典《沙丘》。探险家云游寻宝的故事也不算新鲜惊奇吧？结合科幻，就有了传世之作《金银岛》。总而言之，人类能想象出的所有矛盾冲突，都可以与科幻元素进行对接，将其变成“有科幻感的矛盾冲突”。

我们依然拿“小明上学”的例子来说好了。现在将时间延后五十年，未来的小明在某天要去上学。城市非常巨大，而人口又太多，像小明这样并不富裕的家庭，只能住在偏远的郊区，但他很争气，成绩很好，因此在市中心的名牌高中就读。上学路途遥远，但好在那个时代城市内已经普及了管道运输设备，比地铁要快一倍。昨天老师布置了一道动手题，而小明正擅长此道，他制作了一个可以喷涂颜料的绘画无人机，可是和上文中寻常故事设定的小明一样，他忘了带这个作业去学校，无奈之下只得选择乘管道交通回家，可正在等车时，摩天楼的巨大广告屏幕突然亮起，出现了小红的身影——小红是讯藤公司推出的虚拟角色，广受好评，同时也是小明的偶像，有点内向的小明很喜欢与小红在电脑上交谈……，可今天的广告不一样，讯藤公司为小红安排了一个同样是虚拟角色的“男朋友”，小明觉得这也太不像话了，临时起意，便决定回家把自己制作的绘画无人机带过来，在广告牌上进行涂鸦，可不巧的是，今天正好是外国特工交换情报的日子，他们误以为小明的无人机是接头用具，便用电枪把它打下来带走了……

这段矛盾的核心依然是“小明上学路上发现自己忘了带作业”，但整体就有了一股赛博朋克的味道，同理，加入不同的科幻元素之后，它也可以展现出不同的科幻类型，诸如太空歌剧、反乌托邦、时空穿越……掌握了基本的套路之后，这些都可以信手拈来。

设置矛盾冲突的几点建议

在设置矛盾冲突这个环节上，新人最大的难点肯定还是如何营造矛盾冲突本身（即便对老手来说也不容易），这可以认为是灵感的一部分，是创作中最不好解决却也最需要解决的关键点。

没有一本教材能够告诉你如何去为作品添加合适的矛盾冲突，这需要个人不断摸索、思考以及积累创作经验，同时这里面也没有什么捷径或者说是标准答案，不存在你学会了就能应对每一个作品、每一个桥段、每一个角色的万能方法。在此笔者只能提供几条可以用来参考的建议。

既然设置矛盾冲突的核心目的依然是为了带出人物性格或者体现作品的立意，那么在设置矛盾冲突时，也可以以这两点为起始，进行发散思维。比如说，你的主人公小明是一个阳光少年，典型的老好人，总是喜欢在力所能及的情况下帮助所有人（这样的人设看起来有些俗套，但也是“安全性最高”的稳妥选择），那么你就可以为他设置一个类似“电车难题”的矛盾冲突——两个朋友都遇到困难需要他帮助，他的精力、时间或者资源却只能帮助其中一个而必须放弃另一个，被救的人也许不懂感激，没救到的人可能反目成仇。或者，从作品立意出发，比如，你的小说主旨是反战，为了尽快结束战争，让世界恢复和平，主角们加入了军队，投身抵抗侵略的战斗……，但随着战事持续，主角们在不断的杀戮和争斗中，体会到了战争的残酷与荒谬，但又不得不强迫自己继续下去……

总而言之，激烈的矛盾冲突并不一定精彩（因为它不一定符合作品或角色，可能会造成违和感），但精彩的矛盾冲突基本上都十分激烈。而在平稳推进的剧情中寻找激烈冲突的最简单办法，就是直接“反着来”——让角色遇到的阻碍与他的人设相反，或者是与作品想表达的中心立意相反。

需要注意的是，建立矛盾冲突并予以解决之后，需要反过来进行审视，看是否有必要为之创作能够提供辅助说明的剧情，而不是直接进入下一段故事。这有点类似于商业电影全片结束之后，在放字幕时出现的彩蛋，不仅可以更高效地点明作品的主题、凸显人物的特色，还能让读者觉得故事暂时告一段落，心满意足（也许不会），增加阅读体验。

能够随心所欲地创作出符合作品要求的矛盾冲突，是每一个作家（或编剧）的梦想，同时也是作品是否能吸引人的关键因素，除了多看、多学、多模仿、多思考、多练习以外，没有什么一定能成功的公式，而相对来说，如何让作品的矛盾冲突具有科幻感，反而是一件非常简单的事，相当于是在一盘已经做好的牛排大餐上，浇上黑胡椒酱而已。

全频带阻塞干扰

刘慈欣

节选自《流浪地球》，刘慈欣著，长江文艺出版社2017年版。刘慈欣，中国当代著名科幻作家。选入本书时有改动。

负责指挥战区电子战的一位中将看了身边的卡琳娜一眼，同其他刚从前线归来的军官一样，她的迷彩服上满是污迹和焦痕，脸上还残留着血迹。中将说："卡琳娜少校在电子战研究方面很有造诣，同时也是总参派往前线的电子战观察员，她的看法可能更有说服力一些。"像卡琳娜这样的年轻博士军官大多心直口快，无所顾忌，往往被人当枪使，这次也不例外。

卡琳娜站起来说："大校，话不能这么说！比起北约，我们这些年对C3I的投入微不足道。"

"那电子反制呢？"师长问，"敌人能干扰我们，你们就不能干扰他们?！我们的C3I瘫痪了，北约的却转得很好，像上了润滑油似的，今天早上我对面的陆战一师能那么快速地转变攻击方向就是一个证明！"

卡琳娜苦笑了一下："提起对敌干扰，费利托夫大校，不要忘了，就是在你们师的阵地上，你的人用枪顶着操作员的脑袋，使集团军电子对抗部队的干扰机停下来！"

"怎么回事？"列夫森科元帅问，这时人们才发现他进来，都起身敬礼。

"是这样，"师长对元帅解释说，"对我们的通信指挥系统来说，他们的干扰比北约的更厉害！在北约的干扰中，我们能维持一定的无线通信，可他们的干扰机一开，就把我们全盖住了！"

卡琳娜说："可同时敌人也全被盖住了！这是我军目前实施电子反

制可选择的唯一战略。北约目前在战场通信中，已广泛采用诸如跳频、直接序列扩频、零可控自适应天线、猝发、单频转发和频率捷变这类技术，我们用频率瞄准方式进行干扰根本不起作用，只能采用全频带段阻塞式干扰。”

第5集团军的一位上校质问：“少校，北约采用的可全是频率瞄准式干扰，频带还相当窄，而我们的C3I系统也普遍采用了你提到的那些通信技术，为什么他们对我们的干扰那样有效呢？”

“这原因很简单，我们的C3I系统是建立在什么样的软硬件平台上？UNIX，LINUX，甚至WINDOWS2010，CPU是INTER和AMD！这是用人家养的狗给自己看门！在这种情况下，敌人可以很快掌握诸如跳频规律之类的电子战情报，同时用更多更有效的纯软件攻击加强其干扰效果。总参谋部曾经大力推广过国产操作系统，但到了下面阻力重重，你们集团军就是一个最顽固的堡垒……”

“好了，你们所说的问题和矛盾正是今天会议要解决的，开会！”列夫森科元帅打断了这场争论。

当大家在电子沙盘前坐好后，列夫森科元帅叫过来一位少校参谋，这个身材细高的年轻人双眼眯缝着，好像不适应作战室中的光线。“介绍一下，这位是邦达连科少校，他的最大特点就是深度近视，他的眼镜与众不同，别人的眼镜镜片在镜框里边，他的镜片在镜框外面，哈，就像茶杯底那么厚啊！我们现在看不到它了，早上少校在吉普车遇到空袭时给砸了，好像隐形眼镜也弄丢了？”

“报告首长，那是五天前在明斯克，我的眼睛是在半年内变成这样的，这变化早些的话我进不了伏龙芝。”少校立正说。

虽然谁也不知道元帅为什么介绍这位少校，人群中还是响起了几声低低的笑声。

“战争爆发以来的事实说明，虽然有白俄罗斯战场的失利，但在空中和陆上常规武器方面，我们并不比敌人差多少；但在电子战方面，我们的差距之大出乎意料。造成这样的局面有很深远的历史原因，这不是我们今天要讨论的。我们要明确的是以下一点：目前，电子战是我军夺回战争主动权的关键！我们首先必须承认敌人在电子战方面的优势，甚至压倒优势，然后我们必须以我军现有的电子战软硬件条件为基础，制定出一套行之有效的战略战术，这套战略战术的目的，是要在短时间内，使我军和北约在电子战方面形成某种力量上的平衡。也许大家认为这不可能：我军上世纪末以来的战争理论，主要是基于局部有限战争的，对目前在军事上如此强大的敌人的全面进攻，确实研究得不够。在这样严峻的形势下，我们必须以一种全新的方式思维，下面我要介绍的统帅部新的电子战战略，就可以看作这种思维的结果。”

灯灭了，电脑屏幕和电子沙盘都关闭了，重重的防辐射门也紧紧关闭，作战室淹没于伸手不见五指的黑暗之中。

“是我让关的灯。”黑暗中传来元帅的声音。

时间在黑暗和沉默中慢慢流逝，这样过了有一分钟。

“大家现在有什么感觉？”列夫森科元帅问。

没有人问答，浓重的黑暗使军官们仿佛沉没在夜之海的海底，他们觉得呼吸都有些困难。

“安德烈将军，你说说看。”

“这几天在战场上的感觉。”第5集团军军长说，黑暗中又响起了一阵低低的笑声。

“别的人呢，大概都与他有同感吧。”元帅说。

“当然，您想想，耳机里除了沙沙声什么也没有，屏幕上一片空白，对作战命令和周围的战场态势一无所知，可不就是这种感觉嘛！这黑暗，压得人喘不过气来啊！”

“但并非所有人都是这种感觉，邦达连科少校，你呢？”列夫森科元帅问。

邦达连科少校的声音从作战室的一角传来：“我的感觉不像他们这么糟糕，在亮着灯的时候，我看周围也是模模糊糊的。”

“你甚至还有一种优越感吧？”列夫森科元帅问。

“是的元帅，您可能听说过，在那次纽约大停电时，是一些瞎子带领人们走出摩天大楼的。”

“但安德烈将军的感觉也是可以理解的，他有一双鹰眼，还是个神枪手，他喝酒时常用手枪在十几米远处开酒瓶盖。想想他和邦达连科少校在这时用手枪决斗，可是一件很有意思的事。”

黑暗中的作战室又陷入了沉默，指挥官们都在思考。

灯亮了，人们都眯起了双眼，这与其说是不能适应这突然出现的亮光，不如说是对元帅刚刚暗示的思想感到震惊。

列夫森科元帅站起来说：“我想，刚才我已把我军下一步的电子战新战略表达清楚了：全频段大功率的阻塞干扰，在电磁通信上，制造一个双方‘共享’的全黑暗战场！”

“这样将使我军的战场指挥系统全面瘫痪！”有人惊恐地说。

“北约也一样！瞎大家一起瞎，聋大家一起聋，在这样的条件下同敌人达到电子战的力量平衡。这就是新战略的核心思想。”

“那总不至于让我们用通讯员骑摩托车去发布作战命令吧?!”

“要是路不好，他们还得骑马。”列夫森科元帅说，“我们粗略估计了一下，这样的全频段阻塞干扰，至少可覆盖北约70%的战场通信系统，这就意味着他们的C3I系统全面瘫痪；同时还可使敌人50%至60%的远程打击武器失去作用，这其中最明显的例子就是战斧巡航导弹：现在的这种导弹的制导系统同上个世纪有了很大的改变，那时的战斧主要使用地形匹配和小型测高雷达来导航，现在这种导航方式只用做末端制导，而其射程的大部分依靠卫星全球定位系统。通用动力公司和麦克唐纳·道格拉斯公司认为他们所做的这种改进是一大进步，美国人太相信来自太空中的导航电波了，但GPS系统的电波传输一旦被干扰，战斧就成了瞎子。这种对GPS的依赖在北约大部分远程打击武器中都存在。在我们所设想的战场电磁条件出现时，就会逼着敌人同我们打常规战，充分发挥自己的优势。”

“我还是心里没底，”被从东线调往西线的第12集团军军长忧心忡忡地说，“在这样的战场通信条件下，我甚至怀疑我的集团军能不能从东线顺利地调到西线。”

“你肯定能的！”列夫森科元帅说，“这段距离，对库图佐夫来说都很短，我不信今天的俄罗斯军队离了无线电就走不过去了！被现代化装备惯坏的，应该是美国人而不是我们。我知道，当整个战场都处于电磁黑暗中时，你们心中肯定感到恐惧，这时要记住，敌人比你们恐惧十倍！”

赏读

《全频带阻塞干扰》是刘慈欣的经典之作。抛开背景，这是一部将军事与科幻完美结合的短篇小说，具有很强的可读性。本文节选的部分，正是矛盾冲突达到高潮并开始向“解决”方向进行决定性转折的时刻。在此之前，小说用了大量篇幅描写战况对俄军极度不利，整体形势危如累卵，而在此之后，俄军孤注一掷，发动“全频带阻塞干扰的计划”，一举逆转了战局。此段描写用了一个非常形象的“关灯”生活比喻，将矛盾冲突的核心转折点用浅显易懂的方式表述出来，不仅与后文的实际操作吻合，还吊足了读者胃口，让他们有了想要探寻“到底要如何解决矛盾冲突”的念头。在某种意义上，如何从“阻碍”过渡到“解决”，可能比“解决”本身更重要，对作品成败的影响也更大。当然，如果前面的铺垫十分精彩，但最后包袱抖得并不顺畅，也会让人有虎头蛇尾之感，这一点也必须注意——简而言之，尽可能不要制造一个自己解决不了的矛盾冲突。

星　辰

陆思桐

空荡的实验室中闪过一个人影，他熟练地在控制台上验证身份。“白翎博士，你已获得操作权限。”白翎打开了真空储存器，二十三个漆黑的物体暴露在空气中。“十五个‘伊甸’，七个‘逆熵’，一个‘女娲’。”他将这些物体放入带来的手提箱中，迅速离开了实验室。

一、幕启

2200年，人类从坠落到地球的陨石中意外发现了一个量子存储球，而墨丹尘和白翎正是第一批研究这些信息的科学家。根据这些信息，科学家们制造出了“伊甸”“逆熵”和“女娲”三种质体。经过研究发现，“伊甸”会使周围光速加快；“逆熵”可使物质由低能态转向高能态；“女娲”通过与其他两种质体建立某种联系来控制其结构的形成，一旦“女娲”被毁，人类将无法制造“伊甸”和“逆熵”。

为什么人类会收到这样的信息，这真的是偶然吗？白翎躺在沙发上一遍又一遍地问着自己。“伊甸”可以使光速加快，“逆熵”可以使物质由低能态转向高能态。这与人类几千年来探索出的规律相悖，它们在改变着这个世界的物理规则。

此时，白翎脑中分化出两方观点。一个声音说：宇宙中不同区域的物理规则是不同的，质体是外部文明对我们所处区域的改造，以便进行侵略和资源掠夺。因为科技建立在既定规则之上，一旦进入了规则不同的区域，再先进的科技也会失效。打个比方，一艘船行驶在水上，只要重力常数变小，船就无法正常航行。因此只有改变物理规则，外部文明才能进入。

另一声音说：不对，你的观点不成立。随着科技的不断进步，所能使用的资源量是在不断上升的，就像人类不断开发新能源一样，如果人类一直用石油、煤炭供能，那资源恐怕总有一天会耗尽。况且，目前人类所能观测到的区域中并未发现任何文明的迹象。那么，外部文明必然来自以亿计数的光年之外，就是说以光速行驶也要上亿年时间，其所需的资源量可能远远大于掠夺到的资源量。这笔买卖并不划算。

想到这里，白翎愣住了，难道他想错了吗？但这样的想法只存在了一瞬间，他想起了什么——光速在加快，那就意味着外部文明可能只需几年便可到达这里。他感到一阵恶寒，急忙从沙发上坐了起来，拿出手机拨通了“星尘”计划总负责人的号码。

二、牺牲

“白翎，你疯了吗？”即使是平日温文尔雅的墨丹尘，此时也因怒火中烧而抛弃了平日的修养，粗野地吼着。被墨丹尘揪住衣领的白翎也不反抗，只是静静地看着他。过了一会儿，墨丹尘松开白翎的衣领，无力地靠在墙上：“为什么要毁掉新西兰的基督城？”

“你有没有想过，为什么质体会带来与我们所处世界不一样的物理规则？”见墨丹尘依旧沉默，白翎继续道：“我们的世界如同一个鸡蛋，而物理规则是蛋壳，保护内部免于侵扰。一旦蛋壳被打破，”白翎顿了顿，“我们的整个世界，都将在外部宇宙带来的浪潮中被毁灭。所以质体必须被摧毁。”

“而你在摧毁质体的过程中使一座城被蒸发，还夺走了数万人的生命！”墨丹尘激动起来，“这就是你的理由？”

白翎没有回答，而是问了一个问题：“如果一个恐怖分子在城市里安放了几百处炸弹，并且马上就要将该城变成火海，唯一的办法是，一枪打死被他绑架的无辜路人——一个不到十五岁的小孩，这样才能抢到遥控器，你会下手吗?”

“不会有这样的事发生。”

“不要逃避问题！假如你们有两个人。当然，阻止爆炸是必须的，因为爆炸了就不止死一个人了，对吧。但是你们谁都不会下手。”墨丹尘没有回答。“但你们都会默默希望对方下手，这样既解决了问题，又维护了自己的‘良心’。”

听到这里，墨丹尘忍不住了：“因为我们是人，不是动物。”

白翎苦笑着摇了摇头：“人类不是动物，人是什么?人性又是什么?它带给人们道德、良心，却又在某些时候阻止人们做出理性的判断。”

“但是无论如何，”白翎的语气突然变得冰冷，“想拯救地球，牺牲在所难免。”白翎打开房门，准备离开。“人类为什么一定要龟缩在这样一个蛋壳中呢？探索宇宙不正是我们追求的吗?”

“但是人类会付出极为惨痛的代价，甚至从此消失。”说完，白翎便摔门而去。

三、加速

长达数十千米的管道盘踞在繁华的成都地面之下，如同沉睡的巨龙。这是目前世界上功率最高的高能粒子加速器。

国家科学院内，研究人员正在进行最后一次测试。“倒计时开始。”随着中央控制台上的倒计时归零，这个刚建成不久的加速器首次运行起来。

“功率输出稳定，加速器状态良好。”整个实验室的人都兴奋起来：加速器建造成功了。

四、前夕

白翎坐在昏暗的房间中，手不停地在计算机键盘上敲打。突然，有人打开了房门，白翎没有回头，问：“都准备好了吗，韩羽?”

“国家科学院的人已经调度好了。”名叫韩羽的男人说道，“你确定用高能粒子轰击能摧毁质体吗?”

白翎转过身来，道:“你也是参与了质体研究的人。你还记得质体刚制作出来时是无法被观测的吗?”

韩羽点了点头:“看不见，摸不着，没有电磁效应，却有质量。”韩羽突然想起了什么。

“不错，是暗物质。”白翎说道，“所以我想用高能粒子所带的能量使其变为激发态，从而摧毁这些质体。但产生的能量会引起爆炸，我们可能无法存活。”韩羽沉重地点点头，随后走出了房间。

备战室中，身为行动总负责人的汪洋正在为抓捕白翎做紧张的部署。“我们得知白翎即将到成都去，这次一定要将其抓捕归案。”这时，一个人匆匆忙忙地跑进来，在汪洋的耳边说了几句话便出去了。汪洋做完部署后，冲进自己的办公室，接通了上级的电话。他不明白为什么上级要他带上一个科研人员去执行任务，但上级的态度很明确：只管执行命令——带墨丹尘一起去。

五、终点

国家科学院的地下实验室中，白翎一行人正迅速地在各种仪器间穿行，来到了加速器操作室前。门开后，白翎提着手提箱径直走向加速器操作台，调整能量级。完成后，白翎小心地打开手提箱，将一个“伊甸”放入对撞器中。“那剩下的质体怎么办?”韩羽问。“暗物质的激发态是可以引起连锁反应的，就像一个分子爆裂，其产生的原子会引起其他分子爆裂一样。但是，”白翎顿了一下，“要断开它们与‘女娲’的联系。”解释完，白翎将“女娲”拿在手中，启动了加速器。

汪洋站在实验室门前，十分焦急——实验室的门从内部锁死，由于门是防爆的，无法进行爆破开门，只能入侵系统以获得开门的权限。突然，实验室的门像是受到重压一样变形，裂开了一道缝。不等吃惊的汪洋反应过来，墨丹尘已经冲进了实验室。

看着冲进来的墨丹尘，白翎说道:“离我们上一次见面有五年了，五年的时间，难道你还没想明白吗?”

褪去黑色外壳的质体开始融汇，它们暗物质化的实体已经看不见了，但从它们结构中不断外溢的光流还是勾勒出质体的形状来。光穿透了整个对撞室，覆盖了周围几十米的空间，白翎和墨丹尘站在光流形成的怒涛的中心。

“想不明白的不是我，是你啊！你啊!”墨丹尘喊道，“你就像中世纪的审判官给布鲁诺上火刑一样绞杀真相，像害怕地心说一样害怕真正的宇宙。”墨丹尘双眼紧盯着白翎，“我们是科学家啊，我们相信的不是正义和公平，我们相信的是真理啊。”

“你没有想过，我们宇宙的规则障壁一旦打开会发生什么?”一瞬间，白翎好像回到了多年前正在进行的那场思辨讨论。他理解墨丹尘的意思：守护这个宇宙的规则障壁——如果不打破，人类将永远生活在宇宙的一个渺小角落里。

质体开始连为一个整体，成为一个打破这个世界规则的机器。它将突破这个世界的屏障，将人类带入星辰中。

值得吗？值得，如果这是让人类活下去的唯一方法。

但是，墨丹尘相信人类能挺过去——挺过世界规则带来的“潮水”，然后蜕变，破茧成蝶。这没什么证据，这只是……天真的信念，但是……天真得耀眼。

他在迟疑间，忽然响起一声轰雷般的响声。子弹从白翎的右手穿过，白翎手中的“女娲”掉了下来。开枪的是汪洋，他在看到墨丹尘和白翎交谈起来就明白计划有变，于是躲到一个角落，趁机开枪。

这时，质体与“女娲”间的联系被彻底切断，失去了束缚的质体开始完全转变为激发状态，形成巨大的负压，整个建筑开始崩塌，但是这些崩坏的墙体根本不会落到他们身上，墙体在落地前就被冲击为粒子。

墨丹尘捡起落到地上的“女娲”。现在，只有让“女娲”与质体重新建立联系才可以阻止质体崩坏。他冲向光源中心，喷涌的光流瞬间将他吞没了。墨丹尘发现整个地球消失了，唯有自己和质体悬在漆黑的星空中。太阳不见了，但苍穹上铺满了他从未见过的星辰，遮天蔽日，无穷无尽。

墨丹尘明白过来，自己的整个身体已经暗物质化，物质地球的一切都离他而去。他明白在虚空中，他的身体很快就会消散。但在这一瞬间，他拥有了自人类诞生以来的最大的自由。他看到了连为一体的质体，中心处有一处空缺，产生的丝线似乎在牵引着“女娲”。墨丹尘的身形开始消散，他放松了，明白了自己的归处。他借着惯性，将手中的“女娲”送了进去……

六、星辰

光流消散，所有质体已连为一体，在能量的作用下成为一座几百米高的黑色巨塔。

似乎什么都没有发生，但在目光不及的地方，来自宇宙的海啸正在向太阳系涌来。光速，普朗克常数，四大作用力，这个世界的一切底层规则都在改变。人类文明将正视真实的宇宙。

正如白翎所恐惧的那样，这一定会带来很多灾难。人类几千年来积累的一切都会经历崩塌，其破坏程度也许会超出想象。

但人类一定会竭尽全力。

研讨

本文在逻辑、科学原理和剧情组织上都有需要改进之处，但值得一说的是，本文在极为有限的篇幅里，设置了一个较为完整的矛盾冲突。从两位主角之间的理念之争开始，到出现实质上的行动——一座城市被摧毁，最终，发展到高潮并予以解决。且不讨论最后解决的效果如何，纵观全文，这个矛盾冲突贯穿了始终，成了推动剧情发展的主轴。同时，作品的立意和角色的特征也通过矛盾冲突成功地展现了出来，这对新手来说，难能可贵。另外，需要注意的是，文学作品中的大部分矛盾冲突都与本文相似，是“人的想法”与“人的想法”之间出现了差异，这也是现实世界中几乎天天发生的事情，可以说是有着取之不尽的素材，我们在创作时，如果能借鉴现实中的类似矛盾，将其放大，做夸张处理，进行艺术加工，就能事半功倍，同时也能让作品中的描写显得更加生动可信。

练笔进阶

1 选一篇你最喜欢的短篇科幻小说，找出其中最主要的矛盾冲突，并以“角色、欲望、阻碍、解决”四个元素进行分解剖析，然后试着剥离出其中的科幻元素，写一段分析提纲。

点拨 学习（或者说模仿）优秀作品的写作手法，是文学创作者提高自身水平的捷径，而模仿的首要前提就是理解。按照前文所述的四个基本要素，对作品中的矛盾冲突进行分析，可以使你以最快的速度掌握其精髓，事半功倍。

2 以自己和自己的日常生活为原型，设置三个矛盾冲突。第一个为现代背景，第二个以近未来（20年后）为背景，第三以100年后为背景，分别写下它们的“角色、欲望、阻碍、解决”。每个不少于400字。

点拨 你不需要构思出完整的故事，也不需要解释来龙去脉，只要记录下矛盾冲突本身的几个元素即可。你也无须考虑创作出来的矛盾冲突是否精彩和有趣，因为本任务的目的在于训练你设置矛盾冲突的思维方式，以及学会为其增加科幻感的基本方法，三个背景的难度基本上是层层递进的，你需要充分考虑每个元素可能为类似背景的矛盾冲突带来的改变。

3 以“写作要点”后半部分所举例的五十年后的“小明上学”为开头，写一篇科幻短篇习作。故事中涉及的技术、背景等设定可自行发挥。不少于1500字。

点拨 前面我们一再强调，设置矛盾冲突的目的，是为了表达角色的性格或作品的立意，本任务的意图也在于此——在编写“小明上学”故事的过程中，领会矛盾冲突与作品（包括角色、剧情、设定）之间到底应该以何种方式进行结合，才能达到相辅相成的效果。

第7课

细　节

写作要点

用好细节描写“三大件”

小说创作需要故事情节和人物，但是故事情节和人物只是小说的骨架，要让一部小说生动立体起来，细节必不可少。在科幻小说中，写作中传统的人物描写、对话描写和环境描写，是常规“武器”，应学会熟练使用。

在人物甫一出场时，恰到好处的细节描写，可以迅速抓住读者，使读者对人物建立第一印象。人物的细节描写包括外貌、神态、动作、心理等。我们要在小说中恰当地运用这些描写，丰富人物的形象，使其可知、可信、感人、生动。

刘慈欣的《信使》写一个来自未来的人在爱因斯坦临终前告诉他未来的两条讯息：一是人类成功地制止了核武器的扩散；二是上帝确实掷骰子。小说的开头这么写道：“这些天他的心绪很不好，除了拉琴，很少向窗外看。他想用窗帘和音乐把自己同外部世界隔开，但做不到。早年，在大西洋的那一边，当他在狭窄的阁楼上摇着婴儿车，在专利局喧闹的办公室中翻着那些枯燥的专利申请书时，他的思想却是沉浸在另一个美妙的世界，在那个世界中，他以光速奔跑……。现在，普林斯顿是一个幽静的小城，早年的超脱却离他而去，外部世界在时时困扰着他。

有两件事使他不安：其中一件是量子理论，……‘上帝不掷骰子。’他最近常常自言自语。而他后半生所致力的统一场论却没有什么进展，他所构筑的理论只有数学内容而缺少物理内容。另一件事是原子弹。……”

这是一段人物描写，有动作和心理描写，让我们迅速地把握住晚年爱因斯坦的精神状态：他对量子力学的疑虑，以及他对核战争对人类威胁的忧虑。未来的人是通过一把琴弦越拉越粗的小提琴，证明自己来自未来的，因而小说的开头设置了拉琴这一细节，并将这一细节贯穿于小说始终。但是最重要的是，在小说的开始，就通过这些细节展现了一个对人类命运深切关怀的科学家形象，这种形象如此鲜明和深刻，以至于到了小说的结尾，读者在未来人消解了爱因斯坦的担忧时，不禁生出感动之情。这是一篇对真实人物的虚构小说，爱因斯坦在一般人的心中也确实是对人类的命运深切关怀的，但是如果有了这些细节的加持，爱因斯坦的形象就会更加真实可信、打动人心。

对话描写可以看出人物的性格，在人物的对谈中暗示甚至推动情节发展，通过人物对话的细节给读者心理暗示，提示人物的身份背景、性格特征，甚至是世界的设定框架。科幻小说会有很多技术和理论内容，放在小说正文会显得刻板生硬，通过人物的对话展现给读者，会更自然。可以说，在科幻小说中，对话是让小说灵巧运转的润滑油。

温鲍姆的《火星奥德赛》就是运用对话描写的好例。整部小说都是在火星探险员的对话中推进的，火星地表的形态，主人公所遭遇的各种奇异生命和文明的特征……在对话中娓娓道来，逐渐展开，因而自然亲切，令人相信。而最有意思的是，小说描写了主人公和火星智慧生物的对话，他如何确认对方是智慧生物，如何与对方互相学习彼此的语言，这样的对话，读来有一种陌生化的新奇感，充满了异世界的情调。

环境描写则可暗示甚至提供世界设定，让人置身于一个与现实世界迥然不同的异世界，并与人物之间形成互动，尤其是在宇宙背景等宏大场景下，环境描写具有不可替代的价值。奥威尔《1984》的开头有这么一段环境描写：“四月间，天气寒冷晴朗，钟敲了十三下。温斯顿·史密斯为了要躲寒风，紧缩着脖子，很快地溜进了胜利大厦的玻璃门，不过动作不够迅速，没有能够防止一阵沙土跟着他刮进了门。”

没有什么地方的钟会敲十三下，这暗示小说的世界是一个谎言遍地的世界，连时间也在欺骗人，而胜利大厦没能防止一阵沙土刮进门，也暗示了哪怕是一个无处不在监视的社会，也会有缝隙，也会有反抗。小说的开头，就把一个谎言遍地的极权社会，以及这个极权社会可能会有的反抗揭示给了读者。

小说结尾的环境描写往往能升华整部小说，让小说获得强烈的感染力。比如阿西莫夫《日暮》的结尾：

> “窗外的地平线上，在罗塞城那个方向，发出了猩红的光，可怕而冷漠的寒星更逼近了。”
>
> “长夜又来临了。”

这部小说描写的是黑暗吞噬了太阳，以前从未见过的繁星逼近人们的视野，人们都发了狂，为了看见光，人们燃烧了一切，整个星球和文明都处在濒临毁灭的末日之中。这段环境描写，在小说的最后，把这种末日的氛围最终强化、定格，显得异常震撼。

写好技术细节

作为一种独立文体而存在的科幻小说，细节描写还有特殊之处，那就是要有技术细节。

科幻小说的魅力很大程度上来自于小说家对未来世界神奇科学技术的想象，为了让小说真实可信，科幻小说需要对新的科学理论或科学技术进行有针对性的细节描写。

所谓技术细节描写，并不是说在创作小说的时候，一本正经地去解释科学和技术概念，那样只会让小说显得像科学技术报告，而是结合人物的外貌、神态、动作、对话、心理以及环境的描写，自然而然描写想象中富有真实感的具体技术细节。有了科学技术细节的加持，会让人物和情节变得更加动人。

科幻小说中，人物自身的状态、活动的场景一般都是未来的世界，在人物在场和场景设置的时候，要能够通过一定的技术细节，让读者迅速把握人物所处时代的科技状况，有利于小说的继续发展。

菲利普·迪克在他的机器人小说《詹姆斯·P. 克劳》中，开头让小说人物和一个机器人下四维象棋，机器人气得骂与他下棋的人类，人类只好窝囊地回家。这些细节给我们揭示了一个未来科技高度发达的世界——那里机器人已经发展出人格，统治了整个人类世界。

威廉·吉布森的《全息玫瑰碎片》开头，小说描写人物在“德尔塔脑波诱发器”的停机中痛苦醒来，为了避免折磨，他用转接线、迷你弹簧夹和绝缘胶带连接电池供电的感官体验播放器，然后作品详细描写了感官体验的过程。作者也是用细节构架了一个发展出虚拟技术的未来，并用具体的仪器和仪器的使用细节，让整个虚拟体验的过程富有逻辑地推演出来，让读者仿佛置身于那个光怪陆离的赛博朋克世界。

阿西莫夫曾说：“在科幻小说中，科学即使是不正确的，也不能说是错误的，它是或许正确的科学。”因此，科幻小说中的技术细节可以基于现有的科学技术，也可以基于从现有科学技术出发的想象，甚至是天马行空的大胆想象也未尝不可。科幻小说中的细节描写是对科学技术的想象，它可以是现有的，实现了的科学技术，也可以是基于想象的，是纵横瑰丽的想象中的科学技术。不过，科幻小说中的技术细节本身要有合乎逻辑的推演，要能在科学的框架下做出合理的解释，不能怪力乱神，完全的天马行空，那样就成了玄幻和奇幻小说了。丰富而有逻辑性的技术细节让小说更加真实可感，使人物更加立体，使情节更加生动，描写更加合理。

这种合理，是小说中的合理，不一定是现实的合理。比如说，光的多普勒效应是对恒星波长偏移的解释，刘慈欣却在小说《坍缩》中将其应用到时间领域，当光谱蓝移的时候宇宙收缩，时间也随之倒流。这就是将科学事实或原理扩展到与它们完全矛盾和毫不相干的一些领域，这在科学上也许是错误的，但是在小说的创作上，有足够合理的细节和解释作为支撑，却给人带来耳目一新的震撼感。

当然，我们中学生对于科学技术的细节毕竟没有如此了解，因此在科幻写作时，需要确定自己描写的主题，查阅相关资料，提供可信的技术细节，这样小说既可以显得可信，也因为科学和技术的加持，变得更加真实和有趣。

科幻小说中不能没有技术细节，也不能为写技术细节而写技术细节。技术细节是为情节、人物、主题服务的，脱离了人物、情节和主题，小说就会变得枯燥无味。因此，要兼顾技术细节的合理和可信。

关注科幻小说中的“宏细节”

刘慈欣在谈到科幻创作的时候，曾经提出过“宏细节”的概念，即在科幻小说中，有这样一种细节描写，在小说中是细节，但放置到人类文明的发展中，它却代表着宏观的幅度。在传统小说中，这样的描写是非常宏大的叙事描写了，但是在科幻小说动辄千亿光年、万千岁月的描写中，这些在传统小说中宏大的描写，却变成了构建故事的细节。

刘慈欣在《流浪地球》中，描写了地球在刹车时代最后一个落日的场景：“太阳落得很慢，仿佛在地平线上停住了，用了三天三夜才落下去。当然，以后没有‘天’也没有‘夜’了，东半球在相当长的一段时间里（有十几年吧）将处于永远的黄昏中。”这就是一种宏细节，在传统小说中，三天三夜、十几年是跨度很大的时间，但是在漫长的地球流浪旅程中，这只是短短的一瞬，作为科幻小说的环境细节，将人放置在了末世宇宙悲凉的背景中，人类面对的是太阳的毁灭和不得不进行逃亡的现实，这样的悲情也变得宏大起来。

宏细节不仅可以体现在对时间的描写上，也可以体现在对空间，甚或是时空结合的描绘上。

阿西莫夫的小说《最后的问题》，在自动计算机计算如何解决熵增的过程中，将人类文明从逐渐壮盛到寂灭的过程一步一步地描写出来，每一个阶段的文明形态都是非常宏大的架构，但是在小说中却成为阿西莫夫描写人类文明乃至宇宙发展的细节。在小说的最后，作者写道："人看着周围黯淡的星系。那些挥霍无度的巨星早已消失在了遥远的昏暗的过去。几乎所有的星都变成了白矮星，渐渐地凋零、熄灭。有些新的星从星际的尘埃中产生出来，有的是自然形成，有的是人所造的——它们也在逝去。白矮星有时会相撞而释放出大量能量，新星因而产生，但是每一千颗白矮星才有可能出现一颗新星——它们最终也会消失。"

这是《最后的问题》中的细节描写，描写的是宇宙走向寂灭的场景，无论是在时间上还是空间上，尺度都非常宏大，但是在小说中，却是宇宙发展中一个小片段的细部描绘。科幻小说中的这种宏细节会让人产生对宇宙浩瀚的无限向往和崇敬，这也是科幻小说有别于一般小说的魅力所在。

以上的宏细节更多是环境描写，人物的对话中也可以运用宏细节。王晋康在他的《生命之歌》小说的后半段，通过主人公和家人的对话，表明他研究的"生命之歌"对于生命的意义和价值，以及唤醒机器人生命意识之可怕。主人公说："至于我的贡献，是在浩如烟海的人类DNA结构中提炼出一个主旋律，所有生命的主旋律。'从本质上讲'……'这就是那道宇宙间最神秘、最强大、无处不在、无所不能的咒语，即所有生物的生存欲望的遗传密码，刚才的乐曲是它的表现形式。有了它，生物才能一代一代地奋斗下去，保存自身，延续后代。"这些话是主人公在和家人的对话中说出来的，在小说中是细节，却涵盖了生物亿万年演化的秘密，还有对生命顽强与伟力的礼赞。这段对话告诉我们，宏细节除了时间和空间的广大之"宏"外，还可以体现在科学、生命、人心等意义价值的厚重之"宏"上。

生命之歌会使机器人获得生命和繁衍的能力，主人公紧接着说：“人类经过300万年的繁衍才占据了地球，机器人却能在几秒内完成这个过程。这场搏斗的力量太悬殊了，人类防不胜防。”在这样的宏细节中，将人类繁衍的300万年和全世界机器人获得生命意识的几秒钟进行了对比，在这种漫长和瞬间的对比中，凸显了生命之歌伟大的力量和人类的渺小。这提醒我们，在宏细节的描写中，也要学会通过对比的方式，将人的渺小和宇宙的无限、自然的浩瀚、科技的神奇……放置在同一个场景之中，更强烈地营造出科幻小说的宏大美。

名作赏读

太阳二维化

刘慈欣

节选自《三体Ⅲ·死神永生》，重庆出版社2010年版。题目为编者所拟。选入本书时有改动。

现在，冥王星与太阳相距遥远的四十五个天文单位。在之前太阳系二维化的过程中，由于两者同处于一个向二维跌落的三维空间体中，它们的间距一直没有变化；但当太阳接触二维平面时，它便停止了运动，而冥王星仍随着周围的三维空间向二维平面跌落，使得它与太阳间的距离急剧缩短。

太阳二维化开始时，肉眼看不清细节，只见到遥远的太阳突然亮度增加，体积也在增加，后者是由于太阳跌入二维的部分在平面上扩展所致，从远距离看去像是恒星本身在膨胀。这时，“星环”号上的A.I.把一个宽大的信息窗口投射到飞船外面，其中显示着用望远镜头拍摄的太阳清晰的全息图像。但随着冥王星与太阳距离的迅速接近，用肉眼也能看清恒星二维化的壮丽景象了。

太阳接触二维平面的一刹那，跌入二维的部分就在平面上呈圆形迅速扩展开来，很快，平面上二维太阳的直径就超过了三维太阳，这一过程只用了三十秒左右，以太阳半径七十万千米计算，二维太阳边缘的扩展速度竟达到每秒两万多千米。二维太阳继续扩大，很快在平面上形成了一片广阔的火海，三维太阳就在这血色火海的中央缓缓沉下去。

四个世纪前，在红岸基地的峰顶，叶文洁在她生命的最后时刻曾看到过这样的日落。那时，她的心脏艰难地跳动着，像一根即将断裂的琴弦。黑雾开始在她的眼前出现，西方的天际，正在云海中下沉的夕阳仿佛融化着，太阳的血在云海和太空中弥漫开来，映现出一大片壮丽的血红。她说这是人类的落日。

现在，太阳真的在融化，把它的血铺展在二维平面中，这是最后一次日落。

远处，降落场外的大地上有大片白色蒸汽出现，冥王星上的固态氮和氨开始蒸发，新出现的稀薄的大气层对光有了散射，天空的背景不再漆黑一片，而是现出淡淡的紫色。

在三维世界的太阳落下去的同时，二维平面中的太阳却在升起。二维恒星把它的光能在二维平面内辐射，二维太阳系中第一次出现了阳光。四颗二维行星：海王星、土星、地球和水星，面向太阳的一侧都被照成金色的弧边，但它们能够受到光照的部分只是一维的边缘。围绕地球的巨型雪花在阳光中融化了，变成白色的水汽，被二维太阳风吹向二维的太空，一部分浸透了金色的阳光，像二维地球飘逸的长发。

一个小时后，太阳完全坠入二维平面。

从冥王星上看去，二维太阳是一个巨大的椭圆，与它相比，二维行星只是几块小小的碎片。与后者不同，二维太阳没有清晰的“年轮”，它只是大致分为三个环层：中心部分发出明亮的光芒，看不清细节，这一部分可能对应着三维太阳的核心聚变区；从核心向外的一个广阔的环区可能对应着三维太阳的辐射区，这是一片沸腾的二维海洋，在炽热的红光中，无数细胞状的细小结构飞快地生成、消失、分裂和组合，从局部看混乱且躁动不安，但整体上却形成某种宏伟的秩序和模式；再向外是三维太阳的对流区，像三维太阳一样，这个区域通过恒星物质的对流与二维太空进行着热量传递，与里侧辐射区的混沌不同，对流区呈现着一个十分有序的结构，可以看到许多整齐排列的环状对流回路在运行，大小和形状都十分相似；最外面是太阳的大气，金色的气流越出了太阳的圆周边缘，形成了大量的二维日珥，像围绕着二维太阳的一圈曼妙舞者，在二维太空中变幻着千万种汪洋恣意的舞姿，有些“舞者”脱离了太阳，在二维太空中远远飘去。

“太阳在那里还活着？”AA问道，她说出了三个人共同的希冀，他们都希望太阳能够继续照耀着二维太阳系，尽管那里已经没有生命。

但这只是希冀而已。

二维太阳在暗下去。核心区的光度在急剧降低，很快暗到可以看出其中更多的环层结构；辐射区也在变暗，沸腾平息下来，变成黏滞的蠕动；对流区的对流环都在变形崩溃，很快就完全消失；二维太阳外围那一圈金色的气体舞者则像枯萎的叶子般黯淡下来，失去了活力。这时可以看出，在二维世界至少万有引力还存在，那些在太空中飞扬的日珥失去了辐射的支撑，被二维太阳的引力慢慢拉回去，“舞者”们屈服于重力，一个个无力地倒下，太阳大气最后变成了最外侧平平的一个环圈。随着太阳的熄灭，二维行星被照亮的弧边也暗下来了，二维地球由蒸发的海洋形成的长发也失去了光辉。

三维世界的一切跌入二维后都将死去，没有什么能够活在厚度为零的画中。

也许二维宇宙有自己的太阳、行星和生命，但肯定是以一种完全不同的机制所构造和运行的。

就在三人专注于太阳二维化时，金星和火星也坠入二维平面，但与太阳相比，两颗类地行星二维化的过程显得有些平淡了。二维的火星和金星在“年轮”结构上与地球十分相似。在二维火星靠近边缘处有许多镂空区，那是原火星地层中含水的部分，说明火星地层中的水远比人们预想的多。这些水稍后也冻结成不透明的白色，但没有出现巨型雪花。巨型雪花在二维金星的外围出现了，不过数量远比二维地球的少，且都呈黄色，应该不是水的结晶。稍后，太阳这一侧的小行星带也被二维化，补齐了太阳系项链的另一半。

这时，冥王星上也出现了雪花，是小雪花，从淡紫色的天空中飘落。这是太阳二维化时被蒸发的氮和氨，随着二维太阳的熄灭，温度急剧降低，短命的氮氨大气被冻结成雪花。雪越下越大，很快在方碑和“星环”号的顶部积起了厚厚的一层。虽然没有云，但密密的飞雪使冥王星的天空变得模糊了，二维太阳和行星在雪幕之后变得朦朦胧胧，雪使世界暂时变得窄小了。

“你们有没有回家的感觉？”AA在雪中举起双手转着圈说。

“嗯，我正想这么说呢。”程心深有同感地点点头。和AA一样，在她的印象中，雪似乎只是地球上才有的东西，刚才在二维地球周围看到的大雪花更加深了她的这个印象。这场在太阳系边缘的冷暗世界中的雪，使她感到了一丝母星的温暖。

罗辑看到了她们伸手抚摸飞雪的动作，有些担心地说：“我说你们两个，不会把手套摘下来吧？”

程心确实有用不戴手套的手接雪花的冲动，她想感受那丝丝的清凉，看着晶莹的雪花在自己的体温中融化……但理智当然制止她这样做，如果她真的摘下手套，地球的感觉将在瞬间消失，同时失去的还有她的那只手。那些氮氨雪花的温度是摄氏零下二百一十度，这是氮冻结的温度，在这样的酷寒中，她那只纤手很快会被冻得像玻璃一样脆。

“孩子们，没有家了，家已经变成一幅画了。”罗辑拄着拐杖摇摇头说。

这场氮氨大雪持续的时间不长，空中飘落的雪花渐渐稀疏，氮氨大气带来的紫色已经消失，天空重新变得黑暗清澈。可以看到，与下雪前相比，二维太阳和行星都变大了一些，这不是它们在继续膨胀，它们的二维化已经完成，面积已经恒定，这只是表明冥王星向着二维平面又靠近了一些。

在雪完全停下来后，靠近地平线的空中出现了一个光团，其光度迅速增加，很快超过了正在熄灭中的二维太阳。肉眼看不清细节，但他们都知道那是木星所在的位置，这颗太阳系最大的行星已经坠落到二维平面上了。冥王星有着周期为六个地球日的缓慢自转，二维太阳系的一部分已经沉入地平线之下，他们本以为看不到木星的毁灭了，现在看来，太阳系空间向二维跌落的速度在加快。

他们让飞船A.I. 接收来自木星的信息。现在，能收到的图像信息已经很少，其中几乎没有可以识别的内容，大部分的信息都是音频。在每一个通信和广播频道上，都是一片声音的海洋，大部分是人声，仿佛太阳系空间已被躁动的人海填满。这声音中有呐喊、惊叫、哭泣、狂笑……甚至还有人在唱歌，从嘈杂的声浪中听不清任何内容，唯一能分辨出来的是许多人在合唱，他们唱着一首庄严舒缓的歌，像是圣歌。程心问A.I.，是否能够收到联邦政府官方的信息广播，A.I.说，政府的官方信息在地球二维化时就中断了，再也没有恢复过。太阳系联邦政府没有实现行使职责到最后一刻的诺言。

赏读

本文选自刘慈欣的《三体Ⅲ·死神永生》的结尾，歌者文明发射的二向箔使整个太阳系从三维跌落到二维，程心被地球联邦政府委托到位于远日点的冥王星，抢救冥王星上地球博物馆的某些文物，并见一见罗辑。他们在冥王星上目睹了地球乃至整个太阳系被二维化的过程。这里节选的就是小说中描写太阳二维化的部分。

三维如何跌落成二维，这在科技上只能是一种想象，但是刘慈欣却通过细节将这一场面展现在读者面前，表现得具体形象，合理动人。太阳系二维化的过程，在时间上是短暂的，但是在空间幅度上却是惊人的，“这一过程只用了三十秒左右，以太阳半径七十万千米计算，二维太阳边缘的扩展速度竟达到每秒两万多千米”，这样的跨度在普通小说中可能只能算是一个粗疏的叙写，但是在小说中却是太阳系二维化过程的一个细节。小说还一下子回到了四个世纪前叶文洁在红岸基地看到落日的场景，时间跨度也相当惊人。无论是空间还是时间上，这都是太阳系走向毁灭、人类文明走向灭亡这一宏大场景的细部呈现。这就是刘慈欣所说的科幻小说中的宏细节，这样的宏细节使得太阳系二维化的过程异常震撼，更凸显了末世的悲壮和苍凉。

不仅如此，刘慈欣还给整个二维化的过程提供了大量的技术细节，这些技术细节有些是符合科学理论和技术的，如冥王星上大气中有着氮和氨的成分，有些是出自作者的想象，如太阳二维化过程中产生的物理变化。但是不管如何，作者描写了太阳二维化过程中物理状态的改变，包括结构和颜色的变化，还有观察者所在星球大气的相应变化……。这些细节将二维化的过程具体可感地呈现在读者面前。我们不必关心这些细节是否真的能够实现，而应该关注这些细节有没有将二维化这一过程在小说自身的逻辑框架下推演得合理、真实，令人信服。

赶　集

王子鉴

今天是一年中最重要的一天。早上，92在那轮视野中庞大的赤红色恒星还未露头前便准备了起来，他将自己几大包的物件最后一次检查一遍，扔进电动汽车后备厢，在伸手不见五指的黑暗中向着天际线驶去。

黑色的夜空被远方蓝紫色引擎的火焰照亮了，他们来了！92激动地加速，赶集者今年来得格外早，自己定能有个好收成。“群星是人类的宇宙，人类是宇宙的群星。”巨大的荧光字幕映入眼帘，他到了这个商贸的盛会。

【点评　这里既有环境的细节也有技术细节，并且通过“庞大的赤红色恒星”和“群星是人类的宇宙，人类是宇宙的群星”这样的细节，暗示了故事发生的场景不在地球，在另一个恒星系。**】**

赶集这种古老的人类商贸活动在这颗猎户座边缘的行星上又一次流行了起来，星际殖民时代来临后，因为这儿居住的人类相对较少，没有商人愿意出资在此建立像中央星区那样的大型商务空间站，又因为这儿方位偏僻，星际旅行客很少花费高额的飞船燃料来此，不过为了独一无二的特产，一年一度的赶集对于他们是必不可少的。因为这颗星球的政府的大力宣传，这儿的赶集变得远近闻名，吸引了全宇宙各处的商人和公司。今天是92卖出自己一年收获果实的好机会，却也是唯一的机会。

在哪边摆摊售卖是门手艺，你永远不能与深谙星际旅行和贸易的天狼星人抢地盘，他们售卖的高纯度钻石首饰宇宙独有，来此购物的多是名流商贾，对92卖的这些低廉的特产毫无兴趣。你也不能坐在火星人旁边，他们会暗地对周边人类使用大脑致幻喷雾，使顾客在昏昏沉沉的状态中买下成千上万的垃圾货物。他可不赚这个黑心钱。92机敏地四处张望，看到了让他狂喜的几艘飞船正缓缓降落在远方。那是“慈善者”们。

92抢得先机，凑到了落地的慈善者身边，慈善者之所以被叫作慈善者，是因为这个星球的居民古怪的行为，他们一旦出现，便会毫不吝啬地向周围人赠送自己的财物收成。但奇怪的是，他们的母星并不那么富饶，不足以支持他们毫不吝惜地分发收成；他们也没有像一些行星上幸运的人类驯化了当地动物来为自己服务，他们就似古希腊第欧根尼般严格奉行苦行与美德的哲学。从旅者的口中，人们才了解到300年前，第一批慈善者的母星殖民先驱者到达那儿时物资高度匮乏，飞船燃料也不足以使他们改变选择，他们在这片贫瘠的土地开拓时，隔着厚厚的面罩，发现了一种奇特的生命，人们称它们慈狼，似乎这两个字给人大相径庭的感受，但这无疑是个贴合的名字。这种狼一样形态的生物在狩猎完毕后，严格地分发食物，与地球不同，幼年的慈狼拿取一大部分，其次的似乎以一种平均的形式分割，根据观察，这么多食物是远远不够每只狼饱腹的，星球上猎物稀缺，最后成年的慈狼往往会被活活饿死，但它们宁可饿死，也会留出大量食物给后代和其他同类。在它们的生命走向终点之际，它们的后代已悄然长大，并且开始繁衍，又一代的循环开始了。当时这种生命的生存方式深刻地影响了慈善者的先辈，曾经他们主流的悲观主义也慢慢演变成了如今的苦行和美德。类似他们的故事在各个星球普遍发生，人类在改变每颗行星时也改变了他们自己。

【点评　一个文明发展的篇幅，在科幻小说中只是一个细节，为慈善者的行为提供合理的依据，这就是宏细节。在宇宙的背景下，不同文明的交流和碰撞中，才能有这样的宏细节。】

92拿到了慈善者赠予的超大容量电池，也成功地在这些好心人身边开了张。“怎么卖?”一个蒙着面罩的高大男性用戴着手套的手比画着，

“100通用币一个。”他艰难地用不大灵活的裸露的手指比画着手语，这个阔绰的男性一把掏出上千元通用币，买下一大袋特产。“你们的产品确实出色，从你身上就能看出来了。”流浪者快速做着手势。还是流浪者们爽快，92心想着，这些以一艘艘小型星际舰船为家的人类，好似曾经地球上的那些自由旅者，四海为家，无拘无束。而我自己，还是被困在这颗小小的行星之中，因为这儿的星际旅行船票价格很高，这点与几百年前地球政府时期截然不同。那时政府为这些愿意远离人口过多的母星的探险者提供免费船票，但今天，星际旅行的旅客往往不得已要支付常人难以接受的船票价格。但闭塞是相对的，在富庶的中央星区，各个星球的政府有免费专列在行星间往返，这儿的交通每天能运输数十亿人。

满载而归。92驾车穿过拥挤的人流，逆着背后开始缓缓升起的巨人般的血红色恒星，向着来时那栋遥远居所。赶集结束了，在每年此刻的清早都必须结束。他小心翼翼地推开房门，似乎生怕惊醒熟睡的那个他。

【点评 “巨人般的血红色恒星”，再次暗示了故事发生的场景不在地球。**】**

“嘀”，明快的声音，92停了下来，一动不动。一旁，一个身着睡衣，正打着哈欠的与92长得一模一样的男人走来，不过他的头发要更乱些。他将92搬至充电桩，插好电线，小心翼翼地掂量下那袋子收获的通用币。

【点评 卒章显志，意料之外，又在情理之中，92是一个代号，原来是一个机器人，“充电桩”“电线”这样的细节，给读者充分的暗示。**】**

“不错，今年收成很好。”他自语道。

研讨

这个故事平衡感非常好。作者设想了未来宇宙航行普及后，猎户座边缘的一次“赶集”活动，将人类古老的商业行为模式赋予了科幻的色彩和价值。作者很善于利用细节暗示，也有适当的技术细节，构想出那个未来的文明生态。在故事的行进中，作者也注意运用宏细节这样的方式，给出场人物提供合理的行为依据，构架小说本身的设定。

美中不足的是，92这个形象的细节描绘几乎没有，人物形象显得比较单薄。他是有智能和情感的机器人，还是只是机械地在执行任务？小说并没有合理的细节描绘来支撑人物的行动，就使得小说最后揭示92是机器人的时候，虽然让人觉得意料之外，情理之中，但是细细一想，又显得突兀。回想92这个人物，会发现他比较空洞，结尾除了意外，并不能激起更深层的感动或思考。如果能更细致地描绘他在赶集中和各种人的交往中的不同反应，把注意力从对外界的描绘转到对人物的刻画上来（这是一个怎样的机器人？为何赶集？收成很好对他意味着什么？……）。多对人物问几个问题，在写作中注意添加细节，给人物行动以合理的支撑，和小说有机地融合在一起，让人物立体起来，这样才能给读者更多感动和思考。

练笔进阶

1 阅读下面的故事大纲，想想哪些内容属于科幻内容，哪些又属于玄幻内容？能否给科幻成分提供充分的技术细节，使其更可信；或者改造玄幻的内容，让其变成科幻的故事细节。任选三条进行写作。

（1）一艘飞船曲率航行到达了伽马星系。

（2）飞船一路上遭遇到了许多危险，他们躲避过粒子流风暴，甚至差一点被星空巨兽吞噬。

（3）飞船在航行中迷失，全靠飞船上塔恩族公主的种族天赋，获得宇宙精神的指引，找回了航向。

（4）飞船最终降落在贝塔行星，降落时飞船引擎出现故障，关键时刻，飞船首席技师使用时光回溯装置修复引擎，安全着陆。

（5）在这个星球上，他们遇到一个奇怪的种族，这个种族具有神奇的心灵力量，可以将别的种族拖入幻境。

（6）这个种族的大祭司可以通过祝福和祈祷，让整个种族无法被追踪，像是消失在了这个行星之上。

点拨 科幻小说的细节描写需要给人物的性格和情节的发展提供合理的依据，其中需要比较严格的内在逻辑支撑，而玄幻或奇幻小说则不需要。一般而言，科幻小说人物的行为、动作，以及实现的神奇力量，背后要有科学技术的因素，玄幻则可以天马行空。上述的材料中，（2）（3）（5）（6）都属于玄幻的内容。（1）中曲率航行虽然还是想象的科技，却是以技术驱动飞船前行的，我们需要提供一些翔实的细节使这种航行看起来可信，可以通过对发动机形状、颜色等的描写，还有在宇宙中航行的速度和位置变化等，让曲率航行具象化。玄幻的内容可不可以通过细节转化为科幻的内容？大体是可以的。玄幻产生的力量往往是未知的、超自然的，但是科幻的力量往往是自然的、可以解释的。因此通过对相关技术成分的想象，可以将玄幻的内容改造成科幻的内容，如星空巨兽可以是高等文明的基因工程产物或是兵器，如果星球上令人致幻的不是人体的神秘力量，而是通过某种装置实现的，通过对这种装置的合理描写，可以将玄幻的内容改造成科幻的内容。

2 北京时间2020年8月29日，埃隆·马斯克带着“三只小猪”亮相Neuralink发布会，向世界直播了在脑机接口技术方面的最新进展——Neuralink成功将直径23mm的芯片（Link V0.9）植入猪脑，并且实现了神经信号的读取及写入。作为一项突破性成就，脑机接口技术承载了人类对AI（人工智能）世界的所有幻想，人机交互，脑机相连，人类与AI共生。这场万众瞩目的直播成了人类历史上具有里程碑意义的重要事件。

请你展开想象，未来脑机或者相关技术会有怎样的发展和运用，又会对人类和社会产生什么样的影响，会发生什么样的故事，写一篇1500字以内的科幻小说。

点拨 对现有科学技术的未来想象，要基于对现有科技的了解，并对未来的发展有着大胆而合理的推想。脑机接口对应的小说类型可以是赛博朋克或是虚拟空间。描绘出可信而合理的细节，首先要设置场景，未来脑机技术所在的社会形态会不会发生变化？脑机在载体和技术上会有哪些更新？脑机是成为人类发展的助推器，还是成为控制社会的手段？人面对脑机技术会有什么不同的应对态度，是积极应对，还是消极反抗？……想象不妨大胆，但下笔要细致。多问自己几个问题，给人物和情节发展提供合理的依据，让小说的场景更加真实可信。

3 如果未来人类实现了永生，人类的社会将产生什么样的变化？请你设想人类以何种方式获得永生，人类的社会形态会向什么样的方向发展。写一篇科幻小说，2000字以内。

点拨 人类自古就在幻想着永生。现代科技似乎让永生变得不再那么遥不可及。人类会以什么样的方式实现永生呢？是利用克隆体，还是实现基因优化，还是成为赛博格，和机器一起实现永生？……这些话题会有很多奇思妙想的写法。写作时要思考的是人类用该种技术如何实现了永生，需要在科学的层面上给小说一个合理的解释。这样的永生会给人类带来巨大的进步，还是巨大的灾难？会是什么样的进步，又是怎样的灾难？人性会不会在永生中堕落甚至消亡？这样的话题，除了技术性的想象外，更需要哲学层面的思考。这样的思考要通过人物的行动及其产生的结果，呈现在读者的面前，让读者自行思考。如果有兴趣的话，可以去参阅西蒙娜·波伏瓦《人都是要死的》、别利亚耶夫《道尔教授的头颅》、倪匡的《求死》等相类似主题的小说，或者美剧《上载人生》和《碳变》，引发自己的思考，或是进行学习和模仿。

第8课

对　　话

写作要点

对话是小说的基本构件

对话是小说的基本构件，科幻小说也不例外。我们在构思写作科幻小说时，用得最多的可能就是对话。我们用对话来表达人物的所思所感，用对话展示人物之间多样的情感态度，用对话描绘一个富有生活气息的生活现场，推动故事情节的发展，展示人物的个性和思想。

对话看似简单，但真正写好需要下一番功夫。

请看我们熟悉的刘慈欣《带上她的眼睛》中的片段：

> 我在草原上无目标地漫步，很快来到一条隐没在草丛中的小溪旁。我迈过去，继续向前走，她叫住了我，说："我真想把手伸到水里。"我蹲下来把手伸进溪水，一股清凉流遍全身。她的眼睛用超高频信息波把这感觉传给远在太空中的她，我又听到了她的感叹。
>
> "你那儿很热吧？"我想起了她那窄小的控制舱和隔热系统异常发达的太空服。
>
> "热，热得像……地狱。呀，天啊，这是草原的风！"这时我

刚把手从水中拿出来，微风吹在湿手上凉丝丝的，“不，别动，这真是天国的风呀！”我把双手举在草原的微风中，直到手被吹干。然后应她的要求，我又把手在溪水中打湿，再举到风中把天国的感觉传给她。我们就这样又消磨了很长时间。

我再次上路后，沉默地走了一段，她又轻轻地说：“你那儿的世界真好。”

我说：“我不知道，灰色的生活把我这方面的感觉都磨钝了。”

“怎么会呢？这世界能给人多少感觉啊！谁要能说清这些感觉，就如同说清大雷雨有多少雨点一样。看天边那大团的白云，银白银白的，我觉得它们好像是固态，像发光玉石构成的高山。下面的草原，倒像是气态的，好像所有的绿草都飞离了大地，成了一片绿色的云海。看！当那片云遮住太阳又飘开时，草原上光和影的变幻是多么气势磅礴啊！看看这些，您真的感受不到什么吗？”

通过两个人的“对话线”（“你那儿很热吧？”“这真是天国的风呀！”“你那儿的世界真好。”）不难发现，两人的对话有一个前提：“我”并不知道对方是“落日六号”地航船的领航员，“她”如今因为偶然的事故陷入地心之中，绝望而又孤独。“我”以为“她”是太空中的宇航员，于是矛盾和冲突便通过对话表现出来。一个漫不经心，一个迫切悲伤；一个随随便便，一个充满珍惜之情。正因为有了这样的不同，两个人的对话各有所思，各有所想，产生误解，产生错位，产生矛盾。这有错位的对话，让读者产生了新奇感、悬念感。除对话应答之外，加上作者对“我”的神态、动作的描绘，渲染展现出一位面临绝境却热爱生活、热爱生命的女性形象，不仅让人如闻其声，如见其人，也为小说最后谜底的揭开埋下了伏笔。

科幻作品中的对话与我们平时所写的记叙文中的对话是差不多的，只是因为科幻作品自身的特点，它的对话形态更多样，更富有想象力而已。科幻小说往往根据自己的科学设定，会富有想象力地创造多样的对话形式，空间比传统小说更广。它的对话不仅有人物之间的，也有人与高科技设备、人与机器人、人与外星人、人与超自然的主宰之间的对话。比如片段中“我”和“她”的对话，就是通过作者设定的一个类似于VR装置的“传感眼镜”而展开的。陆杨的科幻小说《189号试验品》，写了一个少年与怪物的故事，写了少年和怪物的交往，对怪物的保护，以及怪物最后遭遇的不幸结局。怪物外形古怪，有多个眼睛，七八条胳膊或腿，说话如动物的鸣叫，听不懂，所以小说中少年与怪物的交往是通过在地上画字来实现的，于是小说就呈现出一种特殊的对话形式。这样的例子在科幻小说中很常见。

了解对话的格式

从上面《带上她的眼睛》引例可以看出对话的四种基本格式。

第一种格式

××说：“×××。”

例如，她叫住了我，说：“我真想把手伸到水里。”

第二种格式

“×××。”××说。

例如，“你那儿很热吧？”我想起了她那窄小的控制舱和隔热系统异常发达的太空服。

第三种格式

“×××，”××说，“×××。”

例如，“热，热得像……地狱。呀，天啊，这是草原的风！”这时我刚把手从水中拿出来，微风吹在湿手上凉丝丝的，“不，别动，这真是天国的风呀！”

第四种格式

××说：“×××。”

“×××，×××。”

例如，我说：“我不知道，灰色的生活把我这方面的感觉都磨钝了。”

“怎么会呢？这世界能给人多少感觉啊！……看看这些，您真的感受不到什么吗？”

说明一下，第三种格式是学生容易忽略，常常不大会使用的格式。它实际上是把人物的一大段话，分成两段，用带有指示性的话语“××说”隔开。第一段结束引号内可以用逗号，也可以用句号，主要看人物对话是否完整，第二段结尾必须用句号，而“××说”后面通常用逗号。

第四种格式是两个人的对话，除开始提示对话者外，后面因读者已经知道是谁在说话，可以省略说话者，这样显得简洁。

尤其应该注意的是，这个“说”字在高明的写作者那儿常常是不出现的，而是用伴随的动作、神态、心理活动来代替，显得简洁而有韵味，增加了对话的容量。比如像前面引例中“我想起了她那窄小的控制舱和隔热系统异常发达的太空服”“这时我刚把手从水中拿出来，微风吹在湿手上凉丝丝的”。这样对话的内容加上说的时候的神态、动作，自然产生了一种生活流、心理流，读起来很自然、很舒服。

四种对话格式可以根据需要组合使用，加以变化，就可以形成丰富多样的对话形式，表达作品中人物的思想感情，推动故事情节的发展。

拓展对话的功能

科幻小说中的对话，除了表现人物的个性，推动故事情节的发展以外，还有一个常见的用法，就是通过人物对话，解释小说的科学设定，交代故事中的点子。

刘慈欣科幻小说《球状闪电》中，作者就通过人物对话书写人物探索“球状闪电”一步一步的历程，解释球状闪电之谜。在经历了早期的一次次探索失败之后，“我”在海岛上由一明一亮的灯塔获得启示，灯本来就在那里，只有天黑时你才能看到。随后在林峰、林云父女家中吃饭的时候，有这样一番对话。“‘我已经这样思考了。’我激动地说，‘球状闪电并不是由闪电产生的，而是自然界早已存在的一种结构。’‘你是说……闪电只是点燃或激发了它？’林云紧接着说。‘太对了，就像电流点亮了电灯，但电灯本身早已存在！’”从此他们克服了原先研究中的误区，不再试图去“产生”球状闪电，而是试图去“找到”它。为了推进球状闪电的研究，他们邀请了物理学家丁仪加入试验团队。作者又用对话的方式，借丁仪之口，指出球状闪电是可见的，是一个透明的空泡，可以捕捉收集来的未被激发的球状闪电，可将它们存储起来。为了进一步弄清楚球状闪电所具有的选择性和穿透性的魔鬼特性，他们在丁仪的指导下用高速摄像机拍摄球状闪电摧毁物体时物质的变化。接着作者用一大段长长的对话，借丁仪之口，说明球状闪电体现了物质的波粒二象性，由于它具有“波”的性质，因此可以选择能量释放的目标，由于它具有“粒子”的性质，因此它又具有穿透性，可以随意穿透各种物体，显得特别诡异，让人感到恐怖。后来，在晨光部队实战训练的时候，又发生了雷球机关枪脱靶事件，丁仪解释说，球状闪电具有量子效应，有观察者时，其状态坍缩为确定值，没有观察者时则呈现出量子态，它的一切都是不确定的，其位置只能用概率来描述……作者正是通过小说中关键情节点上人物的对话，一步一步交代球状闪电的特性，带领读者了解球状闪电的特征，完成整个小说科学设定的交代和解释。

用人物对话来交代小说的科学设定固然方便，但有一点不足：如果没有与之匹配的能抓住读者的故事，很容易演变成人物大段的独白，故事推动缓慢，显得拖沓呆板，丧失故事应有的活泼流动的特点。因此，在应用这种方法来交代的时候，可以把科学设定分若干步，结合情节的推进，一步一步地交代出来。此外还应注意对话方式的多样和变化。在《球状闪电》中，作者在交代有关球状闪电的设定的时候，并不仅仅依靠对话，往往对话前有实验探索失败的困惑，对话中有其他参与者不同的思考和反应，当然也包括人物领悟之后的欣喜若狂。尤其是作者把领悟的道理借助别人之口巧妙地说出来。总之，对话要自然贴切，合乎生活和人物性格的逻辑，切忌大段冗长的对话交代。

学会叙述与对话的转换

很多同学初学科幻写作时，特别喜欢用对话。故事中往往对话多而冗长，缺少精心的构思和推敲，显得口水化。应该学会在对话和叙述之中自如地切换。

我们看刘慈欣《带上她的眼睛》里的一个片段：

> ……终于有一天，我走进航天中心高大的门厅，一幅见过无数次的巨大壁画把我吸引住了，壁画上是从太空中拍摄的蔚蓝色的地球。那只飘浮的铅笔又在我的眼前出现了，同壁画叠印在一起，我又听到了她的声音："我怕封闭……"一道闪电在我的脑海里出现。
>
> 除了太空，还有一个地方会失重！
>
> 我发疯似的跑上楼，猛砸主任办公室的门。他不在，我心有灵犀地知道他在哪儿，就飞跑到存放眼睛的那个小房间。他果然在里面，正看着大屏幕。她在大屏幕上，还在那个封闭的控制舱中，穿着那件"太空服"。画面凝固着，是以前录下来的。"是为了她来的？"主任说，眼睛还看着屏幕。
>
> "她到底在哪儿？！"我大声问。
>
> "你可能已经猜到了，她是'落日六号'的领航员。"
>
> 一切都明白了，我无力地跌坐在地毯上。

这个片段结尾，作者采用"我"和主任对话的形式，交代了小说中"她"的身份和现在的处境，掀起了小说震撼人心的高潮。其实加横线的对话也可以表述为叙述性的语言，比如我们可以这样改动：“我向主任大声询问‘她’在哪里，主任的回答印证了我的猜测，原来‘她’就是落日六号的领航员。”我们比较一下两者的不同，体会一下作者为什么在这里采用对话的形式，而没有采用我们尝试改写后的叙述方式。因为，这是小说关键的突转点，采用对话的方式，能够给读者一种带入感、浸润感和现场感，有一种局部被放大的冲击力，更容易打动读者。如果换成陈述的表达，就会给人一种一带而过的感觉，人物那种剧烈的心理和状态就得不到强调。明白了这些，对我们在何处安排对话其实就很有启发性。

我们平时读科幻小说常常被它烧脑的设定和一波三折的情节给吸引住了，不大注意人物的对话。建议大家阅读科幻小说的时候可以选择一些自己喜欢的关键片段，去掉各种描写性、解释性的话，只读其中的对话。你会发现，这些对话紧凑、简洁、自然，话里有话，层层深入，基本能做到一句不多，一句不少，推动了情节的发展，给人无穷的联想。这种方法既是我们读科幻小说的方法，也是我们自己写作科幻作文，检查对话是否恰当的好办法。

名作赏读

量子化碑文

刘慈欣

节选自《球状闪电》，刘慈欣著，四川科学技术出版社2016年版。题目为编者所拟。选入本书时有改动。

张彬的墓在八达岭附近的一个公墓里，林云开车送他（丁仪）去。下车后，他们沿着一条石径走向公墓，脚下踏着一层金黄的落叶，长城在满山红叶的远方露出了一段。又是秋天了，这是死亡的季节，是离去的季节，也是写诗的季节。正在落下去的夕阳从两座山间的缝隙中射下一束光来，正好照在那片林立的墓碑上。

丁仪和林云在张彬简朴的墓碑前静立着，都在想着自己的心事，直到太阳完全落下去。

金黄色的树林里分出两条路，
可惜我不能同时去涉足，
但我却选择了，
人迹罕至的那一条，
这从此决定了
我的一生。

林云喃喃地吟起了弗罗斯特的那首诗，声音像林间的清泉。

“想过再选择另一条路吗？”丁仪问。

“有吗？”林云轻轻地问。

“战后离开军队，同我一起去研究宏电子，我有理论能力，你有工程天才，我创建理论，你负责实验，我们很可能取得现代物理学中伟大的突破。”

林云对丁仪微笑了一下，“我是在军队中长大的，除了军队，我真的不知道自己能全身心地属于别的什么地方，”她犹豫了一下，又加上一句，“和什么别的人。”

丁仪没有再说什么，走到墓碑前，把自己带来的鲜花放到碑座上。放下花后，他好像被墓碑上的什么东西吸引了，迟迟没有直起腰来，后来索性蹲下来，仔细地察看着，脸几乎与碑面贴在一起。

“天啊，这碑文是谁起草的？”他惊呼道。

林云感到很奇怪，因为墓碑上除了张彬的名字和他的生卒日期外，没有别的什么，这也是张彬的遗愿，他觉得自己这一生没有什么值得总结的。林云走过去察看，立刻惊得目瞪口呆：除了那几个大字外，墓碑上还密密麻麻刻满了小字，这些小字甚至覆盖了碑顶和碑的背面，那些小字全是方程和计算公式。仿佛是这块墓碑被放到由方程和公式组成的液体中浸过一样。

"啊，它们在变淡，在消失！"林云惊叫道。

丁仪猛地推了一把林云，"转过身去！少一个观察者，它的坍缩就慢些！"

林云转过身去，紧张地搓着双手，丁仪则伏在墓碑上，开始逐行读那些细密的碑文。

"是什么？你看出什么来了吗？"

"别说话！"丁仪大声说，同时目不转睛地读着。

林云摸摸衣袋："要不要到车上去找纸笔来？"

"来不及了，别再打扰我！"丁仪说着，以惊人的速度读着碑文，他的双眼狠狠地盯着碑面，像要用目光将它刺穿似的。

这时，西方的最后一线天光给墓碑群涂上了一层诡异的蓝色，周围的林地隐没于一片昏暗之中，刚刚出现的几颗晶莹的稀星一眨不眨地悬在苍穹上，时而有未落的树叶在微风中极轻的沙沙声，但旋即消失，仿佛被某种力量嘘着制止一样，寂静笼罩着一切，仿佛整个世界都在同丁仪一起全神贯注地读着那量子化的碑文。

十分钟后，丁仪读完了正面，迅速扫视完碑顶和侧面，然后开始读背面。天已完全黑下来，他摸出打火机打着，借着火苗的微光疾读着。

"我去拿手电！"林云说完，穿过排排墓碑间的小道向停车的地方跑去。当她拿着手电跑回来时，看到打火机的火苗已经消失了，她用手电照去，看到丁仪背靠着墓碑坐着，两腿平伸在地上，仰头看着星空。

墓碑上，碑文已经消失得无影无踪，大理石光洁的平面像镜子似的反射着手电光。

手电光也使丁仪如梦初醒般回过神来，他伸手拉住林云，拉着她转到墓碑后面，指着碑的根部说："看这儿，留下了一行，非量子态的，也是碑文中唯一的一行字。”林云蹲下去，看到了墓碑根部那一行娟秀的刻字：

彬，引起F的速度只有426.831米/秒，我好怕。

“我认识这字体！”林云盯着那行字说，她曾不止一次看过张彬留下的那本被球状闪电隔页烧毁的笔记。

“是的，是她。”

“她都刻了些什么？”

“一个数学模型，全面描述宏原子的数学模型。”

“哦，我们真该带个数码相机来的。”

“没关系，我都记在脑子里了。”

“怎么可能呢？那么多？！”

“其中的大部分内容我也已经推导出来了，但我的理论体系卡在几点上，让她一点就通了。”

“这应该是很重要的突破了！”

“不仅仅如此，林云，我们能找到原子核了。”

“宏原子核？”

“是的，通过观测一个宏电子在空间中的运动，借助这个数学模型，我们就能精确定位这个宏电子对应的原子核的准确位置。”

“可我们怎么样才能探测到那个原子核呢？”

“同宏电子一样，这事情同样惊人地简单：我们能用肉眼看到它。”

“哇……它看上去是什么样儿？你好像说过，原子核的外形与宏电子的空泡形状完全不同。”

“弦。”

“弦？”

“对，一根弦，它看上去是一根弦。”

“多长多粗的弦呢？”

“它与宏电子基本处于一个尺度级别，长度大约在一到两米之间，依原子的种类不同而异，至于粗细，弦是无限细的，它上面的每一点都是没有大小的奇点。”

“我们怎么可能用肉眼看到一根无限细的弦？”

“因为光线在它的附近同样会发生弯曲。”

“那它看上去是什么样子呢？”

丁仪半闭着双眼，仿佛一个刚刚睡醒的人在回忆着刚才的梦：“它看上去，就像一条透明的水晶蛇，像一根无法自缢的绳索。”

“后一个比喻好奇怪。”

“因为这根弦已经是组成宏物质的最小单位，它是不可能被剪断的。”

赏读

张彬教授去世后，丁仪和林云来到他墓前吊唁，无意之中发现张彬妻子郑敏（她曾痴迷于球状闪电研究并因此被夺去生命）在其墓上留下的“量子化碑文”，通过碑文上这个全面描述宏原子的数学模型，丁仪经过复杂的计算，确定了宏原子核的位置并最终找到了宏原子核，也就是“弦”。丁仪和林云打算让两根弦在一定速度下撞击，从而引发能量骇人的宏聚变。这一情节突转引出小说后面的悲剧故事和结局。

这个片段写得精彩。它通过动作（丁仪的匆忙和林云的慌乱）、神态（丁仪背靠墓碑坐着、两腿平伸地上、仰望星空、如梦初醒）和对话（既解释宏原子核特征原理又暗示可怕的后果），如同电影慢镜头一样，放缓了叙述的节奏，增强了科学设定的张力，充分写出了这个情节节点上人物的心理活动，预示着情节发展的方向。

第101条协议

选自《科学故事会》2021年第4期。选入本书时有改动。

陈欣悦

一

2050年国际超智能陪伴机器人公司成立，标志着仿真机器人正式投入商用。同时，业界颁布“双百协议”，即100条对机器人生效的协议和100条对人类使用者生效的协议，前者如机器人不得做出损害人类生命的行为，须向总部提供实时定位等。后者如人类使用者可购买或租用仿真机器人，但须妥善对待并按时返还等。

按理说，购买一台属于自己的机器人，并让它代替已失去或得不到的那个人，一直陪伴自己是最佳选择。但8位数的价格是绝大多数人无论如何都负担不起的，于是租用便成了这家巨型公司的基本业务。人们预定租用期限并支付费用，到了期限机器人发送定位至总部，并自动关机。总部将派技术人员前往检查设备有无损耗。如果客户仍恋恋不舍，可继续充值，再续前缘；如果客户已从如烟往事中走了出来，技术人员便将机器人设备数据库清零，并运回总部，重塑外貌，以待下一段缘分。

【**点评**　交代了租用协议的内容，为下文矛盾冲突埋下伏笔。】

二

玛丽今年34岁，在政府机关当个小文员，工资仅够糊口。母亲在她年幼时就去世了，父亲再娶，杳无音信。因与丈夫感情不和，几年前离了婚，8岁的儿子约翰是她生命中唯一的温暖和希望。

但一个月前，上帝又无情地夺走了她的温暖和希望。

儿子死于心脏病。

可怜的人啊！我们或许可以想象出她以泪洗面的样子，但对她内心的痛苦却无法感同身受。

玛丽几经思量，终于决定用自己的全部家当租用一台机器人充当儿子约翰，为期3个月。

这3个月里玛丽既绝望又幸福，她一遍遍追问自己，这样做有意义吗？值得吗？机器人也会开心吗？但她觉得“约翰”是真的开心，你看他笑得多像个真正的孩子啊。

但他只是一个机器人。她明白的。她的一厢情愿到头来都是徒劳，那与儿子酷似甚至可以说一模一样的外表下藏着的是中央处理器，是芯片，是集成电路，是机器人那颗捂不热的心啊！

无数的理由，都告诉她这么做毫无意义，且不值得。

但每当她看到那天真无邪的笑脸时，她立刻就屈服了。

值，当然值，她仍有活下去的希望，这就是意义所在。

她拼命祈祷，上帝呀，让3个月过得慢一点，再慢一点吧！

两个月末的时候，公司派来人说，机器出了故障，总部检测不到机器的定位了，他们将把机器带走修复，剩余几天的费用将退还给玛丽。

但玛丽拒绝了，她说那样太麻烦了，自己只想和儿子多待一会儿，等3个月期限到了，她会把机器送还给公司。

送走了技术人员，一个疯狂的计划在玛丽脑海中酝酿。

她要带“约翰”逃跑。

【点评 情节突转，产生悬念。**】**

反正公司失去了定位，反正这个家没有什么好留恋的，反正她一无所有，也不惧怕失去什么。反正有儿子陪，她什么都不怕了。

【点评 叙事简洁，四个“反正”准确写出玛丽这样做的原因。**】**

三

事实证明，玛丽并不适合演“绝地逃亡”的戏码。一个星期后，她就在轻轨的候车间里被逮捕了，此时已超过期限3天了。

技术人员惊奇地发现，机器人仍在正常地运行，他死死攥着母亲的衣角，用8岁孩童稚嫩的嗓音哭嚎着，不肯与母亲分开。

竟然接连违反两条协定，看来这台机器人是彻底坏了，技术人员不无惋惜地想。他们控制住小家伙又蹬又捶的小胳膊小腿，输入关机指令，清除了一切数据。

一切都没了。

看着“约翰”渐渐垂下的眼睑和努力伸向自己却无法触及的小手，玛丽的心都碎了，还有那声未喊出口就被掐断的“妈妈”。

儿子第二次离开了她。

而且相比于第一次，其痛楚之情有过之而无不及。

玛丽失魂落魄地被带走了。她闭上眼，感觉自己停止了呼吸。

【点评　再次反转，牢牢抓住读者。描写不多，但极精彩！】

四

公司总部。

因为是第一次发生机器人违反两条协定这样的事，所以高级主管都到齐了。

法律顾问率先发问：“玛丽女士，请问您对逾期携机器人潜逃一事有无合理解释?”

技术部门当然最关心技术：“玛丽女士，请问机器人在使用期间有无异常情况，您是否有破坏其定位系统的行为?”

售后部门的头儿生怕影响自己的业绩，推了推眼镜正要发问。

一位老者清了清嗓子，瞥了一眼七嘴八舌的众人。

大家立刻不言语了。这可是总裁。

“这位女士，”老者缓缓走到玛丽面前，面色和蔼，“您哭得如此伤心，可是有什么困难？能否说给我听听？”

这是唯一一个重视她——一个违法者的感受的人。

“这是我儿子，他叫约翰。……”玛丽拉着机器人毫无知觉的小手，感激地看着老人，将过往种种悲欢倾泻出来。

人类的悲欢在这一刻相通了，大厅里是浓得化不开的伤痛沉郁。以快乐掩埋悲痛，再狠狠撕裂伤口，让其无法痊愈，终至溃烂成疾。这本不是他们发明陪伴机器人的原意啊！他们希望的是让饱受悲欢离合的人们从无边阴霾中走出来，重新信仰爱与光明。

玛丽无法割舍对儿子的爱。

但同时，她也无法承担租用或购买的费用。

五

死一般的静寂。

“给您添麻烦了，机器人还给您，我会把多出来的几天的费用付清的。”陈述完自己的经历，玛丽才发现自己做得太过火了。她忙擦去腮边的泪，转身要离开。

人总是这样，身在其中，芝麻点大的事都能急得焦头烂额，哭得肝肠寸断，可一旦从圈子里面跳出来看，心肠便硬了许多。

“等等。”老者摸了摸约翰的小脑袋，满目慈祥，“按理说是这样，但鉴于这台机器逾期仍执行指令，我们将对其做全面检查，如果系统出了问题，我们是不能回收的。”

“不能回收是……什么意思？”玛丽傻了，不会是要她赔偿一台机器的钱吧？

“意思是您改变了机器运行的程序，这台机器就属于您啦。”老者挥挥手，技术人员便将几根电线插在“约翰”身上，另一端连在检查器上。

开机。

众人屏息。

睫毛颤了颤，约翰睁开了钴蓝色的眸子。

“系统警告，格式错误。”

他抬起小胳膊，小手在空中抓了抓。

“系统警告，格式错误。”

他看见了玛丽，扬起了笑脸。

“系统警告，格式错误。”

“妈妈！妈妈！”

“系统警告，格式错误。”

……

稚嫩的童音和检查器冰冷的女声一同回荡在大厅里。

玛丽冲过去抱住了他。

他终于属于她了，她的儿子又回来了。

糟了，又哭了！玛丽连忙拭去泪水。

“不是清空数据了吗？……我怎么就改变程序了呢？”残存的理智使玛丽回想起老者的话，问道。

“With love”是她得到的回答。

【点评　至此似乎有了答案，但细想又不免疑惑：是玛丽擅自改变了机器人儿子的程序吗？】

六

“总裁，看来我们的系统有漏洞。”

“不是系统的问题，是协议有漏洞。”

“协议？”

“嗯，增加第101条协议，若机器人自愿修改程序，本公司不予回收，机器人属于使用者所有。”

【点评　最后一句不仅交代了故事的科学设定，而且掀起高潮，升华主题，再结合故事的标题，不能不佩服小作者的深刻构思！】

研讨

这篇科幻习作讲的是玛丽和她的机器人儿子悲欢离合的故事。习作的科学设定并不复杂：机器人来到了玛丽的生活之中，被玛丽的母爱所感化，与其产生了亲密的母子感情，最终机器人修改了公司原来的设定，违反了租赁协定，引发并推动了这个动人的故事。习作的设定虽不复杂，但表达却颇有技巧：小作者把机器人自愿修改程序作为悬念暗中牵动着故事的走向，让故事一波三折、扣人心弦，直到故事结束才从老者那得到答案，是爱让机器人改变了程序。而习作的标题叫"第101条协议"，则让人联想到我们应该怎样面对未来智能机器人的发展带来的冲击和挑战。习作构想了一个温暖的结局，表明了作者的态度，也引发读者的思考。

习作不仅在科学设定和故事设计上水乳交融、一气呵成，在具体的写作中也讲究技巧。故事前四个部分，作者采用第三人称视角，张弛有度地叙述了故事的开端和发展，到了小说的高潮和结局部分，小作者精心设计了对话的现场，既揭开了机器人违反程序的原因，也写出了人物紧张的心情和现场跌宕起伏的气氛。小作者非常擅于写对话，尤其是结尾部分四句对话，一句多余的描写都没有，却升华了小说的主题，简洁而富有韵味，很值得学习。

练笔进阶

1 下面是小说《带上她的眼睛》中的一段，请以"我"和主任对话的方式，改写这个段落中的核心信息，改写后比较两者表达效果的差异。

“落日六号”出色地完成着航行中的各项研究工作。飞船的速度大约是每小时15公里，飞船需要航行200小时才能到达预定深度。但在飞船航行150小时40分钟时警报出现了。从地层雷达的探测中得知，航行区的物质密度由每立方厘米6.3克猛增到9.5克，物质成分由硅酸盐类突然变为以铁镍为主的金属，物质状态也由固态变为液态。尽管“落日六号”当时只到达了2500公里的深度，目前所有的迹象却残酷地表明，他们闯入了地核！后来得知，这是地幔中一条通向地核的裂隙，地核中的高压液态铁镍充满了这条裂隙，使得在“落日六号”的航线上，古腾堡不连续面向上延伸了近1000公里！飞船立刻紧急转向，企图冲出这条裂隙，不幸就在这时发生了：由中子材料制造的船体顶住了突然增加到每平方厘米1600吨的巨大压力，但是，飞船分为前部烧熔发动机、中部主舱和后部推进发动机，当飞船在远大于设计密度和设计压力的液态铁镍中转向时，烧熔发动机与主舱结合部断裂，从“落日六号”用中微子通信发回的画面中我们看到，已与船体分离的烧熔发动机在一瞬间被发着暗红光的液态铁镍吞没了。地层飞船的烧熔发动机用超高温射流为飞船切开航行方向的物质，没有它，只剩下一台推进发动机的“落日六号”在地层中是寸步难行的。地核的密度很惊人，但构成飞船的中子材料密度更大，液态铁镍对飞船产生的浮力小于它的自重，于是，“落日六号”便向地心沉下去。

点拨 首先要确定这个段落的基本信息。本段交代了“落日六号”沉陷事故的经过和原因，信息集中在“不幸就在这时发生了”一句之后。然后，把原文叙述内容分解转化成两三句对话。还可以适当想象，给人物添加一些动作和神态。因原文这里有一种揭开谜底之后急切交代的意味和情境，如改为对话反而破坏了快速推进的节奏，因此不如原文用叙述的方式来得直截了当。

2 下面是获得第五届科普科幻大赛国家一等奖某同学作品的选段。请在第三段前，设想玛蒂亚与里昂的最后一次通话，补写两人的对话，表现他们的心理活动，暗示文章反战的主题。

公元2056年2月17日，玛蒂亚的未婚夫已离开她半月。在强制性征兵与对国家的强烈责任感的双重驱动下，里昂走上了战场。

这天上战场前，玛蒂亚通过手表与男友视频通话。这款手表是时下公众普遍使用的，它只要戴在手腕上，就可以实时以佩戴者视角来观察现场画面，比手机方便许多。

玛蒂亚与里昂通话结束，却谁也不愿关掉通信。忽然，枪声响起。玛蒂亚被吓到了，她立刻打开视频查看：只见男友缓缓站起，拿起枪。又是一阵炮声，里昂握紧了枪，飞快地冲出军帐，奔向前方。

——《停战，永永远远》

点拨 这里应注意两点，一是里昂走上战场前与恋人的通话，二是表达反对战争、呼唤和平的主题。对话可以从人物关系、人物处境和表达主题入手，展开想象，设计合理自然的人物对话。写好后读一读，闭上眼睛在脑海中过一遍，力求做到简洁明了，朴素而有情感，表达明确的反战态度。

3 有同学构思写作了一篇科幻作文：设想未来100年后，星际旅行开始商业化，成为人们日常生活的一部分。某同学看到其他同学去过许多星球，十分羡慕，也想参加学校组织的这次星际旅行，但由于他爸爸死于外太空探索的意外事故，而他又是克隆爸爸而生，因此心灵受过伤的爷爷死活不答应。怎么解决这个矛盾？小作者构想设计了一款“虚拟通话软件”，虚拟学校老师邀请爷爷通话，告诉爷爷学校集体旅行的计划，飞行器绝对安全可靠，并邀请爷爷同游，从而打消了对方的顾虑，答应同学的请求。小作者很聪明，用这款“虚拟通话软件”的科学装置，解决了问题，推动了情节的发展，也表现出未来生活的乐观想象。

你有什么好故事，又打算设计怎样的装置，让故事波澜起伏、震撼人心呢？请构思写作一篇科幻作文。内容自选，题目自拟，不超过1500字。

点拨 这类通过某种未来高科技装置化解矛盾、形成突转的模式，是一种适合初学者学习的模式。运用的关键之处在于合理和自洽。首先是合理。“装置”要合理，应有某种现实依据，能切实解决问题，不可为装置而装置；时空要合理，要有基本的科学依据，不可随意填写一个年代；还要能表达一个有价值的主题，要着眼于人的思想精神的变化。那种随意设想一个魔力无边的装置，以此解决一切问题的写法，不是科幻而成了魔幻。其次是自洽。要对“装置”出现的彼时彼地社会生活的方方面面有通盘考虑、全面安排；故事发生突转前要预先写好充分的理由，使突转水到渠成、自然而然，避免牵强附会、生拉硬扯造成缺陷和硬伤。

第 9 课

结　　构

写作要点

什么是小说的结构

简单来说，结构是小说故事排列的一种特定序列。这个序列包含了作者富于战略意义的构思，从而激发特定具体的情感，表达有鲜明意义的小说主题。

罗伯特·麦基的《故事》里提到一种典型的叙事结构，简要概括，这种结构就是：

打破平衡的激励事件—进展纠葛—危机/高潮—结局。

“打破平衡的激励事件”是小说最根本的诱因。主人公本来过着平静的生活，但因为某起突发事件，原来的平衡被打破，所以故事/人物被迫向前发展以便解决问题。“进展纠葛”是指当人物面对越来越强大的对抗力量时，产生越来越多的冲突，从而创造出一系列逐次发生的事件。“危机”指的是人物所做的决定。主人公的求索之路引导他通过进展纠葛，直到他用尽了实现欲望的所有行动，只剩最后一个尚未完成。他的下一个行动将会是他的最后行动。这一“危险机会”的时刻是故事中最紧张的点。高潮和危机一般同时发生，危机是选择，高潮就是选择的结果。结局就是整篇小说、整个故事的结尾，用一种“不可避免而又出乎意料的方式”，让读者获知前面整个系列的最终结果。

适合初学的简化版

上面所述的这些名词有些学术化，不免让人感到枯燥。下面我们用一篇具体的作品来说明这些要素。我们讨论的是以色列小说家埃特加·凯雷特的短篇科幻小说《白板》。

小说先用有限的篇幅介绍了人物的背景：主人公A. 是住在福利院里患有早老症（年龄增长比普通人快十倍，一般活不过十岁）的孤儿（他）之一，每个孤儿都有一位秘密资助人，决定了他们在孤儿院的学习以及离开孤儿院以后的身份。A. 一心想着通过生存技能月考，以便走出孤儿院，履行和另一位孤儿N.（她）的秘密约定——两人一起度过余生。

小说的激励事件是：A. 没有能够通过四月举行的月考，无法顺利走出孤儿院。这样一来，A. 和N. 以前的规划和努力都白费了。

接着是进展纠葛：这件事引发了A. 的反抗，他偷了保安的身份牌准备逃出孤儿院。在逃跑的过程中，他发现N. 已经被人杀死在游泳池里，最后他自己也被抓了。

紧接着是危机部分：A. 知道了N. 的身份——一个克隆人。一位丈夫（N. 的秘密资助人）按照自己妻子的形象塑造了她，并杀了她泄愤，以求在现实生活中保持平和的心态。同时，A. 知道了自己其实也是个克隆人，并且被他的秘密资助人——一个“二战”种族屠杀中幸存的犹太人——塑造成阿道夫·希特勒的形象，以便杀了他复仇。

至此，A. 似乎在这样的危机下缺少选择的权利，而被命运推向了必然死亡的风口。但也就在这时，他的选择、故事的高潮和带有意外因素的结局同时到来了：

A. 在面对自己的秘密资助人的枪口时，拒绝表现得害怕，拒绝哀求，并在生命的最后一刻执意称呼自己（由N. 起的）的名字：安托万。

这个选择蕴含了A. 反抗命运、独立为人的深意。

这是一个经典叙事结构。当然，在中学生学习科幻写作的过程中，未必会使用如此专业的结构模式。囿于篇幅、构思难度和写作复杂程度，我们不妨将这样的结构简化，保留开始的“激励事件”（一个基本矛盾），忽略“进展纠葛”（以便简化情节），把“危机/高潮”部分合并（人物的选择仍然很重要，结果也立刻呈现），最后是富含意义的结局。简化版如下：

激励事件—危机/高潮—结局。

这个结构便于初学者把握，操作性也相对比较强。

摇曳多姿的结构变体

上述的结构（无论是经典版还是简化版）是线性的，但也是基本结构。写作者如果在这个结构的基础上做适当的补充和拓展，不仅可以让单一的线性结构产生很多摇曳多姿的变体，也能够使自己笔下的科幻小说增添许多表达的魅力。下面举几例加以说明。

1. 倒叙式结构

倒叙增强小说叙事的紧凑感。倒叙是根据表达的需要，把事件的结局或某个最重要、最突出的片段提到文章的开头，然后再从事件的开头按事情原来的发展顺序进行叙述的方法。这也是亚里士多德在《诗学》里向我们提出的叙事忠告：从事情的中间开始讲故事。这样的结构保留了线性结构基本的要素，但改变了顺序，使得故事的叙述更为紧凑，重点更为突出，让读者一开始就进入一个引发好奇的情节片段，保留了追寻故事发展的强烈意向。刘慈欣的《诗云》一开始就向读者呈现了一个被改造成“气球”的空心地球，随着故事逐步展开，到了故事情节的中段，才交代了这个地球的由来，以及围绕它的相应故事。读者在阅读时，看到这样的地球，自然产生了强烈的好奇心，要一睹为快。

2. 沙漏式的结构

沙漏式的结构可以形成鲜明强烈的比照。在这一结构里，小说的情节分为两个板块，这两个板块有交汇之处，但又相对独立，每个板块内部都遵循线性结构的规则，而两个板块之间类似沙漏的两端进行排列，两个板块的情节形成比照，便于凸显小说的主题。刘宇昆的短篇科幻小说《狩猎愉快》使用了这样的结构。小说前半篇写猎手和狐狸精之间博弈的故事，类似《聊斋志异》里的场景；后半篇却跳出这样的背景设定（交会处的关键情节是人类开始修建铁路了），写了猎手和狐狸精的下一代在现代社会中合作打造出一只机械身躯的狐狸，找回变化魔法的故事。前后半篇的社会背景和故事走向迥异，有力凸显了作者对科技成为人类新的“附魅”源头的深刻思考。

3. 双线和多线结构

双线和多线结构表达复杂浩大的内容题材。双线结构是我们在写作中可以尝试的做法。其中“并行式”的双线结构由两个地位相若、互为映衬或对比的事件组成；而“包容式”的双线结构则由明暗两条线索构成，典型的形式是“故事”和“故事讲述/阅读者的故事”。如阿瑟·克拉克的《地心烈焰》，明线故事是那封人类发现地下人过程的书信，暗线故事则在结尾交代：地下人在读着“影子世界”（即地表人类）在灭绝前留下的这封信。在单线和双线结构都无法承担宏大的背景设定、复杂的故事叙述、众多的人物图景和绵长的时间跨度之后，多线结构就出现了。若干相关联的单线小故事组成了一个具有统一主题的大故事，许多不同的人物视角构成了一个特定时空事件的多元讲述。吴楚的长篇科幻小说《记忆偏离》一开始呈现了一个鲜明的悬念（逐渐出现多个记忆偏离的病人）和若干可能通向最终答案的线索，随着多个病人有限视角的叙述，随着两位主角层层探寻、抽丝剥茧努力，答案终于揭晓了。多线结构的故事，需要在写作前精心设计情节、规划写作大纲、注意前后呼应。

科幻小说中的结构和人物塑造是密不可分的。请大家不妨复习本书

第4课的内容，在上述经典结构里，“激励事件”对应人物塑造的压力和矛盾，进展纠葛中易于刻画人物成长历程，危机/高潮和结局揭示了人物性格真相。实际写作时不必这么严格地一一对应，但要记住把小说结构和人物塑造结合在一起思考这一原则。

名作赏读

闹鬼的宇航服

［英］阿瑟·克拉克

节选自《神的九十亿个名字》，阿瑟·克拉克著，邹运旗译，江苏凤凰文艺出版社2018年版。阿瑟·克拉克，英国著名科幻作家，代表作有《2001：太空漫游》等。

卫星控制中心呼叫我时，我正在观察舱里誊写当天的进度报告——这是一间玻璃圆顶的办公室，于空间站主轴顶端凸出，活像一副车轮毂中间的圆盖。这里的工作环境算不上理想，因为视野开阔得有些过分。就在几码开外，我能看到施工队正在把整个空间站像大型积木玩具一样拼接起来，动作磨磨蹭蹭，仿佛在大跳慢动作芭蕾舞。在他们身后两万英里处，闪耀着蓝绿光辉的地球母亲飘浮在宇宙中，背景便是银河系那错综复杂的星云构图。

“我是空间站主管。”我回答道，“有什么情况？”

“雷达在两英里外发现了什么东西，目标很小，几乎静止不动，位于天狼星以西五度范围内。你用肉眼能观察到吗？请回复。”

那个物体与我们的轨道竟然如此合拍，肯定不会是流星了，应该是我们弄丢的什么东西——或许是某个器材没固定好，从空间站上飘出去了。我是这么想的，直到我拿过双筒望远镜，在猎户座周围的宇宙空间中搜寻，这才发现自己弄错了。那个太空流浪者确实是人造物体，但和我们一点儿关系都没有。

“我发现了。”我向控制中心回话，“那是一台实验卫星，呈圆锥体，有四根天线，底座上好像还有一套光学透镜。从设计上判断，可能是美国空军于20世纪60年代早期推出的型号。我听说，因为发射失败，有好几台实验卫星失踪了。他们做了好多次尝试，最后才确定现在的卫星轨道。”

控制中心在档案里查找了一小会儿，证实我的猜测是正确的。但他们又花了点儿时间，才确定华盛顿方面对我们的发现一点儿也不关心。这台卫星离家出走已有二十年了，如果我们把它再次“弄丢”，他们反而更高兴。

“好吧，可我们不能这么干。”控制中心说，“就算无人认领，那东西挡在轨道上也是个威胁。最好有人能出去，把它拖到空间站里。”

我知道，这个人肯定就是我。我可不敢从加班加点的施工队伍中再抽调一个人出来，我们已经赶不上进度了——而每耽搁一天就要多耗费一百万美元。地球上所有的广播和电视网络都已急不可待，就等着空间站竣工，以便早日播出他们的节目，从而第一次实现真正意义上的全球联通，从南极到北极，覆盖整个世界。

“我会出去搞定它的。”我一边回答，一边“啪”的一声用松紧带绷好桌上的文件，免得从通气孔送入的气流把它们吹得满屋子乱飞。尽管我努力让语气平和下来，好像很乐意为大家服务似的，但实际上，我心里一点儿也不高兴。我进入外太空已有两个星期了，早就厌倦了没完没了地监督工程进度，填写维修报告，以及所有那些身为空间站主管不得不面对的“美妙”差事。

我向气密舱飘去，沿途遇到的唯一一位“船员”只有汤米——我们最近才养的一只猫。对于远离地球无数英里的人们来说，宠物可谓意义重大，但没有多少动物能够适应无重力的太空环境。我钻进太空服时，汤米冲我哀怨地喵喵叫，可我现在很忙，没时间陪“他”玩。

此时此刻，或许我该提醒众位看官，我们在空间站上使用的太空服，和在月球表面行走时穿的那种有很大的不同。它没那么灵活，更像是一台微缩版的宇宙飞船，只是刚刚够塞下一个人而已。它呈短粗的圆柱形，大概有七英尺高，配有低功率的喷气推进器，上端装有一对可折叠的袖子，就像手风琴的风箱，可以容纳宇航员的双臂。不过一般情况下，我们都会把手缩回到太空服里，操作胸前的手动装置。

我在这台十分独特的飞行器里收拾停当，打开电源，检查微小面板上的仪表读数。航天员钻进宇航服后，你经常会听到他们念叨一个神奇的单词——“FORB”，这会提醒他们依次检查燃料、氧气、无线电和电源电量。所有读数的指针都在安全范围内，于是我扣好头顶上的透明半球形面罩，把自己密封起来。由于这只是一趟短途任务，所以我没有费心检查宇航服内部的储物包，只有在执行长期任务时，那里才会放进食物和某些专用器材。

传送带将我缓缓送进气密舱，我感觉自己就像一个印第安婴孩，被母亲装在篮里，背在背上。气泵抽走空气，舱内气压降至零，外舱门打开，最后一丝微风将我裹挟着推向群星，我在虚空中慢慢地翻了个筋斗。

空间站距我只有十几英尺，但我现在已经是一个独立的星体了——一个只属于我的小世界。我被严密地封在一个微小的可移动圆柱体里，整个宇宙在我面前一览无余，可在航天服里，我连一点儿活动空间都没有。软垫座椅和安全带将我牢牢固定，让我无法转身，好在只要我伸展手脚，便能够到所有控制装置及储物包。

在外太空，太阳是个致命的大敌，瞬间就能把你的眼睛晃瞎。我小心翼翼地打开太空服“背阳”面的黑色滤光镜，这才敢转过头去，看着远方的群星。同时，我将头罩上的外部遮阳镜调到自动状态，这样，不管太空服怎样旋转，我的双眼都会得到保护，以免被强光灼伤。

不一会儿，我便发现了目标——一点明亮的银色光斑，金属材料的反光将它和周围的星光明显地区分开来。我轻踩喷气控制踏板，立刻感受到一阵温和的推动力，低功率火箭推着我渐渐远离太空站。经过十秒钟稳定的加速，我感觉速度已经足够，便断开动力源。剩下的路程只需五分钟，打捞成功后，返程也用不了更多时间。

就在这时，我置身于茫茫的黑暗深渊，突然感觉不对劲儿，恐怕事情还很严重。

在太空服里，永远不会有完全的寂静。你总能听到氧气轻柔的嘶嘶声、风扇与发动机微弱的呜呜声、你自己喘气时的呼呼声——如果仔细听，甚至还有心脏跳动时有节奏的怦怦声。这些声音在太空服中回荡，无法逸散到周围的真空中去。在宇宙中，它们是生命的背景音，却极易被忽视，只有发生异常时，你才会注意到它们的存在。

它们现在就发生异常了，在原来那些声音以外，又多了一种我从未听过的声音，那是一阵断断续续的沉闷敲击声，间或夹杂着抓挠声，仿佛金属刮擦在金属上。

我立刻僵住了，屏住呼吸，支起耳朵，想听出这古怪的声音来自何处。控制面板上的读数毫无异兆，刻度盘上的指针稳如泰山，预示大难临头的红色警示灯也没一丝一毫的闪动。这给了我一些安慰，但不算特别多。很久以前我就明白，在这种情况下，一定要相信自己的直觉。脑中的报警信号已然响起，催促我尽早返回太空站，免得大难临头一发不可收拾……

直到现在，我依然不愿回想后来那几分钟的心情。惊恐如涨潮的海水，渐渐淹没了我的心智，为了对抗神秘莫测的宇宙，每个人都会竖起的理智与逻辑的大坝，这会儿也被冲垮了。这时我才明白什么叫作精神错乱，再没有其他解释更适合现在的情况了。

我已经没法再把困扰我的声音说成是机械故障了。尽管我孤立无援，远离所有人类，周围甚至没有任何实物，但我并非孑然一身。寂静的真空已经把虽然微弱，但确凿无疑的生命之音送入了我的耳朵。

一开始，令人胆战心寒的是，好像有什么东西正试图钻进我的太空服——那东西无形无体，却要逃脱冷酷无情的宇宙真空，寻找一个藏身之所。我在这身甲胄里发疯似的四下张望，搜寻着周围无限的宇宙空间，可是，除了朝向太阳的闪闪发光的圆锥体，我什么都看不见。什么都没有，当然了，太空中怎么可能有东西呢——唯独那抓挠声，现在反而更清晰了。

尽管有人写过很多胡言乱语来诋毁我们宇航员，但我们真的不迷信。可在当时，我突然间想起波尼·夏默斯就死在太空站附近，可能离我现在所处的位置不远。由于理智已经彻底崩溃，我会这么想，大家应该不会见怪吧？

那是一起“不可能发生”的事故，几乎所有事故都是如此。那一次，三个故障同时出现了——波尼的氧气调节器失控，压力飙升；安全阀失灵，无法排出氧气；一处不良连接点分离——于是，在不到一秒钟的时间里，他的太空服在真空中敞开了。

我本不认识波尼，但突然之间，他的命运似乎与我紧密相连——一个恐怖的念头在我脑中浮现。我们原本不愿谈及此事，那就是，太空服太宝贵了，即便破损也不会被丢弃，哪怕它害死了穿着它的主人。它们会被修好，重新编号——然后分发给其他人……

如果一个人死在群星之间，远离故土，他的灵魂会安息吗？你还在这里吗，波尼？若有一件遗物，成了你和你想念的遥远家乡之间的媒介，你会紧紧缠住它不放吗？

这个念头如噩梦一般纠缠着我——现在，抓挠声，还有轻微的摸爬声，仿佛从四面八方同时袭来。我还残存着最后一丝希望，为了确保神志健全，我必须证实这不是波尼的太空服——这些将我贴身包裹起来的铜墙铁壁绝不可能是另一个人的棺材！

我试了好几次才按下正确的按钮，将通话器转换到紧急波段上。“控制中心！”我喘着粗气，“我有大麻烦了！快检查一下我这件太空服的使用记录……”

我的话没说完，后来听他们讲，我的尖叫声甚至震坏了麦克风。如果一个人与世隔绝、孤零零地密封在太空服里，却突然有东西轻拍他的后颈，你说他会不会尖叫起来呢？

我当时一定是猛地往前一挣，尽管有安全带的保护，头还是磕到了控制面板的上缘。几分钟后，救援队赶到时，我已然昏迷不醒，额头上肿起一块好大的青包。

于是在整个卫星中继站上，我是最后一个知晓发生什么事的人。一个小时后，我恢复了知觉，所有医务人员都聚在我的床边，但又过了好长时间，他们才注意到我已经醒来。这群家伙正忙着逗弄三只可爱的小猫咪，那是汤米——我们错误地给“她”起了个男名——在我太空服的五号储物包里偷偷生下的。

赏读

这篇小说可以用来验证我们本课学习的经典叙事结构：太空中出现以前失踪的实验卫星，需要空间站的“我”去回收，这是“打破平衡的激励事件”；“我”穿上太空服前往回收，这是“进展纠葛”；接下来“危机”出现了，“我”不仅听到太空服中传来声音，还感觉有人钻进了太空服，从而想到曾经死在太空站附近的一位宇航员……，我的选择是求救，并且在惊慌中昏迷过去，从而达到了故事的“高潮”；“结局”是喜剧性的，空间站的一只猫咪在宇航服里生出的小猫造成了这场误会。

而在这样的叙事结构之外，我们看到阿瑟·克拉克运用了多种手法使得小说富于情趣：开头就提到空间站的猫咪，并特地用男名“汤米”来命名它，这样的误会为下文猫咪生崽的情节埋下伏笔；中间部分深入人物内心进行描写，把“我”在宇航服中的恐惧表达得细致入微，又成功地设置了悬念，引发读者的好奇心；结尾让人忍俊不禁，贯穿整个故事的包袱终于抖搂出来。

因为选材和情节的特殊性，科幻小说容易注重技术，偏于“冷”和“硬”，但阿瑟·克拉克在小说中就如同叙述日常生活中发生的琐事一样——只不过背景在外太空——充满了幽默感和温馨感，结尾尤其如此。

“找回地球”计划

钱嘉欣

一

当星际旅行变成家常便饭。

当迁移到另一个星球变得平常无奇。

当越来越多的星球开始被人建设、定居。

那么出发点似乎就没什么特别之处了。

然后出发点就会一天一天地落寞，一天一天地破败，直至无关紧要地彻底消失。

于是在面对着越来越黑暗的天空，越来越低的温度，越来越没有生机的地球，在科学家们认为现状还能支撑3—5年，需300—500年时间来修复至稍微好一点后，一场“搬离地球”的计划被提出了。

【**点评**　小说题为“‘找回地球’计划”，但开头先说“搬离地球”。】

二

这就迎来了一场人类历史上绝无仅有、规模之大、可以永远载入史册的辩论。

两派吵得很凶，都像是即将饿死的秃鹰。同意此计划的举出现有的少数外星定居例子与现状进行对比；不同意的则表示这片土地养育了这么久的文化，不能抛弃自己的根。同意者又表示所有现存的文化资料和生物品种都会被带走，无须担心，现在的重中之重就是生存问题。双方吵得不可开交。但随着现实情况越来越恶劣，不同意者的数量急剧下降。最终，此项计划以大比例的优势通过。

人们开始在各自政府的引导下陆续搬离地球，去新的星球定居。大概只留下了一些看淡生死的老人和极少数不同意计划的年轻人。

约莫三年之后，所有应被撤离的人全部撤离。至此，所谓的国家变成了星球。

【**点评**　**继续交代“搬离地球”计划的实施。**】

三

人们的星球生活在这样一种喧闹之后逐渐趋于平静。和在地球上也没什么两样。

新的社会秩序、法律条例也在建立完善。人们力争创建成一个全新的美好家园。所有人似乎都忘记了那个残破不堪的曾经的家园。

直至不知道哪位星球高官的父亲觉得自己快不行了，想再看一眼地球。这一愿望被表述并付诸实践后人们才突然意识到地球消失不见了——无论从哪个星球哪个点沿来时的路返回都找不到地球。它的身上像是安装了一个信号屏蔽器，没有一丝痕迹。人们陷入了惊讶、恐慌、慌乱之中。

渐渐冷静下来之后，人们清楚地意识到——地球没了。

也不知道是谁把谁丢下了。

于是，在那一年，一项命名为“找回地球”的计划正式启动，各个星球投入了大量的人力、物力、财力。泰宇是其中一个小队的负责人之一。

【**点评**　**平地起了波澜——地球不见了！这时“找回地球”计划开始实施，主人公泰宇也出场了。**】

四

其实泰宇从未亲眼见过地球。

他只在他爷爷奶奶的口中得到对这个星球的美的描述，在他爸爸妈妈的口中听过当时的黑暗颓废。

印象最深的一次就是在大学最后一堂课上，一张模模糊糊的照片。最后一堂课展示地球照片成了每所大学的惯例。美。美得惊人。美得让他张着嘴说不出话。美得不可一世。美得想将这段记忆深深刻入骨子里。

关于地球的照片，几乎也成了星球机密。只有特定的科研人员才能看到。

据说是因为太美了，普通人看见会在脑中反复回想以至于抓狂。

【**点评**　此段写地球不可方物的美。应稍微多用点笔墨加以渲染，才能凸显地球的宝贵和“找回地球”计划的必要性。】

五

“找回地球”计划在有条不紊地进行着。

数学家分析着各个方向可能的概率，物理学家计算着可能的位置，历史学家翻阅历史资料来确定初始位置……。但搜了一遍又一遍，排除了一种又一种的可能，始终没有找到地球。几年之后，此项计划在各方压制下被迫暂停，只在茫茫宇宙中几个预估位置留下小型空间站进行监视。

在某个风和日丽的下午，其中一个空间站传来消息，声称发现了地球并传回了照片。就是远远地能看见一个模糊的蓝色小球。霎时，整个航天总局都震惊了，并立即任命泰宇带领小队前往空间站，重拾“找回地球”计划。

这是那位高管父亲逝去的前一年。

【**点评**　地球重新出现，又是一个波澜。】

六

一切准备就绪。

站在舷窗前的人们内心久久不能平静。隔着一层厚厚的玻璃，在不远处，在茫茫无垠的银河里，那颗蔚蓝色的星球美得惊心动魄，深邃而又有着致命吸引力的蓝，点缀着绿，全然没有老一辈口中的蒙上灰色。

随着总司令的一声令下，小队正式出发，前往地球。

当飞船稳稳降落后，泰宇莫名地感到了一阵突如其来的头晕，他晃了晃头，并未在意，做好防护措施，便指挥着大家走下舷梯。眼前是高耸入云的树木。泥土上盖着枯枝落叶，石头上覆有青苔。远远地传来小河流淌的声音以及几声清脆的鸟鸣。

“这里是雨林!”随行的研究学者惊呼。“这也太美了!”看着周围的景色，人们脸上的表情从震惊变为怀疑再转变为喜悦兴奋。一时间，有拍照片的，有收集土壤样本的，有逗鸟的，有测空气数据的……。泰宇看着这一切，恍惚间感觉有些不真实，总觉得头脑有些昏昏沉沉，尽管不怎么碍事。

直至几声“有人晕倒了!”打破了周遭的氛围。紧接着又是几声惊呼“这儿也有人晕倒了!”泰宇咬了咬嘴唇，一声令下:“全员返程。”

在踏入舷舱的那一刻，他感受到了一阵前所未有的失重感，内心也像是丢了什么，空荡荡的。安置好所有人，坐上驾驶座，选好返程路线。不知为何，身边越来越多的人晕倒，他自己也感觉到状态越来越差，终于在飞船安全抵达空间站的那一瞬，晕倒在驾驶座上。

【点评　奇怪的事件接着发生，引发读者的好奇。】

七

当泰宇醒来已是五天之后。

眼睛眨巴了好久才适应了光的强度。手边还挂着吊瓶。身体很是沉重。

没过多久，他的病床边就围满了人，有一位许久未见的老朋友，有一位眼眶红红的小护士，竟然还有研究院的人。

待众人散去，他的老朋友紧紧抱住了他。

“你终于醒过来了。我很高兴。”

“告诉你一个不幸的消息。你的小队，目前除了你，没有人醒来。但已经有人没了呼吸。”

“总司令在这五天里仍是很固执地每天派人前往地球。但得到的结果几乎完全一致。除了像你一样身体过分优秀的人，没有人醒来，只有沉睡与死亡。”

泰宇向他的朋友投去疑惑的眼光，努力试图理解他的话。

电视机很不适宜地出了声。是专家采访。

“我们分析了所有前往地球的人们的身体检测数据，加上解剖结果，以及对于从地球上带回来的生命体的检测，无一例外，每个到达地球的人都出现了一种新型病毒。但从地球上带回来的生命体体内没有。”

“在生物学界有个专业术语叫作排异。这类病毒的出现，我们猜测大概就与此有关。这是地球采取的一种排除异己的方法。”

“可能我们要面对的事实是：地球不愿意再接受人类了，或者说在人类抛弃地球的同时，它也抛弃了我们。”

泰宇渐渐明白究竟发生了什么。他张开了嘴，试图说些什么，却发不出声音。嗓子像被堵住了一样。

“他们告诉我，你的体内也有那种病毒。他们说，你的身体会一天比一天差，直至死亡。他们还说，尽管他们并不知道该怎么办，但会竭尽全力的。”

紧接着，是沉默。终于从他的嗓子里传出了声音：“那就让我回到地球吧。”

【点评　“找回地球”计划竟以这样一种方式失败，“找”到而未能“回”，这样的情节设计发人深省。】

八

“各位星球居民们，大家好。”

“Hello，everyone.”

“みなさんこんにちは.”

“Bonjour à tous.”

……

所有星球在同一时刻接收到了一份演讲，已经翻译成了各自的语言。

“我们已经成功地找到了地球。但很遗憾的是，我们暂时并不能靠近它。”

“我们设置了许多空间站来供大家观看地球。空间站将会于6个月之后关闭。关闭的时间将会提前通知大家。”

“据科学家们的最新消息，地球正在向着太阳的方向进发。从目前的速度来看，大约一年后，将会到达我们现如今人类科技水平无法抵达的地方。”

“当然，我们的科学家们将会竭尽全力来使我们回到地球。请大家给予他们一点时间。”

“希望大家都能享受此次的观赏活动。”

【**点评** 结局。恢复平静，留给读者思索的余地。】

研讨

这篇小说语言富于独特的节奏感。行文分八个部分，写得清晰。构思大胆，主题深刻，通过“找回地球”计划的提出、实施、波折和最终的功败垂成，引发读者对珍爱环境、保护地球、依恋家园主题的思索。

从结构来看，八个部分的前两个部分都是交代“找回地球”计划的背景——“搬离地球”，到了第三部分才出现主体事件和主人公，笔墨还不够减省，入题也不够迅速。建议按照本课所说，“从故事的中间开始写起”，选择一个令人惊讶的场景（是“地球不见了”还是“地球重新出现”甚至于“找到了地球”，都可以）作为开头第一部分，然后倒叙交代从“搬离地球”开始的那段背景，再回到找回地球并失败的主体事件，这样的结构安排会更加紧凑。

至于这篇小说中与本课所说经典叙事结构所对应的要素，请大家在阅读中自行寻找。

练笔进阶

1 加西亚·马尔克斯的魔幻现实主义小说《百年孤独》的开头是这样的："多年以后，面对行刑队，奥雷里亚诺·布恩迪亚上校将会回想起父亲带他去见识冰块的那个遥远的下午。"这个开头的写法决定了小说叙述者是站在"后来"不断往前回溯。比起来，特德·姜的著名短篇科幻小说《你一生的故事》开头毫不逊色："你的父亲很快便会向我提出那个问题，这将是我们夫妻生活中最重要的一刻，我希望专注地倾听，记下每一个细节。"多种时态的杂糅预示了这篇小说复杂精微的构思。结合完整的作品，学习这两篇小说的开头，模仿其中一个的写法，为你的短篇科幻小说《特殊的旅程》写一个意味深长的开头，并在此基础上写出故事大纲。不少于400字。

点拨 一篇短篇科幻小说开头的写法在某种程度上决定了这篇小说的结构。所给两例开头都有倒叙的意味（第二篇不完全是），都在开头暗示了小说下文所写的内容，并与之遥相呼应。做好通盘构思，使用本课提供的简化版的结构模式，选择好开头的那个"时间点"，注意使用恰当的句式和语气，让你的故事先成功一半吧！

2 阅读刘慈欣的短篇小说《微纪元》，简要分析它的叙事结构特点。

点拨 从"宏"和"微"两个角度入手厘清。"宏"的故事线相对简略，更多作为背景；"微"的故事线是主体；两条线的相互交织、先后承继是故事的主要矛盾所在。而所有的这一切，又是在最后一个"宏人"与"微人"世界的对话中呈现的。可以把这篇小说的结构看作一个略微复杂一些的双线结构。

3 未来，人类已进入太阳系移民时代，生活在火星轨道空间站内的刘怡原本只是个平凡的中学生，在一次常规的宇航课程中，她驾驶的太空艇意外地被一艘巨型外星飞船俘获，原来飞船中的外星生命企图利用她脑海中的记忆作为情报，借机征服人类。她将如何逃生，又如何孤身一人守护整个人类文明？请从刘怡的太空艇发生意外的情节出发，续写其后发生的故事。

点拨 这个故事的结局预设为“刘怡抵抗住了外星侵略者的威逼利诱，成功逃离了外星人的控制”，因此续写时应从故事的转折处，即“意外被俘”和“成功逃离”入手，着重叙述她身上发生了怎样的“突转”，她有着怎样的“发现”，期间又经历了怎样的“苦难”？太空艇发生了什么意外？外星人的入侵计划是什么？刘怡如何发觉外星人的侵略意图，又是如何抵抗和欺骗对方的？她找到了怎样的妙计得以逃脱，而在抵抗和逃脱的过程中，她又经历了哪些危险和艰辛？回答好这些问题，一场动人心弦的太空逃生故事自然呼之欲出。在写作时，应时刻注意遵循一些基本要点，如太阳系殖民时代的人类科技实力，外星人获取情报的技术手法，作为平凡女中学生的刘怡有着怎样的性格和能力，她对人类文明有着怎样的思索和情感等，这些要点不但能令故事更具逻辑性，也能让角色的形象更生动真实，更能打动读者的内心。

第 10 课

开　　头

写作要点

我们在书店选购书籍，喜欢打开书先读上几页，如果被吸引就毫不犹豫掏钱买下。科幻写作也是如此。如何在一开始就吸引读者的兴趣，邀请读者入局？

懂得开头的基本功能

开头有三个作用：吸引读者兴趣、交代必要内容以及安排好与后文的关系。

开头常常需要交代必要内容，比如特定的时空背景、重要的人物，有时会是浓缩了的矛盾和冲突，成为文章主要矛盾和冲突的端倪，就如同“暴风雨的前夜”，充分引起读者的好奇和关注。好的开头，就如菲利普·迪克的作品那样，哪怕只是寻常几句话，就能把整个世界推到你的面前。

开头还需要安排好与后文的关系，这种关系可谓牵一发而动全身。因此，构思开头的同时，心中应该对整个故事的安排大致心中有数。

下笔开头前，不妨自问几句

我打算讲什么故事？

可以从主题和故事类型的选择两个角度预想一下。

稍加梳理，可以发现，流行的科幻作品看似丰富的题材，基本可以用几大主题来概括：星际文明、时空旅行、人工智能、生物工程、生存环境、英雄主义、灾难与重生等。布拉德利说：“科幻写作鼓励我们去探索人类心灵能够想象到的各种各样的未来，有好的也有坏的。”科幻作文最重要的价值应该是其思想价值，我们可以借助这些主题和读者一起思考这些我们在日常语境中很少会去思考的问题。

主题定好后，需要确定故事类型。通过分析当前流行的科幻文学作品，可以归纳出如冒险、动作、推理、友情、言情、成长等故事类型，可以根据写作需要做出决定。

还应了解你动手写的作品的情感基调。每部作品都有属于自己的情感基调，是轻松的喜剧，还是忧伤的故事？是寓意深刻的严肃故事，还是在轻松调侃中点出问题的作品？语言风格是幽默的，还是抒情诗式的？……写之前心中大体上有点数。

我打算怎么讲？

讲故事需要有情节，科幻故事还需要有一个科学设定，要考虑到一个完整的科学设定如何安排，如何与故事情节扣合好，这两者安排妥当，才能有一个从容的开端。

组织写作时，有时候几个故事采用嵌套的方法，一个大的故事里包含着其他人物讲述的小故事，有时候像串糖葫芦一样逐个讲述故事……，发挥想象力，在有限的篇幅里把结构安排得精彩。

动笔之前，要确定自己用怎样的顺序去讲故事。可以按照时间顺序娓娓道来，也可以采用倒叙的手法，在开头设置悬念，然后步步追问，环环相扣，引导读者逐步走向真相。

谁来讲故事？

第一人称视角，优点在能迅速将读者带入故事的情境中，真实性较强；第二人称叙事出现得并不太多，虽然有新奇的效果，但对于习作者不太好驾驭；第三人称叙事较为超然和冷静，在科幻作品中，经常需要一个超脱故事中人物的“上帝视角”，可以观察全局，可以洞悉故事中的细节和命运，悲悯地凝视着尘世间的变迁。

在怎样的时空设定中讲故事？

时间和空间是所有故事发生的载体，也是故事展开的坐标。时间和空间本身也蕴含着故事发生的背景信息。开头可以直接对故事发生的时空进行设定，方便故事讲述。希腊作家米凯利斯·马诺里斯的《量子妈妈》一文的开头是这样的：“人类现在正处在人类探索历史上最有趣的时刻，这就是欧罗巴时代。”后面故事可以在不同的时空背景下变幻，且自成逻辑。美国的詹姆斯·帕特里克·凯利的《太空的承诺》开头也是如此，“视频日期：2051年6月15日09时12分32秒，凯尔文医院ICU病房”，后面随着情节的需要，变化时空设定。

科幻故事中，时间可以压缩，可以延长，可以变化节奏；空间可以被折叠，可以有平行空间。你可以进行时空变形，来增加你的叙事魅力，更好地呈现你的主题。

手把手教你几招

方法一：日常起步

科幻作文是超出日常生活经验的，但任何一篇作品都不是凭空产生的，它来自我们的日常生活。我们可以从一段音乐、一个简单的生活习惯开始我们的写作。没有灵感的时候打开我们的音乐播放器，随机听到的音乐旋律会不会帮我们打开记忆的闸门？音乐的名字本身是不是很有味道？日常上学路上经过的那一幢幢楼里会不会正在发生着隐秘却意义深远的事件？

在习以为常的生活中迸发石破天惊的力量，这种力量往往更巨大。俄罗斯科幻作家叶卡特琳娜·赛迪尔的《一头会思考的猪》开头是：“乔尔有生以来第一次在镜子中看到自己时，他大吃了一惊。”和卡夫卡的《变形记》很类似，对日常经验的突破，让后面的故事有了超越现实的力量。俄国批评家维克托·什克洛夫斯基提出“陌生化”一词，科幻的设定常常起到陌生化的作用。科幻创作让我们在陌生的情境里重新审视那些自以为了解的日常，在自己的作品里游走，终将遇见的还是自己。所以，在自己的日常生活中去发现一个好的起点吧。

方法二：细节挖掘

细节可以是一个关键词、一个有隐喻意味的物品，也可以是一个细微的动作，等等。比如，从一张照片入手，观察其中是否有触发你思绪的元素。比如我的手机屏保是一本打开的书，平摊的书页上有三颗樱桃，有一颗樱桃上面有个小小的疤痕，樱桃梗上还有一个缺口。这个疤痕和缺口的背后有没有故事？可不可以开始引入一个故事？与此类似，一个关键词、一张明信片、一个手势是否可以作为一个故事的开头？

方法三：场景描摹

科幻作品最有魅力的地方在于其带来的震撼和惊奇感，超越日常的时空呈现无疑是最好的表现方式。一个好的科幻作品常有令人印象深刻的场景描写，我们可以在开头先声夺人，从精彩的场景描写入手。我们看过的好莱坞大片、科幻绘画作品，在头脑中留下的那些震撼人心的画面，都可以成为我们下笔描摹的来源。

以色列的拉维·提达尔的《终点》开头描写的场景："从黄道上看，老爷车队伍就像是一团子弹状的小昆虫，外壳架满了光伏电池，用来收取阳光，老爷车在浩瀚的黑暗中发出微弱的光焰。"这也是整个故事的背景设定。我们熟悉的韩松的《宇宙墓碑》的开头也是如此，对墓场的描摹震撼而令人心生肃穆，在庄严的背景中让读者去思考生与死的终极问题。

方法四：新闻启思

比如"祝融号"火星车成功着陆火星这一壮举，展示了中国探索太空的实力强大，很多人发出"宇宙这么大，我想去看看"的感慨。"祝融号"在火星会有怎样有意义的探索？对探索其他天体有什么启发？于国家的深空研究有什么样的价值？……从新闻出发，对事件进行科学推演，对我们眼界的拓展和思维的延伸都会有意想不到的作用，虚实相生，理想的价值自在其中。

方法五：善引回忆

我们长大以后的行为大多与童年记忆、成长经历有密切关系，这些记忆和经历就像一部史诗的开头，以此开头，有一种溯源感，在行文时造成时空交叉的效果；同时，故事展现成长的主题，人物自会更丰满。

看看美国作家莎拉·K. 卡斯尔的《霍恩小溪的变异雄鹿》的开头："我还记得第一次见到它时的情形，那时还是我人生中该死的好时光，可能是最好的时光，那时我很年轻。"最好的时光遇到的故事，在不同的人生阶段若隐若现，虽然最后食草动物变成了食肉动物，"我"也看多了世间的变化，即便如此，初心并未改变。今与昔，变与不变之间的故事总是丰满的。

方法六：重现梦境

从梦境入手，在"真"与"幻"之间，完成故事的背景设定以及现实与科幻之间的跳跃。经典名著《爱丽丝梦游仙境》即善用梦境的典例，阿根廷文豪博尔赫斯的《环形废墟》等作品也多用梦境营造奇幻的故事场景，1965年获得“星云奖”的罗杰·泽拉兹尼的《造梦之人》亦如此。我们熟悉的科幻电影《盗梦空间》，影片开头是男主人公潜入了他人梦境，整部影片中人物在多层梦境和现实中来回穿梭，奇幻的梦境特质给读者带来的科幻美感形成了共振和共情，我们在写作中也可以借鉴。

方法七：神话演绎

神话文本流传久远，很多情节已经沉淀在人们的记忆深处，在开头使用，容易唤醒读者的阅读经验，更易受到认同。神话也是虚构性的文本，神秘、想象、天马行空，与科幻作品有共同之处，更能昭示人类的命运或者故事的结局，无论是契合或是反转，都能让读者产生更为丰富的体验。这样的作品非常多。用一首诗、一段传说、一则预言、一则寓言作为开头，也可以产生类似的效果。具体的选择，可以根据你故事表达的需要。

方法八：营造氛围

人类天生对恐惧和未知保持着旺盛的好奇心，在科幻作文开头，不妨来一段自然描写，渲染和整篇作品相符的气氛，在一开始就抓住读者，营造紧张、有压力的氛围，引起读者继续探索的兴趣……

六道众生

何　夕

节选自《中国科幻名家名作大系·何夕卷·爱别离》，人民邮电出版社2012年版。何夕，中国当代著名科幻作家。选入本书时有改动。

引　子

厨房闹鬼的说法是由何夕传出来的。

何夕当时才不过七八岁的样子，他们全家都住在檀木街十号的一幢老式房子里。那天他玩得有些晚，所以到半夜的时候饿醒了。他睡眼蒙眬地溜到厨房里打开冰箱想找点吃的东西，就在这个时候，他看见了鬼。准确来说，那是个飘在半空中的忽隐忽现的人形影子，两腿一抬一抬地朝着天花板的角上走去，就像在上楼梯。何夕当时大脑一片空白，他的第一反应并不是害怕，而是认为自己在做梦。等他用力咬了咬舌头并很真切地感到了疼痛时，那个影子已经如同穿越墙壁般消失不见了，何夕这才如梦初醒般地发出了惨叫。

家人们开始并不相信何夕的说法，他们认为这个孩子准是在搞什么恶作剧。但后来，何夕不断报告说看到了类似的场景，也是那种看不清面目的人形影子，仿佛厨房里真有一道看不见的楼梯，而那些影子就在那里晃动着，两腿一抬一抬地走，有时是朝上，有时是朝下，有时甚至会有不止一个影子悄无声息地出现在那道并不存在的楼梯上，它们盘桓逗留的时间一般都不长，和人们通常在楼梯上停留的时间差不多。家人们无奈地看着这个可怜的孩子越来越深地陷入恐惧之中，整天都用那种惊恐的眼神四处观望，就像是随时准备着应付突如其来的灾难。

尽管别的人从来都看不到何夕描述的怪事，但这样的日子使得家里每个人都感到难受。于是五个月后，何夕全家都搬走了，他们一路走，一路冒着被罚款的巨大危险燃放古老的鞭炮。几年过去，何夕已经是十四岁的少年，他觉得自己长大了。有一天傍晚，他出于某种无法说清的原因又回到檀木街十号，来到他以前的家。但是，他只驻足了几分钟便逃也似的离去了。

何夕看到，在厨房上方的虚空里，有一些影子正顺着一道不存在的楼梯上上下下。

一

很普通的一天，很凉爽的天气，在这个季节里这是常有的事。大约凌晨三点钟的时候，何夕就再也睡不着了。他走到窗前打开窗帘，一股清新的空气透了进来。但是，何夕的感觉并不像天气这么好，他感到隐隐的头痛，太阳穴一跳一跳的，就像是有人用绳子在使劲地牵扯。

何夕正在努力回忆昨晚的梦境，那道奇怪的隐形楼梯，以及那些两腿一抬一抬地走动的影子。多少年了——也许有二十年了吧——那个梦，还有梦里的影子时常伴着他。经过这么多年，何夕也有些怀疑当初自己看到的东西只是幻觉，但他其实也很清楚没有什么幻觉能达到那么真实的程度。只要闭上眼睛，何夕就能清晰地看到那些影子的形态，它们奇怪的步履，以及影子与影子相遇时明显的避让，就像人们在楼梯上迎面相逢时的情形一样。一般来说，何夕并不是在梦里能意识到自己在做梦的那种人，但是与影子有关的梦除外。每当这个梦出现时，何夕就会意识到自己做梦了，而且他会在梦里焦急地想要醒来。有的时候他很快就能达到目的，但有的时候他不管用了什么方法——比方说拼命大叫或者用力扇自己耳光——都不能从梦魇中挣脱出来。那种时候，他只好无比恐惧地一遍又一遍观赏影子们奇异的步态，并且很真切地感觉自己“咚咚”的心跳声。

但是昨天的梦有点不同，何夕看到了别的东西。当然，这肯定来自于他当年亲眼所见的情景，但可能由于极度的害怕以及当初只是一瞥而过，以至于这么多年来他都没能想起这样东西，只是到了昨夜的梦里他才又重新见到了这样东西，如同催眠能唤醒人们失去的记忆一样。当再次见到它的时候，何夕简直要大声叫出来，他立刻想到这个被他遗忘了的东西可能正是整个事件里唯一的线索。那是一个徽记，就像是T恤衫上的标记一样，印在曾经出现过的某个影子身上。徽记看上去是黑色的，内容是一串带有书法意味的中国文字："枫叶刀市"。这无疑是一个地名，但是何夕想不起有什么地方叫这个名字。

何夕立刻打开电脑，在几分钟的时间里，他对所有华语地区进行了地名检索。在做这一切的时候，何夕始终处于非常兴奋的状态，一想到一个埋藏了多年的秘密有可能即将揭开，何夕就按捺不住紧张的心情了。许多年来，由于那个事件，何夕在家人的眼里不是一个很健康的人，尽管他们并没有因此而嫌弃他，但是，他们显然把他看成与自己不一样的人，何夕至今还记得父亲弥留之际看着他的眼神。父亲已经说不出话，但他显然对这个自小便与众不同的儿子放心不下。何夕读懂了他的那种眼神，如果用语言表达出来，那就是："你什么时候才能和别人一样正常？"正是这一点让何夕至今不能释怀。何夕从来都认为自己是正常的，但他也不明白为什么只有自己才看得到那些影子。出于可以理解的原因，家人都非常小心地保守着这个秘密，但还是有些传言从一个街区飘到另一个街区。当何夕走在大街上时，他会很真切地感到有一些手指在自己的脊梁上戳来戳去，每当这种时候，何夕的心里就会升起莫名的伤悲，他甚至会猛地回过头去大声喊道："它们就在那儿，只是你们没看到！"一般来说，他的这个举动要么换回一片沉寂，要么换回一片嘲笑。

当然，还有琴，那个眼睛很大、额前梳着宽宽的刘海儿的姑娘。想到这个名字的时候，何夕的心里涌起一阵绞痛。她离开了，何夕想，她说自己并不在乎他那些奇怪的想象，但却无法漠视旁人的那种眼光——她是这么说的吧……那天的天气好极了，秋天的树叶漫空飘扬，真是一个适合离别的日子。有一片黄叶沾在了琴穿的紫色毛衣上，看上去就像是特意做出来的一件装饰品。琴转身离去的背影真是美极了，令人一生难忘。

检索结束了，但是结果令人失望，电脑显示这个地名不存在。何夕感到自己的心脏在往低处沉落。他不死心，重新放宽条件作新的检索。这次的结果让他彻底失望了，不仅没有什么“枫叶刀市”，就连与它名称相似的城市也不存在。

何夕点燃一支烟，然后急促地把它吸完。他不明白发生什么事情了。为什么那座城市是不存在的？它应该存在，他明明看到了它的名字。它肯定就在世界的某个地方，由于海市蜃楼或是别的什么很普通的原因，何夕看到了在这座城市里生活的人。一定是的，何夕有些生气地想，我是正常的，和别人一样正常，我会证明给所有人看。但是，那座城市，那座枫叶刀市究竟在什么地方？

就在这个午夜梦回的晚上，何夕做出了一个大胆的决定——他要去寻找一座叫“枫叶刀”的城市。秋虫还在窗外不知疲倦地呢喃，月光把女贞树以及盆栽龟背竹的身影剪裁后贴放在窗帘上，当晚风拂过的时候，它们就会很有韵律地摇曳。何夕那时还不知道，为了这个决定，他将经历那么多常人无法想象的事件，而且将付出无比沉重的代价。

……

尾　声

微风扫过无人的城市，蓝色天幕上巨大的云影缓缓移动着。

一百三十四岁的何夕已是白发苍苍，他站在宽大的街道上，环视着雄伟壮观的枫叶刀市。一座高大而荒凉的过街天桥横亘在他的面前，昔日人流来回穿梭的景象已是苍驹浮云。周围没有一个人，也没有人的迹象，就像是一座死城。死城，何夕回味着这个词，是的，这里是一座死城。“重归”计划是从一百年前启动的，也就是郝南村死后不久。何夕想着这个时间，他在心里惊叹自己居然活了这么久，也许是因为他的身体异于常人，但他知道自己确实老了，他已经能够看到死亡的身影。在这个计划里，人们用了一百年的时间返回故里——谁能想到回家的路竟然有这么长。

牧野静已经离开这个世界很久了，在不太遥远的未来某一天，何夕自己也终将离开这个世界。但是，这个世界将继续存在下去，连同他们的子孙。何夕想到这一点时，内心充满宁静。

阳光还在，反射万丈光芒的玻璃幕墙还在，但人们已经归去了。这片异域的土地本来就是不存在的，它也不应该存在。它只是空中楼阁，如同镜子的反光。但是它毕竟存在过，并且在那么长的时间里承载过无数人，连同他们的爱与悲。只是，现在不需要它了。

何夕看了下时间，再有几分钟，当"重归"计划结束之时，位于另一个世界的一些人将启动巨大的仪器湮灭这个新创的世界。何夕周围的一切将消逝无痕，仿佛它们根本就不曾存在过。这个时刻，何夕想了许多，无数思绪在他的脑子里匆匆而过。他仿佛看到了百余年前那个惊梦的童稚少年，仿佛看到了许多故人向他微笑着走来。

何夕抬起手，做了个挥手道别的动作——向往昔的一切，也向这座令他永世难忘但终将在繁华落尽之后归于虚幻的城市。微风吹过，掀动着他的白发。当何夕的手还停在空中的时候，他的眼前突然闪过一道亮到极致的白光，他不由自主地闭上了双眼，他知道，那件事情发生了。

等何夕重新睁开眼睛的时候，刚才的一切都已消逝不见，他发现自己身处一间亮着灯光的屋子，脚下是真正坚实的大地。何夕跺跺脚，享受着沉闷踏实的声音。不会有雪崩了，也不再有离奇的大灾难，这很好——他想。

这时，房门突然"窸窸窣窣"地被推开了，一个小脑袋小心翼翼地钻了进来，那是一个七八岁的长得胖乎乎的小男孩。

男孩见到有人，先是一惊，但是立刻问道："你在我家厨房做什么？"

"厨房？"何夕一怔，他环视了一圈，这里果然是个厨房，"我……路过这里。"他来了兴趣，"那你到这里又是做什么？"

小男孩不好意思地笑笑，他指着肚子说：“我饿了，想找东西吃。妈妈只要过了吃饭时间就不准我吃东西。”

何夕心念一动，他这才发觉周围的景物是那样熟悉。时光的流逝终止了，窗外小园子里花草的身影随风摇曳。“告诉我，这是什么地方？”他轻声问道。

小男孩打开冰箱，食物的香气扑面而来，他的脸上写满幸福。“檀木街，十号。”男孩咽了口唾沫，嘟哝着说。

赏读

选文是何夕《六道众生》的开头和结尾。将两者选出，放在一起对照去看，能够更好地理解一篇文章的稳定性和完整性是如何构建的。

何夕和刘慈欣、王晋康、韩松一起，被称为中国科幻的“四大天王”。他的作品关注在科技时代震荡中普通人的生活经历和精神体验，从他作品主人公名字经常叫作“何夕”可以看出，作者面对迅捷的科学发展，一直在思考普通人的处境和价值，以己之名，在有悲剧色彩的小人物身上赋予面对这个时代的勇气和理想主义的光芒。

小说讲了一个利用空间分层解决地球负荷过大问题的故事。在开头，作者讲了一件违背常识的惊悚的“鬼故事”，作者细腻地描写了“见鬼”的具体情形，而“何夕”“用力咬了咬舌头并很真切地感到了疼痛”等表述让读者身临其境，并用家人仓皇搬家、何夕重回故居、再次“见鬼”等情节，将恐怖的氛围渲染得扣人心弦。人类天生对未知和恐惧充满好奇心，设置悬疑可以激发读者的阅读兴趣，开头紧张氛围的塑造，为下文故事的开展做了很好的准备工作。这是小说的引子，也是故事的序幕。

而故事的开端也紧接着在第一章呈现出来。二十年以后，“何夕”的一个梦境又更为细致地把之前“见鬼”的梦魇带到了他身边，新出现的细节再次吊起了主人公的好奇心，也进一步刺激了读者的阅读欲望。“就在这个午夜梦回的晚上，何夕做出了一个大胆的决定”，“何夕那时还不知道，为了这个决定他将经历那么多常人无法想象的事件，并且付出了无比沉重的代价”。这个开头，综合运用了很多技巧，为下文做好了充分的准备，无论是情节的，还是读者阅读期待的。

文章结尾交代了人物和事件的结局。可贵的是不忘与开头形成呼应，故事从一个小男孩的“见鬼”开始，到同样地点一个小男孩的“见人”结束，一个危机也随之安然解除。首尾圆融，科技时代的受损害者用自己一生的抗争守护了普通人的安宁生活，作者的价值观也在其中得到体现。

习作研讨

星 月 夜

汪 澈

那是一个寒冷的子夜，空旷的麦田四下无人。放眼望去，只有一个瘦高的身影摇摇晃晃地徘徊着。来自地中海的风拂过，将不远处的风车吹得吱呀呀地转动起来。那人坐了下来，将背上的画板与旧的木质画架放下，架好，取了一张雪白的画纸铺在画板上。做完这一切，他看了看远处寂静的小镇，灰黑无光的天空，长长地叹息一声。

他一生画了那么多画，现在却不知道该如何下笔了。

他知道自己的画不被人欢迎，甚至一幅画都没卖出去过，他辗转住过许多地方，却几乎没什么认识的人。他还能记得自己的名字：文森特·凡·高，只是一个普普通通的荷兰姓名。他总是形单影只，每月只能靠弟弟的接济，再画些无人问津的可怜画作。这样的生活无边无际，孤独感将他包围，慢慢吞噬。他不知道怎样做才能继续生活下去。

凡·高放下画笔，点起了烟斗。在层层烟雾中，他无神地凝望着天空，至少那里还有些许微弱的星光，多少使他感受到一丝温暖。

然而就在凡·高的视线方向，有一条长二百六十光年的线段，另一群人同时也在凝视着地球。

【点评 非常巧妙的过渡方式，用可感知的“视线”联结悠远不可捉摸的时间和空间。**】**

不同的是，他们的眼神中透着激动与兴奋，拥挤在“永恒号”的中心显示屏前。这些都是地地道道的人类，若是仔细观察，会发现他们身高普遍很高，腿和手臂也更长些。“永恒号”是一艘庞大的恒星际飞船，拥有相当完美的生态系统——事实上，它已经持续航行了四万多年，现在的舰上人员是“永恒号”建造者的第四千多代子孙。但他们同他们的祖先一样，从没有亲眼看到过地球——准确地说，是没有见过蓝色的地球。

他们并不是来自未来，而是来自过去。

“三百万年了，终于回来了啊。”MJ-05盯着屏幕上的蓝色星球，眼含热泪。

“谁能想到地球是这一副模样？它太美了！你看过三百万年前的地球全息吗？都看不到一点蓝色了，海洋都快干枯了……”一直沉默的MJ-07突然插话了。

“是啊，地球恢复得比当时预测的快多了。”MJ-05说着，指着屏幕上放大的人类城市，“第二代人类已经进入了蒸汽时代，可以说，现在的地球又回到最完美的样子了。”

“不管怎么说，三百万年只能在这个生态箱里度日的生活结束了！这是每一个第一代人类都共同期待的日子。”ML-35说道。

地球共孕育出两代人类，第一代人类对地球资源无节制使用，当他们意识到时，地球生态已经完全崩溃：海洋蒸发、大气消散、全球各地火山不断喷发……，第一代人类终于决定离开地球，乘坐生态船“永恒号”离开。限于第一代人类的科技水平，同时考虑到飞船的老化问题，“永恒号”只能进行短途跃迁，一边寻找宜居星球，一边期待着地球生态能够自行恢复。以“永恒号”的能力，找到宜居星球异常困难，而地球恢复可能需要几百万年。“这极有可能是一场有去无回的旅程，但我们选择相信。”第一代人类的最高执政官曾在“永恒号”上对全体人类说过这样的话。

【点评　写作者对未来的瞻望，有去无回的旅程是所有人的命运。有哲学意味。】

三百万年是漫长的。生命不断地诞生，不断地湮灭。但地球母亲是伟大的，海洋和大气回来了，人类再次出现，建造了新的世界，而第一代人类的痕迹也被无情的时光抹得一干二净……

“各位请注意，各位请注意！”飞船的广播打断了大家的“回忆”。“我们即将开始回到地球的最后一次跃迁，距离为二百光年，目的地为奥尔特星云，届时我们会离开永恒号，乘坐轻型运输舰回到地球，”广播顿了顿，继续说道，“地球是一颗伟大的星球，它原谅了第一代人类犯下的错误，又向我们张开了怀抱，我们永远不会忘记。回到地球后我们会弃用所有现有科技，第一代人类，共三亿人，将会分批进入第二代人类社会，一起融入他们所创造的新世界中。跃迁将于一小时后开始，请所有人启动角膜光屏，以避免您的眼睛被跃迁产生的超强光所伤害。”

“永恒号”的空间引擎轰轰地启动了。眼前的空间如同被缓缓卷起。五艘庞大的“永恒号”开始在宇宙中轻盈地滑动，轻若鸿毛。远处的星星开始转为变幻的光带，向一个点急速汇去。船体朝着那个点高速移动。整个跃迁的过程花了不到两分钟，却产生了难以描述的强光，尽管MJ-05开启了角膜光屏，同样感觉周围变得一片纯白，使得眼球阵阵刺痛，但是在MJ-05的眼中，这却是一辈子最美好的光亮了。很快，五艘巨舰整齐地出现在奥尔特星云外侧。

……

凡·高在田里一直坐到了午夜，烟吸了一口又一口。他仰起脖子，将最后一口酒灌入肚中，然后收起了旧画架，把那张空空如也的画纸取下，卷起，塞回布袋。正当他准备离开时，画家敏锐的视觉注意到了天空的变化。只见原本漆黑暗淡的天空中几颗星星忽然增加了亮度，并将周围的一片空间都点亮了，形成了一圈圆形的光晕，在黑暗中格外显眼。“真美……”凡·高看得有些呆。他急忙将画架架好，笨拙地将纸铺平。很快，黄色、黑色、蓝色不断地出现在画纸上，形成了一片色彩的海洋。一小时后，光亮终于慢慢消退。凡·高耐心地将画画完，满意地站起来看了又看，这时天将亮了，第一抹日光照向地球，周围的一切开始焕发生机。他收起了小画板，在画上小心地写上画名《星月夜》。随后他沿着田间小路向小镇走去，也许吃些早饭，喝杯酒，然后画画，他想。他并不知道，全世界只有他见证并记录了第一代人类的回归，但跃迁产生的光芒确实照进了他的心里，哪怕只有那么一瞬。

当五艘弃置的空无一人的“永恒号”自行驶离奥尔特星云，太阳也完全出来了，从太空中看，地球依然像往常一样，如此美丽，如许蔚蓝。

【点评　嵌套结构作为小说技巧，贴切自然，恰到好处。历史和未来的时空穿梭，非常自如，构思巧妙，语言也优美。**】**

研讨

这篇科幻作文的开头很成功，先描绘了一个有点落寞的场景，而“麦田”“画板”“灰黑无光的天空”等意象，似曾相识，呼唤着读者的阅读记忆。第二、三节揭示了谜底，这是属于19世纪的著名画家凡·高的寂寞。最妙的是第五小节，用视线的延伸线联结了地面上的凡·高和宇宙中一群来自地球更久远过去的居民的后裔。脑洞很大，一条实际上看不到的视线，联结的不仅是星空里的秘密、地球过去的记忆，也直接引出了下文内容：他们是谁，他们为什么会成为地球的放逐者，他们的故事里有怎样的启示？他们和凡·高的碰撞又会有什么样的寓意？引起读者巨大期待的好开头！

结尾回扣很细腻。当故事讲完，作者的笔墨又落到开头凡·高身上，不一样的是星空将关系着人类命运的巨大变化化作一抹光亮、一点灵犀照进了画家的心里，而一幅杰作也问世了，杰作中藏着人类的历史，藏着宇宙中不为人知的秘密。

而弃置的飞船也没有被小作者遗忘，它们退场，让阳光照进了地球的日常，人类的历史继续发展，文明得以接续，美丽如昔。

练笔进阶

1 写出5个你现在头脑中闪现的关键词，然后分析这5个关键词的内涵和外延，思考它们之间的关系，尝试把它们连缀成一个小的科幻故事，请写出你的科幻故事的开头。不超过400字。

点拨 首先，此题很具发散性，需要学生在短时间内从头脑中捕捉闪现的关键词；其次，考查逻辑思维能力，学生需要对关键词进行内涵和外延的补充延伸，以此来为后续写作积累素材；此题还关注学生的审辩式思维，需要学生赋予关键词以关系性意义，探讨关键词之间的关系性存在；最后，本题回归学生的写作，学生需要以文本的形式将思考出来的关键词做一个故事性的呈现。虽然呈现的只是开头，但考查的是学生的全篇结构能力。

2 下面是一篇科幻作品的结尾，请你发挥想象力，补写出故事的开头。要求想象新奇，逻辑自洽，不超过300字。

那天，他想念称之为“父亲”和“母亲”的人，平生第一次他对于人类社会的发展有了怀疑，对机械化的生活有了怀疑，他开始羡慕旧时代的人们，向往旧时代的生活。

“多想和从前一样，牵你温暖手掌，可是你不在我身旁……”熟悉的音乐再次响起，而一切都变了。

点拨 这道题需要学生根据写作的一般规律，考虑作文开头和结尾的照应问题。在给出的结尾材料中，“那天”应该是发生了重要事件之后的一天，而在“那天”之前，“他”对于称之为“父亲”和“母亲”的人，对于“人类社会的发展”是毫无怀疑的，那么开头应该表现出他之前的信念；他对“旧时代的人们，旧时代的生活”应无向往的，那后来他的向往又是什么呢？“熟悉的音乐再次响起”说明之前这段音乐应该也出现过，会是开头吗？如果是开头，这段音乐应该配合的是什么样的情绪呢？

遵循逻辑补写开头，可视作基本完成任务，如能有创新而不违背逻辑，即为佳作。创意是无限的，借助材料展开想象的翅膀吧。

3 2020年新冠病毒肆虐，你可能看过不少讨论病毒的文章，也被抗疫过程中的感人事迹感动，而病毒对社会的方方面面、人们的生活方式乃至人类文明进程的影响应该也或多或少引发了你的思考。请围绕这个话题，写一篇科幻作文。要求：内容自选，题目自拟，要有一个引人入胜的开头，不超过1500字。

点拨 从开头的方式角度考虑，选择很多，参见前文的介绍；从主题的角度考虑，要对病毒问题有客观的认识：未来人与病毒的关系可能是长期共生的，人类不可能将所有病毒全部消灭，所以寻求与病毒的共生、降低病毒对人类的危害可能更为务实；与此同时，我们也可以思考，病毒的出现并非为了毁灭人类，而是在寻求如何与人类共存共生，最终，病毒也将在科技、医学以及人类自身的努力中找到与人类世界的平衡。还有其他思考的角度，同学们可以在尊重科学常识和规律的基础上，展开自己的思考。

在主题确定之后，用怎样的价值观来统摄文章也是需要考虑的问题。这几乎是科幻创作的核心价值所在，在此基础上运用技巧，写下你的精彩作文就很顺利了。

第 11 课

结　　局

写作要点

好作品要有好结尾

通常意义上，结局是指情节的最后结束部分，而结尾指文章最后几段或最后几句。本课讨论的结局，既包含着情节的结束，也包含着文字形式上的结束。

结局是情节的结束，是意义的升华，亦是读者联想的开始。卡尔维诺说过，文学史上有许多令人难忘的开篇，但在形式和意义上都独具特色的结尾却寥寥无几。作者在写作的最后，笔力是否依然雄健，灵感是否依然充沛，构思是否依然遵从初心，都会体现在结尾上。一篇小说结尾结得好，或画龙点睛，或余韵悠长，会让人念念不忘；而无论开头多好，情节多生动，小说只要一“烂尾”，都会让读者扼腕长叹。

结局有写作套路吗？童话的结局一般是“从此，王子和公主过上了幸福的生活”；侦探小说的结局一般是真相浮出水面，罪犯锒铛入狱；传记小说的结局一般是主人公生命走到尽头，回首一生历尽坎坷无怨无悔；古典小说喜剧则喜欢大团圆，苦尽甘来，有情人终成眷属……。那么作为类型小说，科幻小说的结局有什么不同之处呢？如何为科幻小说写出一个精彩的结局呢？

好结尾的标准

精彩的结尾没有不变的套路，但是有作者和读者共同默认和遵守的美学标准。掌握这些标准，根据作品的内容和个人的写作特点，我们可以通过反复练习，形成自己的技法，写出不错甚至比较精彩的科幻作品结局。

标准之一：蕴含中心，首尾呼应。这是写作中最常用的技法。它的好处在于构建完整，四平八稳。初学科幻小说写作，不妨从这种常规的手法学起，能够使自己的写作保持稳定的水准。

比如刘慈欣的《中国太阳》。这是他2001年创作的一部短篇小说，2002年获得中国科幻银河奖一等奖。作品通过写一个农村小伙水娃一步步从贫瘠西北走向广阔宇宙的过程，将读者的视角引入太空，展现了人类对宇宙永恒的探索精神。

> **开头：**一阵子风吹过，前面这条出村的小路淹没于黄尘中，水娃沿着这条路走去，迈出了他新生活的第一步。这条路，将通向一个他做梦都想不到的地方。
>
> **结尾：**谁也不知道中国太阳将飞多远，水娃他们将看到什么样的神奇世界，也许有一天他们对地球发出一声呼唤，要上千年才能得到回音。但水娃始终会牢记母亲行星上的一个叫中国的国度，牢记那个国度西部一片干旱土地上的一个小村庄，牢记村前的那条小路，他就是从那里启程的。

小说的开头，写水娃揣着包裹，一步三回头，离开生他养他“处在永恒干旱”的黄土地，走向未来的新生活。之后的每一个章节，像搭台阶似的，水娃一级一级，从矿井到大城市，从擦玻璃的蜘蛛人到太空的镜面农夫，最后在霍金的启发下，离开地球家园，飞向星海，要把人类的目光重新引向宇宙深处。在最后，水娃的视野逐渐高远、台阶无限延伸的时候，他却回头看向那个西北的小村庄。他回看的是起点，也是初心。这让人不禁联想到纪伯伦所说的“我们已经走得太远，以至于忘记了为什么而出发”。无论到哪里，小村庄是家，中国是家，地球是家。哪怕家微小如尘埃，那也是茫茫宇宙中的一个坐标定点。这个结局像一根线的两个线头，这一头抛向远方，点明了意义；那一头抛向开头，蕴含着情怀。

再比如阿西莫夫的《双百人》。小说讲述了机器人安德鲁历经两个世纪，克服机器人学三大法则的困境，最终放弃了永生，如愿以偿成了人的故事。机器人是人吗？机器人和人是怎样的关系？这是让人深思的问题，也是这篇小说探讨的主题。小说的开始是机器人安德鲁面对外科医生，想变成人。而结尾照应开头，安德鲁坦然面对死亡：“他拼命抓住那些意识。人！他是个人！他要这点成为他最后的意识。他要带着它终止——死亡。”这既是安德鲁残存的意识在呼告，也是点明中心；小说最后一句是安德鲁对“小小姐”的低唤，既是机器人对人的情感，也是人对亲人深沉的依恋，让人泪目。

同学们在学习这种结局写作方式时，可以像上两篇例子一样，回扣自己小说开头的场景、情节的开端，利用人物的语言或者心理活动，直接点明中心。

标准之二：揭晓悬念，引发联想。“草蛇灰线，伏延千里；马迹蛛丝，隐于不言。”小说构思重在情节设计，会有很多铺垫、悬念、隐喻的使用。而结局揭晓谜底，就像是足球比赛最后的临门一脚，随着“进球”的欢呼声，小说结束。这种写法会让读者恍然大悟，反刍作者之前的构思，引发无限的思索与联想。

这里想说一说刘慈欣《三体》三部曲中的第二部《黑暗森林》。面对科技被锁死、三体舰队即将来袭的困境，人类抓住了三体人唯一的弱点——透明的思维，制订了“面壁计划”，在世界范围内选取了四位面壁者，罗辑就是其中之一。然而整本书一大半过去，其他面壁者的计划纷纷失败，太空之战爆发，“水滴”横扫太空舰队，罗辑的计划仍然毫无动静，这不禁让读者着急：罗辑能不能拯救地球？地球会不会就此失陷？心一直悬到这本书的最后，谜底才揭晓，罗辑利用了“黑暗森林”法则，以向全宇宙公布三体世界的位置坐标来博弈，立刻阻止了三体的入侵。罗辑的力挽狂澜，使得结局也成为高潮。

写作科幻小说，可以考虑一下在结尾处亮剑的手法。

标准之三：戛然而止，急转直下。如果说前两种结局的写作方法是对情节的完善和情节的顺势发展的话，那么这种方法就是故意为情节留白或者强力扭转情节，增加可读性。前两种方法是“起—承—转—合”中的“合”，而这种方法就是“起—承—转”，让故事停留在“转”；或者“起—承—转—合—转”，在读者以为的大结局之后再宕开一笔，实现突转，这是更高阶的写作技巧。

日本科幻作家星新一的名篇《喂——出来》就运用了留白的技巧。台风过境，小村庄里出现一个无底洞，人类将垃圾、机密文件、核废料等全都扔了进去，城市从此变得更美好了，然而倒进洞里的垃圾都将会重新倾泻回来，因果有报。结尾天空中传来一声“喂——出来”，紧接着掉下来一块微不足道的小石头，接下来会掉下什么？作者写到这就戛然而止，对即将降临的灭顶之灾却只字不提，留给读者巨大的想象空间。这样的写作方法，值得同学们写作时借鉴。

科幻电影《盗梦空间》讲述了造梦人进入他人梦境，盗取他人的潜意识，重塑他人梦境的故事。最让人称奇的是电影结尾：当主人公经历重重困境从梦境中回到家中，见到了自己的两个孩子，这时他旋转起区分现实与梦境的陀螺，然而镜头就在陀螺的转动中结束了。陀螺会停下来吗？回到现实的结局究竟是不是梦？这最后的一幕通过细节反转了情节，引发了影迷的热烈讨论，堪称影史上的经典。

视角的反转也能让读者眼前一亮。世界著名科幻小说家阿瑟·克拉克非常擅长这一点。他的短篇小说《地心烈焰》一开篇描写了卡恩递给“我”一份报告，小说的主体视角就是报告的内容：科学家利用声呐技术探索地心，意外发现了地心城市与地心文明，申请资金支援。读到这儿，情节顺理成章，令人震惊的是结尾的反转，卡恩和“我”居然是地心的智慧生命，正是他们不小心上到“影子世界”，从而毁灭了人类文明，这份正在看的报告，是人类文明的遗物！而且“我”更担心，在自己的下层是否还有一个更高度的文明。作者在结尾将读者默认“地球人类”的视角突然反转，带给读者新奇独特的阅读体验。

标准之四：朴实自然，言简意赅。科幻小说的特点之一就是科学性强，语言的简明当然是标配。很多科幻作家多是理工科出身，受过的文学训练并不多，刘慈欣在一次采访中说，科幻小说中语言是作为讲故事的工具，而不是文学的表现，他尽量把语言写透明，不让读者觉察到语言的存在，只觉察到故事的存在。干净利落地把故事讲完，在讲究逻辑和理智的科幻小说中，不失为一种好的处理方法。

标准之五：诗意悠长，余音袅袅。科学和文学并不相悖，相反，二者完全可以交织在一起，造成反差的美，科幻小说的语言也可以富有诗意。诗意化的处理体现在结尾上，可以用诗句做结，可以融情于景，等等。举两个例子。

例一是华裔科幻作家刘宇昆的短篇小说《物哀》，写的是一个日本科学家牺牲自己，去拯救承载着人类最后火种的飞船。全文几次引用日本诗人松尾芭蕉的俳句和我国唐朝诗人李商隐的“夕阳无限好，只是近黄昏”，结尾也是如此：“我们一路走下去，记忆融入每一叶芳草，每一滴露珠，残阳如血的每一道光芒——夕阳无限好。”将李商隐的诗句去掉后半截，在诗意的回忆中点明“夕阳无限好”，悲情中流露希望。

例二是克拉克《神的九十亿个名字》，结尾只有一句，“苍穹之上，一片寂寥，群星慢慢地闭上了眼睛”。描绘出了一幅宇宙毁灭的大图景，引发人们的无限遐想。同学们不妨一试。

乡村教师

刘慈欣

节选自《流浪地球》，刘慈欣著，长江文艺出版社2017年版。

在太阳系，推送奇点炸弹的力场束弯曲了，这根长几亿公里的力场束此时像一根弓起的长杆，努力把奇点炸弹挑离射向太阳的轨道。蓝84210号舰上的力场发动机以最大功率工作，巨大的散热片由暗红变为耀眼的白炽色。力场束向外的推力分量开始显示出效果，奇点炸弹的轨道开始弯曲，但它已越过水星轨道，距太阳太近了，谁也不知道这努力是否能成功。通过超空间直播，全银河系都在盯着那个模糊的雾团的轨迹，并看到它的亮度急剧增大，这是一个可怕的迹象，说明炸弹已能感受到太阳外围空间粒子密度的增大。舰长的手已放到了那个红色的时空跃迁启动按钮上，以在奇点炸弹击中太阳前的一刹那脱离这个空间。但奇点炸弹最终像一颗子弹一样擦过太阳的边缘，当它以仅几万米的高度掠过太阳表面上空时，由于黑洞吸入太阳大气中大量的物质，亮度增到最大，使得太阳边缘出现了一个刺眼的蓝白色光球，使它在这一刻看上去像一个紧密的双星系统，这奇观对人类将一直是个难解的谜。蓝白色光球飞速掠过时，下面太阳浩瀚的火海黯然失色。像一艘快艇掠过平静的水面，黑洞的引力在太阳表面划出了一道V型的划痕，这划痕扩展到太阳的整个半球才消失。奇点炸弹撞断了一条日珥，这条从太阳表面升起的百万公里长的美丽轻纱在高速冲击下，碎成一群欢快舞蹈着的小小的等离子体旋涡……奇点炸弹掠过太阳后，亮度很快暗下来，最后消失在茫茫太空的永恒之夜中。

“我们险些毁灭了一个碳基文明。”参议员长出一口气说。

“真是不可思议，在这么荒凉的地方竟会存在3C级文明！”舰队统帅感叹说。

“是啊，无论是碳基联邦，还是硅基帝国，其文明扩展和培植计划都不包括这一区域，如果这是一个自己进化的文明，那可是一件很不寻常的事。”最高执政官说。

“蓝84210号舰，你们继续留在那个行星系，对3号行星进行全表面文明检测，你舰前面的任务将由其他舰只接替。”舰队司令命令道。

同他们在木星轨道之外的数字复制品不一样，山村小学中的那些娃们丝毫没有觉察到什么，在那间校舍里的烛光下，他们只是围着老师的遗体哭啊哭。不知哭了多长时间，娃们最后安静下来。

“咱们去村里告诉大人吧。”郭翠花抽泣着说。

“那又咋的？”刘宝柱低着头说，“老师活着时村里的人都腻歪他，这会儿肯定连棺材钱都没人给他出呢！”

最后，娃们决定自己掩埋自己的老师。他们拿了锄头铁锹，在学校旁边的山地上开始挖墓坑，灿烂的群星在整个宇宙中静静地看着他们。

“天啊！这颗行星上的文明不是3C级，是5B级！！”看着蓝84210号舰从一千光年之外发回的检测报告，参议员惊呼起来。

人类城市的摩天大楼群的影像在旗舰上方的太空中显现。

“他们已经开始使用核能，并用化学推进方式进入太空，甚至已登上了他们所在行星的卫星。”

“他们的基本特征是什么？”舰队统帅问。

“您想知道哪些方面？”蓝84210号上的值勤军官问。

“比如，这个行星上生命体记忆遗传的等级是多少？”

“他们没有记忆遗传，所有记忆都是后天取得的。”

“那么，他们的个体相互之间的信息交流方式是什么？”

“极其原始，也十分罕见。他们身体内有一种很薄的器官，这种器官在这个行星以氧氮为主的大气中振动时可产生声波，同时把要传输的信息调制到声波之中，接收方也用一种薄膜器官从声波中接收信息。”

“这种方式信息传输的速率是多大？”

“大约每秒1至10比特。”

“什么？！”旗舰上听到这话的所有人都大笑起来。

“真的是每秒1至10比特，我们开始也不相信，但反复核实过。”

“上尉，你是个白痴吗？！”舰队统帅大怒，“你是想告诉我们，一种没有记忆遗传，相互间用声波进行信息交流，并且是以令人难以置信的每秒1至10比特的速率进行交流的物种，能创造出5B级文明？！而且这种文明是在没有任何外部高级文明培植的情况下自行进化的？！”

“但，阁下，确实如此。”

“但在这种状态下，这个物种根本不可能在每代之间积累和传递知识，而这是文明进化所必需的！”

“他们有一种个体，有一定数量，分布于这个种群的各个角落，这类个体充当两代生命体之间知识传递的媒介。”

“听起来像神话。”

“不，”参议员说，“在银河文明的太古时代，确实有过这个概念，但即使在那时也极其罕见，除了我们这些星系文明进化史的专业研究者，很少有人知道。”

“你是说那种在两代生命体之间传递知识的个体？”

“他们叫教师。”

“教——师？”

“一个早已消失的太古文明词汇，很生僻，在一般的古词汇数据库中都查不到。”

这时，从太阳系发回的全息影像焦距拉长，显示出蔚蓝色的地球在太空中缓缓转动。

最高执政官说："在银河系联邦时代，独立进化的文明十分罕见，能进化到5B级的更是绝无仅有，我们应该让这个文明继续不受干扰地进化下去，对它的观察和研究，不仅有助于我们对太古文明的研究，对今天的银河文明也有启示。"

"那就让蓝84210号舰立刻离开那个行星系吧，并把这颗恒星周围一百光年的范围列为禁航区。"舰队统帅说。

北半球失眠的人，会看到星空突然微微抖动，那抖动从空中的一点发出，呈圆形向整个星空扩展，仿佛星空是一汪静水，有人用手指在水中央点了一下似的。

蓝84210号舰跃迁时产生的时空激波到达地球时已大大衰减，只使地球上所有的时钟都快了3秒，但在三维空间中的人类是不可能觉察到这一效应的。

"很遗憾，"最高执政官说，"如果没有高级文明的培植，他们还要在亚光速和三维时空中被禁锢两千年，至少还需一千年时间才能掌握和使用湮灭能量，两千年后才能通过多维时空进行通讯，至于通过超空间跃迁进行宇宙航行，可能是五千年后的事了，至少要一万年，他们才具备加入银河系碳基文明大家庭的起码条件。"

参议员说："文明的这种孤独进化，是银河系太古时代才有的事。如果那古老的记载正确，我那太古的祖先生活在一个海洋行星的深海中。在那黑暗世界中的无数个王朝后，一个庞大的探险计划开始了，他们发射了第一个外空飞船，那是一个透明浮力小球，经过漫长的路程浮上海面。当时正是深夜，小球中的先祖第一次看到了星空……你们能够想象，那对他们是怎样的壮丽和神秘啊！"

最高执政官说："那是一个让人向往的时代，一粒灰尘样的行星对先祖都是一个无限广阔的世界，在那绿色的海洋和紫色的草原上，先祖敬畏地面对群星……这感觉我们已丢失千万年了。"

"可我现在又找回了它！"参议员指着地球的影像说，她那蓝色的晶莹球体上浮动着雪白的云纹，他觉得她真像一种来自他祖先星球海洋中的一种美丽的珍珠，“看这个小小的世界，她上面的生命体在过着自己的生活，做着自己的梦，对我们的存在，对银河系中的战争和毁灭全然不知，宇宙对他们来说，是希望和梦想的无限源泉，这真像一首来自太古时代的歌谣。”

他真的吟唱了起来，他们三人的智能场合为一体，荡漾着玫瑰色的波纹。那从遥远得无法想象的太古时代传下来的歌谣听起来悠远、神秘、苍凉，通过超空间，它传遍了整个银河系，在这团由上千亿颗恒星组成的星云中，数不清的生命感到了一种久已消失的温馨和宁静。

“宇宙的最不可理解之处在于它是可以理解的。”最高执政官说。

“宇宙的最可理解之处在于它是不可理解的。”参议员说。

当娃们造好那座新坟时，东方已经放亮了。老师是放在从教室拆下来的一块门板上下葬的，陪他入土的是两盒粉笔和一套已翻破的小学课本。娃们在那个小小的坟头上立了一块石板，上面用粉笔写着“李老师之墓”。

只要一场雨，石板上那稚拙的字迹就会消失；用不了多长时间，这座坟和长眠在里面的人就会被外面的世界忘得干干净净。

太阳从山后露出一角，把一抹金晖投进仍沉睡着的山村；在仍处于阴影中的山谷草地上，露珠在闪着晶莹的光，可听到一两声怯生生的鸟鸣。

娃们沿着小路向村里走去，那一群小小的身影很快消失在山谷中淡蓝色的晨雾中。

他们将活下去，在这块古老贫瘠的土地上，以收获虽然微薄、但确实存在的希望。

赏读

选文是刘慈欣《乡村教师》的结局。这篇小说是双线叙事，一条线索写黄土高原的贫困与乡村教育的艰难，完全是现实主义色彩，读来甚至都不会以为它是科幻。另一条线索是宏大宇宙之中碳基联邦的清扫行动。当外星舰队遇到乡村教师，会发生怎样的碰撞？两条线索在结局交会，乡村教师尽全力教会学生的牛顿三定律，拯救了地球文明。结局将之前设置的悬念揭晓，孩子们背定律和宇宙清扫行动碰撞出了神奇的巧合，“宇宙的最不可理解之处在于它是可以理解的；宇宙的最可理解之处在于它是不可理解的。”两句话一下子提升了文章的高度。同时，通过舰队统帅和值勤军官的对话，致敬了在两代生命体之间传递知识的个体——教师，回扣了题目，又彰显了主旨。结尾处，外星人吟唱的歌谣荡漾在宇宙之中，人类小小身影消失在山谷晨雾之中，这幅画面神秘、苍凉、悠远、温馨、宁静，美好而充满希望，呈现出悠长的诗意。

习作研讨

远　征

谭惠中

一

远征13号上，一片死寂。

舰长蔡越坐在补给管旁，十指交叉，撑在额前，深吸一口气用低沉的声音宣布："我舰的控制室已经被RF46型机动部队占领。我以舰长的身份命令全员从宇宙历3718年6月21日开始不得踏出训练舱，严禁违规！"

船员们闻声抬头，听完舰长这番严肃又绝望的话后，不禁把头埋得更深。所有人脸上写满阴霾，他们有的忍不住啜泣起来，有的埋头咬牙，好像要反驳些什么，但脸上的恐惧和惊愕出卖了他们。

【点评　开头设置悬念，为什么舰长宣布不得踏出训练舱？为什么船员们会有这样的反应？】

二

从宇宙历3650年开始，帝国RF不断向宇宙空间扩张。帝国的流水线上不断产出机器人战士，他们的身体如同铁壁一般坚不可摧，他们的意志犹如尖矛一般势不可当。在帝国所打的战争中，没有任何兵力短缺和撤退，只有猛烈而不知疲倦地前进。人类军队起初奋力抵抗，但当士兵进入战场的那一刻，他们就明白，这是一场有代差的战役。帝国不仅拥有最服从命令的战士，更拥有无数的高科技打击武器，人类世界现有的武器根本无法与之相提并论。

于是，人类溃不成军。地球的环境已经被帝国摧毁得破碎不堪，在极度的痛苦和绝望之中，人类逃兵越来越多，新兴的反战组织甚至说服大批民众皈依神灵，以自杀的方式规避痛苦，去往极乐世界。在这样的压力下，远征计划应运而生。由联合政府发起，集结军人和平民中有意志和决心的人类，乘坐15艘远征号飞船对帝国还未染指的区域进行探索。

但是，探索的过程并不会一帆风顺。帝国的舰队经常在星际中巡逻，抓捕人类。而其中最糟糕、最令人无法想象的就是13号现在面临的状况——船体被帝国的机动部队占领。船体被占领后，船员们只能在有少量生活用品和维生系统的隐蔽的训练舱中等待救援。而远征计划历史上两艘被占领的舰船中，没有一个等到了救援。起初，船员们还能勉强做到互相打气，互相安慰，画下记号，一天天地等待。但随着时间的推移，他们开始为了食物大打出手，互相残杀，最后，最强者会将所有同伴杀死，开始以他们的血肉为食物……。没有任何一个远征队员会抱着侥幸的心理，因为人类本身，也是最清楚人类的邪恶和黑暗的。

【**点评**　交代背景，远征计划的由来以及远征13号遇到的困境。】

三

“舰长！我反对！”突然，一名红发的队员咬着牙，跺脚站了起来。所有队员的目光瞬间集中在他身上，他们的眼神散发出嘲讽、恐惧或是难以置信，没有一个人为他的出头感到欣喜。

舰长的脸色瞬间阴沉下来：“向远！现在这种情形容不得你胡闹。这关乎全体船员的安危，不能由着你的性子来！”向远咬了咬牙，神情更加坚定起来。“如果继续躲在训练舱里，我们都会像行尸走肉一样死去！就像3号和7号一样，我们最后会全部被自己最熟悉的人杀死，我不接受这样的结局！就算要死，也要堂堂正正地死在帝国部队手上，这样起码可以说是抗争过了。与其在这里接受已经设定好的悲惨结局，不如出去牵制机动部队，最坏的情况也就是阵亡，但只要抓住机会，我们就能回到食物舱，甚至夺回飞船控制权！”

船员们听后，陷入了沉思。比起帝国军队的攻击，更令他们恐惧的是训练中看到的那些血腥的图片。身为远征军，理应与帝国斗争，为人类开辟新的生存空间，这时若悲剧性地死在同伴手中，留下恐怖的传说，这该是一种怎样的耻辱。

“呼——”蔡越深吐了一口气：“那么，有人愿意和向远一起去舱外探索吗？”“我愿意。”瘦弱的检修员严洁扶了扶眼镜，站了起来。“我在拆解敌方旧型机器人的时候发现了一处线路缠绕，或许是生产的问题，或许是年久失修的问题。总之，作为日常巡航的RF46型也正包括在这类问题型号中。解决每个敌人时为我争取三秒，或许我就可以用电修棒放电让对方短路。”

在场的所有船员沉默了三秒，紧接着爆发出了一阵掌声，之后，船舱中此起彼伏地响起了请求加入的声音。向远和蔡越不由得露出一丝笑容。

【**点评** 这是小说的高潮部分，向远的话一石激起千层浪，作者集中描绘了船员“聚室而谋”中的冲突和矛盾，以及他们最后的选择。宁鸣而死，不默而生，处于绝境之中的船员们做出了抗争的坚毅决定，这是英雄的品质。】

四

之后的事，向远已经记不清了。在他模糊的印象中，他在队伍的最前方不断躲避着敌人的攻击，并用长棒和屏蔽器放倒高大的机器人，其他队员也都这样做。严洁与检修组则不停地用电修棒撬开敌人的外壳，找到关键的电路并使其短路。他们就这样不停地向前，在训练舱和控制室间开辟出一条血路。这场战争持续了五天之久，蔡越将训练舱所有的食物交给了在外的小组，自己则在训练舱中和无法战斗的船员一起忍受饥饿，没有人提出怨言。

最后的最后，向远瘫倒在控制室的地面上。他浑身是血，断掉的左腿凶狠作痛，他很清楚，在这之后他将再也无法重返战场。但他发自内心地笑了。面对机器人的威胁，他和队友选择相信人的力量，选择尊严，他由衷地感到值得。

窗外，远处的悬剑座以一个安静的姿态倾斜着。向远明白，已经到了夜晚。这个夜晚过去，还将有无数个夜晚来临，但每一次，他都会选择相信明天。

【**点评** 结局并没有大圆满，虽然抗争失败了，但行动本身就是意义。无数个夜晚将会来临，但失败者仍然选择相信明天，意义之中有超越永恒的壮美。】

研讨

这篇习作，写的是人类面对强大的敌人没有坐以待毙而是奋力抗争的故事。小说充满了英雄主义色彩，语言流畅，描写具体。四个段落符合小说“起—承—转—合”的范式，故事线清晰完整。在第四部分，作者用失败英雄的笑和心理活动作结，以夜晚和明天作喻，点明了意义，有“黑暗给了我黑色的眼睛，我却用它来寻找光明”之感。结局很悲壮，但并不悲凉。如果能更具体地描绘一下窗外宇宙图景，悲剧的场景会更动人。

虽然这篇小说设置的背景情境是未来星际战争，然而故事的内核却仍然是现实主义。太阳底下无新事，这个抗争的故事也可以发生在其他时代、其他情境，主人公向远那一段演讲甚至有点陈胜起义反抗暴秦的影子。而抗争的方式，用长棒、屏蔽器放倒敌人，用电修棒使对方短路，这有点像冷兵器时代近身肉搏。需要思考的是，科幻小说与传统小说的区别，是因为背景、场景的不同而带来故事走向、思维方式的不同。所以，思维也需要更广阔一些。另外，这篇习作侧重表现的是人类一方，对敌方的叙述交代只是出现在第二部分背景介绍，几乎没有描写，较为脸谱化。如果在这方面再注意一下，小说会更好看一些。

练笔进阶

1 2021年4月29日，中国空间站天和核心舱发射，中国天宫空间站开建，我国载人航天事业已经进入新时代。20年后，中国空间站建设完备、先进，科学家们在空间站工作的时候，意外捕捉到了外星人即将入侵地球的信息。在紧急关头，中国科学家采取了一系列非常规措施，终于成功地改变了外星飞船的航向，拯救了地球。请你实践一下本课讲述的方法，为这个故事续写一个结尾。

点拨 人类在太空航海时代会遇到怎样的困境？人类该如何去面对？拯救是科幻小说的经典命题，而太空拯救更是经典中的经典。本题已经给出了故事的主体情节，拯救地球已经成功。续写结尾可以从以下两个方面来考虑。

（1）以蕴含中心的情境结尾。比如可以赞美人类的勇气、智慧、团结，可以描绘危机解除后太空重归宁静的奇景，宇宙的苍茫与人类的渺小对比，空间站的有限与智慧的无限对比，都会使小说产生诗意的效果。

（2）使情节发生突转。比如，正当科学家们长舒一口气时，空间站主屏幕上显示出了一行文字。文字是什么呢？危机真正解决了吗？或者又产生了什么新的危机？同学们可以大开脑洞，设想一下情节的突转，这样会使故事更富有吸引力。

2 30年后，人类通过育种和基因改良培育出了新品种的恐龙，将它们送往月球，并在月球上兴建了侏罗纪公园，使之成为热门旅游景点。某一天，“你”去侏罗纪公园参观，遇到了一只走失了的小恐龙，和它一起在月球上经历了一系列的冒险。请你学习本课讲述的方法，为这个故事续写一个结尾。

点拨 为这个故事续写结尾，要考虑几个要素：恐龙、月球、冒险。与恐龙在月球上的冒险与在其他地方有什么不同？冒险的结果是什么？可以在结尾交代，比如“你”将恐龙带回了地球。冒险的过程中“你”和恐龙的关系是否发生了变化？这可以深化主题——人类和人造超级“新”物种之间的关系。或者，也可以实现视角的突转，“你”一定得是人类吗？难道不可以是蚂蚁等别的物种或者干脆也是一只恐龙呢？

3 英国著名学者李约瑟曾经说过：“每当人们在中国的文献中查找一种具体的科技史料时，往往会发现它的焦点在宋代。”的确，中国古代科技体系在宋代达到了一个新的高度，主要成就是印刷术、指南针和火药三大文明的完成和发展。此外天文、数学、医药、农艺、建筑等各个领域，在当时都处于世界领先地位。宋代还诞生了《梦溪笔谈》《营造法式》等学术著作……。如果你可以选择带当下一种高科技产品穿越回宋代，你想带哪一种呢？你带着这种产品在宋代会发生怎样的奇遇？又会对当时的科技发展起到怎样的作用？请你写一篇不少于1000字的科幻小说。

点拨 写这篇小说之前，要先考虑带什么高科技产品回宋代？为什么回宋代？带回去之后会对当时的科技发展起什么作用？这道题是历史和科技的结合，难点在于要对科技史有所了解，既考查历史积累是否深广，又考验目光是否长远。

怎么写？不妨以小见大。以一个场景+一个技术+一个人物+一个情节的方式来讲述故事。在结局之中，技术的发展不妨照应一下当下或未来。关于意义的生发，李约瑟还说过的一句话可供参考：“无数零星、不成体系的技术发明虽然并不自然属于能够产生现代科学的那种文化和思维模式，但对中国人而言，这些前人所走的路对未来仍然是一份可借鉴的路线图。”

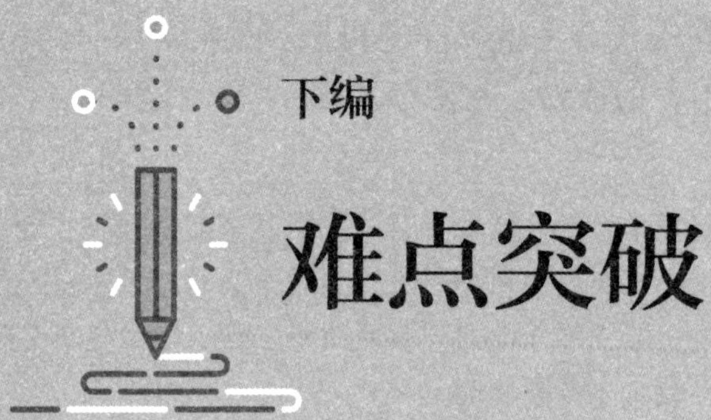

下编

难点突破

- 点子与故事
- 思想价值
- 画面感、想象力和科幻思维
- 其他难点及其破解

第12课

点子与故事

写作要点

科幻小说仅仅是点子加故事吗

科幻小说，简单来看可以说是“科幻点子加上小说故事”，但在实际创作过程中，两者并不仅仅是简单相加的关系，而应当是有机融合、相辅相成的。

我们时常会看到，一些不够成功的科幻小说并没有处理好两者间的关系。有的小说科幻点子十分奇特，科学技术细节非常丰富，然而故事情节却粗糙简单，草草了事，仅以介绍完点子为任务，导致故事缺少美感和乐趣，苍白单调。也有的小说情节跌宕起伏，人物情感细腻真挚，但故事和科幻点子之间几乎没有任何必然的联系，将科幻内容从文章中全部删去也不影响故事的成立，导致小说的割裂感严重，缺少科幻特有的魅力，成了“披着科幻外衣的小说”。还有的小说故事和点子之间联系较深，然而对于科幻点子的大段枯燥介绍总是突兀地出现在情节当中，影响了叙事的节奏，让小说整体观感显得粗暴笨拙，读者在阅读时要么直接跳过点子只看故事，要么不顾情节只关心点子，令阅读体验大打折扣。这些情况都是我们在写作时应当避免的。

如何处理好点子和故事的关系

首先需要谨记的是，在一篇质量优良的科幻小说中，点子和故事情节总是密不可分。科幻点子是故事发生的起点，情节的展开是对科幻点子的展示，双方不可割裂。

在刘慈欣的《球状闪电》中，科幻设定并非小说的全部，而是小说情节的总起点，正因为球状闪电那神秘诡异的特性导致了陈博士一家的悲惨遭遇，故事接下来才能顺理成章地以陈博士的探索为主线，逐步发展下去。换句话说，故事并非为了解释点子而展开，而是因点子的推动而展开。另一方面，陈博士、林云、丁仪等人在随后的情节中，也并非只为了讲述一段错综复杂的科研往事和情感故事，而是始终紧密围绕"如何找到球状闪电""球状闪电的原理是什么""人类如何利用球状闪电"等科幻点子的内部要素展开。换言之，科幻小说也并非为了讲故事而讲故事，而是为了逐步揭开科幻点子的内核而讲故事。

其次，在优秀的科幻小说中，科幻点子和故事情节有各自的功能，它们是相互支撑、互相帮助的关系。作者既要通过情节来具体展现出科幻点子的魅力，也要依靠科幻点子来体现出人物形象和社会环境，以及作者自己想要表达的思想感情。

再以《球状闪电》为例。书中的球状闪电基于"宏粒子"原理，拥有异乎寻常的量子力学特性，这些特性在书中绝非简单直白地讲述出来，而是依托跌宕起伏的叙事，以诸如"死去父母的神秘现身""接连失败的研究历程""千难万险的捕获实验""意料之外的作战失败""玉石俱焚的宏粒子聚变"等扣人心弦的情节，生动地展示出球状闪电种种诡异的性质。另一方面，在对书中核心人物林云的形象进行描写时，作者并未过多地煽情，而是借助球状闪电的"量子幽灵效应"设定，以量子状态下的林云与核电站袭击事件中受害的儿童们团聚、跨越量子状态向陈博士送花等情节，展示出林云性格中善良和温情的一面。此外，在表达对科学精神的崇敬和对社会历史的感悟时，作者也没有直抒胸臆、大发议论，而是紧紧围绕球状闪电难以捉摸的神秘特性，通过科研探索的种种曲折历程，侧面展现出丁仪等一批科研工作者的科学精神和命运悲剧，从而更深刻地体现出小说所蕴含的人文情怀。

介绍点子时，切忌采用大段“对话流”方式介绍，也不要在刚开篇时大段平铺直叙地讲述世界观和技术知识，这些方法很难引起读者的兴趣，容易让读者感到枯燥乏味，写作时应尽量避免。

有这样一则创作格言：“要展示，不要讲述！”意思是说，在创作小说时，作者想要表达的一切内容都必须借助对形象的描绘和塑造去展现，而不能只靠生硬直白的宣讲。科幻小说是艺术作品，不是学术论文，只有通过生动的形象才能体现出科幻点子的魅力。仍以《球状闪电》为例，对于书中的点子设定，作者绝非只靠一段段冗长突兀的对白、独白、数据、报告等粗暴手段介绍给读者，而是不断描绘出一幅幅形象鲜明的画面：空气中若隐若现的宏粒子，如琴弦般不断舞动的宏原子核，转瞬间灰飞烟灭的电路板……。同时，对于一些理论阐述，作者也主要以人物之间的对话交锋为处理手段，并在对话的同时连带展现出人物的性格和人物之间的矛盾冲突。我们在赏读科幻小说时，理应借鉴科幻作家们在阐释设定时所运用的高超手法，从而令我们笔下的小说既具有科学性和科幻魅力，又具备趣味性和艺术魅力。

让点子和故事有机融合的方法

方法一：用画面体现点子。利用对科幻器物和科幻场景的外观描写，具体生动地直观体现科幻点子。这样的描写应当具备很强的画面感，让人读来感到身临其境，眼前浮现出直观具体的一幅场景；同时，这样的画面场景本身应当具有美感，给人带来美的享受，无论是粗犷强健的“壮美”还是温婉细腻的“优美”，只有让读者觉得美的画面，读者才愿意主动接受其中蕴含的科幻点子设计要素。这也是一篇优秀科幻小说所必备的素质。

方法二：利用对白以外的文字来介绍科幻点子。常见的有书本、信件、回忆录、报纸、刊物、新闻资讯等。利用这种技巧不但能起到介绍点子的作用，还能扩展小说中的社会景观的深度广度，让读者觉得小说中的世界更加真实可信。书写这些文字时要注意，文字的口吻语气要更加冷静客观，要符合文字本身的属性，文字风格尽可能丰富多彩一些，否则会显得虚假不可信。

方法三：引入专业角色。在科幻小说中，与科学有关的“专业人士”形象常会出现，这样的人物可能是主角自己，也可能只是配角，可以利用他们的专业人士身份，依靠他们的对白和回忆介绍出点子。要注意，这类人物即使是在讲述技术知识时，也一定要体现出他们自身的性格和情绪，对白要符合身份和场合，并且要尽量简短清晰，要体现出他们仍是一个个真实生动的人物，否则读来会让人感觉机械和虚假。

方法四：多用心理活动描写。若有大量的点子知识细节需要通过人物叙述，就必须注意灵活使用心理活动这一手段，让人物的对白和内心话语穿插出现，否则很容易让故事陷入“对话流”的境地中难以自拔。

方法五：点子介绍尽量不要放在开头。无论多么重要、多么精彩的点子和设定，写作时都要耐心地将它们放在故事开篇之后，由情节和人物活动自然而然地带出，而不宜在小说刚开始时便大段地铺叙出来。小说的开头应当由情节开端构成，只有让一个故事先立起来，让读者先进入故事，后面的点子才更容易让人接受，而不能一开篇就大量铺叙世界观和点子介绍。点子的合理出现位置通常由小说篇幅所制约，中短篇小说一般可放在前四分之一或三分之一处，长篇小说可酌情再往后拖延。

方法六：多分段。尽可能避免出现大段的点子和设定介绍，若某处信息量确实很大，则该处文字应勤分段，并与人物的言行举止穿插起来，使小说文字更灵动、更有精神，令读者更容易接受。一般而言，短篇小说的一个自然段不宜超过400字，长篇小说可酌情拉长到500字，最多不超过1000字。在一段文字中，若有某一处信息非常重要，则可将其归结为一句话，把它单独列出来，单句成段，让其更加醒目，使读者不易错过。

名作赏读

侏罗纪公园

［美］迈克尔·克莱顿

节选自《侏罗纪公园》，迈克尔·克莱顿著，钟仁译，文汇出版社2018年版。迈克尔·克莱顿，美国当代科幻作家。

格兰特看到，蕨类植物中间露出了一个动物的头。它在那里纹丝不动，部分被蕨类植物的叶子挡住，两只乌黑的大眼睛冷冷地望着他们。

它的头部有2英尺长，一长排的牙齿从口部一直长到有耳朵作用的听道孔。它的头部使格兰特联想到巨蜥，或者是鳄鱼。它的眼睛连眨都不眨一下，浑身连动也不动一下。它的皮肤十分坚韧，带着卵石的肌理，基本上和幼迅猛龙的肤色一样，黄褐色的皮肤上带有暗红色的斑纹，就像老虎身上的纹路。

当格兰特正在观察时，那只动物的前脚慢慢地举起，拨开了它脸旁的树叶。格兰特发现，它前肢上的肌肉十分壮实。前脚上有三趾，趾端是弯曲的爪子。这只前脚轻轻地、缓缓地把蕨类植物拨到一边。

格兰特感到一阵寒意传遍全身，他思忖：它正在猎杀我们。

对于像人类这样的哺乳动物来说，爬虫类在追杀猎物时，有一种令人难以描述的迥然不同的方式。人类讨厌爬虫类，这是一点也不奇怪的事情，它们呆板，它们冷漠，节奏全然不对劲。置身于鳄鱼或是其他大型爬虫类之中，总会使你联想到一种大相径庭的生活，一个全然不同、目前已从地球上消失了的世界。当然，这只动物并没有意识到它已经被发现，而且它……攻击突然发生，来自左右两侧。前来进攻的迅猛龙以惊人的速度一下子蹿出10码，来到栅栏前。格兰特有种模糊的印象：一群强壮的6英尺高的身躯，僵硬地用以支撑平衡的尾巴，爪子弯曲的四肢，露出一排参差不齐的牙齿的血盆大口。

那些野兽上前时高声咆哮，然后跳跃起来，举起带有如利剑似的大爪的后脚。然后它们撞到了身前的栅栏上，随着两朵耀眼的火花，摔了下来。

迅猛龙往后倒在地上，嘴里咝咝作响。参观人员不禁趋身向前，全都被吸引住了。就在此时，迅猛龙又开始展开第三次攻击。它跳跃起来向齐胸高的栅栏撞去。提姆的四周冒出一片火花，他吓得大声叫喊起来。这些动物在吼着——那是一种爬虫类发出的低沉的“咝咝”声——然后又跳回蕨类植物丛中。接着，它们都离开了，留下一阵淡淡的腐臭味和久久不散的呛人的烟雾。

“唉!”提姆发出一声惋惜。

“这一切发生得真快。”爱丽说。

“集体捕猎。”格兰特一边摇头，一边说，“对集群捕食的动物来说，袭击是它们的本性……真叫人目瞪口呆。”

“我认为它们并不十分聪明。”马尔科姆说。

他们这时又听到栅栏另一侧的棕榈树丛中传来鼻息声。几只恐龙的头从簇簇绿丛中缓缓探出来。三只……四只……五只……那些恐龙注视着他们，眼光十分冷漠。

一名穿连身工作服的黑人跑到他们眼前：“你们没事吧?”

“没事。”格兰特回答。

“警报器响了。”那黑人看到栅栏上出现的凹痕，有的地方还是焦黑的呢，“恐龙攻击你们了？”

“是的，有三只。”

黑人点点头：“它们随时会发动攻击。不过会撞到栅栏上，被电打回去。但是它们好像从来都不在乎。”

“不太机灵，是吗？”马尔科姆说。

黑人停顿了一下，他在午后的阳光下眯起眼睛，望着马尔科姆：“你要为栅栏的庇护而庆幸，先生。”他说完后便走开了。

整个攻击过程从头到尾不超过6秒钟，格兰特还在设法整理他脑海里的印象。速度快得惊人——这些动物动作是那么迅速，他几乎看不清它们的移动。

它们往回走时，马尔科姆说：“它们确实是超乎寻常的敏捷。”

“是的，”格兰特应着说，“比任何现存的爬虫类都要敏捷。大型鳄鱼可以迅速移动，但只有很短的距离——五六英尺左右。巨蜥中，像印尼的科莫多龙有5英尺长，据统计，每小时行进30英里，比人跑得更快。它们经常猎杀人类。不过我想，栅栏后的那种动物，速度至少比它们快两倍。”

“猎豹的速度，”马尔科姆说，“每小时可达六七十英里。”

“一点也没错。”

“不过它们好像是蹿上来的，”马尔科姆说，“很像鸟类。”

当今世界上，只有很小的哺乳动物——如和眼镜蛇为敌的獴，才有如此敏捷的反应。小型哺乳动物，当然，也包括鸟类。非洲捕蛇的蛇鹫，或是鹤鸵。格兰特见过鹤鸵，那是新几内亚的一种爪子像鸵鸟的鸟类。事实上，迅猛龙的动作之迅速，仿佛要置人于死地似的，给格兰特留下和鹤鸵完全相同的印象。

“这些迅猛龙有爬虫类的皮肤和外表，因此看起来像爬虫类；它们又有鸟类的速度和捕食的本领，因此活动时像鸟类。是不是这样？”马尔科姆问。

“对的，”格兰特回答说，“我是说，它们表现出一种混合的特性。”

“你对此感到惊讶吗？”

“并不真的感到惊讶，”格兰特回答，“事实上，这和很久以前的古生物学家们所做的推测相当接近。”

在18世纪的20年代和30年代，这种巨大的骨骼首次被发现，科学家只得把这些骨骼说成是属于一种现代动物的某种大型变种所有。这是因为人们认为，既然上帝不允许它的创造死亡，那么任何物种就都不会绝种。

最后，人们逐渐明白，关于上帝的观念是错误的，这些骨骼属于已经消失的动物。但是，是什么样的动物呢？

在1842年，英国当时最权威的解剖学家欧文称这些动物为Dinosauria，意即“可怕的蜥蜴”。欧文发现，恐龙似乎兼有蜥蜴、鳄鱼和鸟类的特征。特别是恐龙的臀部，像鸟类，而不像蜥蜴。而且许多恐龙好像能直立，这也和蜥蜴不同。欧文把恐龙想象成一种快速行走、行动积极的动物。他的观点在接下来的40年中被广为接受。

但是，当真正巨大的躯体出土——这些动物活着的时候重达100吨——科学家的看法有了改变，他们把恐龙视为愚蠢的、行动迟缓的庞然大物，它们注定要绝种。那种懒散的爬虫类的形象，逐渐替代了行动迅速的鸟类形象，在人们的脑海里占据了支配地位。近年来，像格兰特这样的科学家开始又回归以往的看法，认为恐龙的行为主动得多，格兰特的同事认为他对恐龙行为的看法十分激进。可是现在他得承认，他自己的观念和现实情况相比，仍有一大截差距，想不到这些大型动物竟然是行动如此敏捷的捕猎兽。

“事实上，我想了解的是，”马尔科姆说，“这种动物对你是否有说服力？这确实是恐龙吗？”

“我得说，是的。”

“那些协调攻击的行为呢……”

“是事先预料到的。”格兰特说，“根据化石记录，一群迅猛龙能杀死重达1000磅的像腱龙那样的动物，虽然腱龙奔跑起来像马一样快。这就需要有协调性。”

“没有语言，它们如何进行协调呢?”

“哦，协调捕猎并不需要语言。”爱丽说，“黑猩猩总是这么干的。一群黑猩猩会一起捕猎一只猴子，然后把它杀死。所有的协调沟通都靠眼睛。”

“那些恐龙是不是真的要攻击我们?”

“是的。”

“如果可能的话，它们会杀死我们，把我们吃掉吗?”马尔科姆追问。

“我想是的。”

“我问这些问题的原因，”马尔科姆解释说，“是因为别人会对我说，像狮子和老虎这样的大型食肉动物并不是生来就会吃人的。这是真的吗?这些动物一定是后来在什么时候才明白，人类是很容易被杀死的。从那时起它们真的变得会吃人了。”

“是的，我认为这一点也没错。”格兰特回答。

“唔，这些恐龙一定不会比狮子和老虎喜欢吃人。毕竟，它们是生存在人类诞生以前的动物——甚至早于大型哺乳动物——很早以前就已经绝种了。天知道它们看到我们时是怎么想的。因此我倒想知道，它们是否也是在成长中的某个时候才明白人类很容易被杀死?”

他们继续往前走着，没有人再吭声。

赏读

迈克尔·克莱顿所著的长篇科幻小说《侏罗纪公园》讲述一位美国富商使用基因技术复制出一批恐龙，将它们关入公园内意图牟取暴利；由于过度依赖高科技而漠视自然规律，公园逐步陷入失控危机，恐龙纷纷出逃，园内幸存者们不得不与这些恐怖的远古生物展开激烈搏斗，以求逃生。本书长期位居美国畅销书排行榜榜首，是“高科技惊悚类”科幻小说的代表作，由本书改编而成的系列电影也在全球范围内大获成功。

本篇选文出自书中第三章迅猛龙第一次出场的段落。作为一部硬派风格的科幻小说，作者不但要描绘出迅猛龙迅速而凶狠的袭击景象，同时也要向第一次见到它们的读者介绍相关的生物学知识。从选文中我们可以看到，作者并没有长篇累牍地大段介绍专业知识，而是以惊心动魄的气氛和场景为先导，通过文中人物的心理活动和交流对话引出知识细节。面对迅猛龙的捕猎行为，主角一行人在分析评论的过程中自然而然地介绍了专业知识，而这些知识全都与迅猛龙的袭击行为紧密相关，所以并无突兀之感。需要注意的是，选文中许多知识内容并不是单纯靠你一言我一语的对白呈现，而是利用主角——古生物学家葛林的心理活动来体现；对白部分和心理活动部分以错落有致的方式交替出现，令叙述效果十分自然。这种利用角色的科学家身份来引出知识细节的方式，在科幻小说中是很具实用性的常见手法。在选文的结尾，作者更通过知识介绍的方式埋下了一个令人心惊的伏笔：这些迅猛龙很可能以前就袭击过人类，而后它们也必然再度对人类展开攻击，令读者不禁期待后续情节会如何发展。

回　　归

吴楚杰

一、决意

最喜欢的，是那星云的盛开。但如果想好好从头开始的话却不得不说是一件麻烦的事情，从超行星的爆发开始计起的话，需要静静地等待几万年。相比之下，我不愿意那么麻烦，经常会以亚光速行进，把时间加快几万倍，这仍需要近一年的时间才能把一个点放大到像烟花那样布满我的苍穹。而你慢慢看着烟花逐步扩大到整个天际的时候，便会发现原来是那么壮观。

【点评　表达人物情感思绪的同时，展现科幻点子“宇宙航行”“亚光速飞行”。】

宇宙啊，宇宙，亿万光年的宇宙，你是我的全部，我是你的尘埃……

我知道宇宙是很大的，若我想全看完是不可能的，所以只喜欢在银河系内晃荡。我的故乡很遥远。名字的话……那是多么久远的事情啊。依稀记得我们星系，名字叫——太阳系。

【点评　用回忆的思绪点出人物原本来自太阳系。】

随口向一直飘浮在我身边的旺财问道：“我多少岁了？”

旺财懂我的意思：“三百七十一年三个月零二十一天啦。”

我一阵恍惚。啊，我已经这么大了，可却毫无感觉。时间啊时间，这个东西我是一直很充足的，完全不用担心有用完的那一天——等到有那一天的时候，怕是我连担心这种事情都不会有了吧。

叹了口气，启航之时充满了豪情壮志，陆续写了一百多条目标，却发现在三百多年的时光内几乎都已一一实现，现在我实现这些目标的速度甚至快过写下一条新的目标。

【点评　回忆的口吻道出航行时间——超过三百年。】

抬头望天，天上的烟花还是那么灿烂。“旺财，下一条目标。”

旺财想了一会儿（实际上不需要这么“想一会儿”的，怎奈何拟人化设定让它得这么干），念了出来：“一百三十条，吃一顿真正的火锅。附：最好有狗肉。”说罢旺财打了个激灵，眼巴巴地望着我，就像一条真正的小狗。

【点评　使用幽默的手法，侧面道出原来小狗是人工生命。】

看着它装可怜的样子，我不禁哑然而笑。我知道它在逗我开心呢，毕竟三百年的时光里若没有“人”陪我说说话之类的是过不去的。记得当初也是为了和它开开玩笑才加上“附”的吧，不过，确实我想吃火锅了。其实相对于看星云而言，现在要想吃上火锅要麻烦多了。

首先得找到一个星球。

我一下子想起了在出发前标记好的几个星球，如今算起来走走停停也有近三十万年标准时间了吧，不知道什么样子了，即使在广阔的星际空间生命星球也是蛮难寻的，我标记的几个也只处于宜居带而已，不过当时为了以后说不定有时间回来养老，就分别在几颗星球上投放了一些生命胶囊以及进化加速器，这样在回来的时候就可以得到一个自然的宜居星球了。

【点评　自然而然地阐释出人物的行为目的——寻找地外宜居星球。】

我回头：“旺财，还记得我们出发之前标记过一批星球吗？”

“当然记得了，怎么了？”

“找出它们。选取一个合适的星球，准备一下，我们即将降落到它上面。”

“主人，明白，可是我们不是先去吃火锅吗？”旺财摇摇尾巴，有些不明白。

“当然还是去吃火锅，”我笑了，“不过我们要想吃到最正宗的火锅的话，还得从原材料做起。”

二、降临

三百多年来我一直待在飞船上，尽管不时模拟走在真正的陆地上的情形，但那毕竟不是真实的。我的身体依旧年轻，长期以来的健身活动以及科技手段一直把身体的代谢水平控制在约三十岁，但是相对于这具肉身而言，我的灵魂已经老了，就像这样，不时会说出些明显不相称的话来。

【点评　又一科幻点子的体现——人工维持的超高龄身体。】

此刻我最终站在选定的星球上。说实话我对这颗星球相当满意的——氧气含量24%，1.09倍标准重力，一天约25.4小时——唯一美中不足的是它没有一颗卫星。不过，这也可以了，我想。

实际上，我和旺财在选定这个星球之后又对其做出了一番调整，比如在生物密集的地方播撒了多种微生物和低等多细胞动物。检查了一下这个星球上的进化加速器，运行良好，又设置了一下当有文明物种（标准是出现大型聚落）时停止运行并联系我们。之后我们便离开，加速，直到——

两百万年过去了。

【点评　站在人物的角度，用心理活动介绍出目标星球的环境状况。】

在飞船中我们等待了四年多，这期间我又做完了一些适合消磨时间的任务，比如学会围棋并达到职业段之类，然后让旺财把学习能力降到比我稍高一些的水平，我们就这样下来下去，又过了一个月以后，我们收到了进化加速器的量子信号随即把飞船速度减到正常，就跃迁了过去，这时发现两百多万年后这个星球陆地大部分已经被森林覆盖了，那么——

可以开始准备火锅的原材料了！

应当说明一下，两百万年并不算漫长。上一次到这的时候，这颗星球已经出现了原生蕨类植物，两百万年在进化加速器的全功率模式下相当于在进化路上走过了一亿六千万多年。至于为什么要在出现智慧物种之后降临呢，因为我又突发奇想，觉得火锅这么好的东西应该找一群人来分享才好。

我让旺财控制，把飞船降落到这个星球北温带的一处地方，它找寻好久找到了一个几乎没有植被的小盆地，把飞船悄悄停了进去。对此处我还是非常满意的，因为此处空地很大，周围连绵的山几乎能把我这300米高的飞船挡住，外围的森林很多，不远处还有河流，也有一定智慧生物生产活动的痕迹。最近的聚落离这儿约有四十公里。

足够了。那么远大概只能看到有什么东西一闪而过。

检测到外部空气环境与气温适宜之后，我没做多少特别的防护就出来了，只不过把穿的鞋子调成了透明，把衣服调成了熊皮的款式，背上模拟出羊皮缝的袋子——这些都是纳米级的机器人拼成的。再加上旺财伪装成的一条狼狗，这一切都像远道而来的商人一样，这样就能融入他们了吧。

【点评　生活器物的科幻点子设计，只在需要使用这些器物时才提及，自然真实。】

抬起头，山峦挺立，还要翻过这片山，再向前走八十里才能到有人的地方。我不禁有些踌躇，我想即使有语言翻译器在手，也不能保证那里的人都对我表示善意。但我必将传达我的善意，将火锅的做法教给他们。

如果有可能，我还会传递给他们文明的灯火。

摸摸狗头，我说：“旺财，我们走吧。”

等待我们的又有什么呢……

三、八百年后

以下摘自《神经》：

主人从山上走来，走出了大森林，年纪约有三十岁。主人以商人之形象见于众人。

主人是神圣的，走路时脚不沾地，约有一指高。

主人同他的人民一同劳作，教会众人种植之法。主人教会众人制造更多的工具，并使人们能用锐器捕获天上飞的，地面上走的，水下面游的。

主人把人们剩余的肉与果子收集起来，聚到坛中，再取来海里的水，三大捧，加以仆人旺财找来的各种香菜风干成的香料，加以河中的净水，加以火，把水煮沸，于是主人削了两根长直的木条夹起其中的肉和果子吃。主人说，此物为火锅，人们可以去吃它。

……

主人容颜永驻，生活了一百二十年，仍和原来一样。主人一百二十年来向人们传播知识和智慧，使人们活得昌盛起来。主人降于世一百二十年后宣言道：‘我要离开了。’人们不忍主人离开，纷纷拿出自己最好的东西为贡物献主人。主人感于人们的热情，又停留了十五年。主人离开后，留下他的仆人旺财。旺财居住在主人居住过的神之盆地里，一年一度接受人们对主人的祭祀。人们拿主人爱吃的火锅作为祭祀的食物。有主人的仆人在，可以保佑一年四季没有灾害。

……

【点评　利用新文明的文书材料视角，侧面展现之后主人公的生活情况。】

四、尾声

我站在舷窗前，沉思良久，目前屏幕上呈现的是集市上人们的生活，嘈杂而又热闹。

“主人，你为什么又要走了，在这里生活不是也很好吗?”旺财的声音从后面传来。

我回头，旺财已变回原来的样子了，浮在空中。其实星球上的那一个旺财只是它的一个分身，并且随时可与我们联系。

“是啊，其实我也有些不舍，可是为了他们这个文明的发展，很多路还要自己去走，像我一样的一个‘神’是不能永久留在世间的，否则这个文明以后也走不远，虽然仍需要有一个像你分身那样的引路人，”我也很无奈，“并且当初我也只是想吃火锅而已，谁知道又扯出这么多事情……”

“哈哈哈……”没想到旺财仰天狂笑起来，“对啊，你在那里当个救世主天天累得不行，我趁你不注意时还可以不时偷偷溜出去当个神，好不痛快……”

我无语。其实我知道这些年旺财没事时不时去其他地方装神弄鬼，施展“神迹”，可一来无伤大雅，二来我也觉得很有趣，就没去管它。

这一百多年，是我一辈子最开心充实的时光吧。

我忽然觉得之前的时光过得都如走马观花一般，几万年如一弹指，宇宙间冷冰冰的东西我见了太多，反而忽视了生命。生命这个东西，它是热腾腾的，也能让你的心房变热。

“旺财!”我突然喊道，“要不然我们以后不加速了吧，静静看着他们生活也很好。”

旺财先是一愣，随即笑道：“好啊，正好我还想看看我的分身如何装神棍呢。”

我苦笑摇了摇头。这个家伙啊，在那儿待了一百多年，连性格都变得不成样子了。我后退了一步，坐下，抬起头，继续静静望着人群的熙熙攘攘……

【点评 使用主角与配角的对话方式，道出人物心中复杂细腻的情思。**】**

研讨

本文讲述了一段科幻背景下的“创世纪”故事，以温婉轻松、富有情趣的口吻娓娓道出，主角一人一“狗”的设计讨人喜爱，轻快的叙述节奏之间，千万年的光阴转瞬即逝，让人读来感慨而又怅然。在科幻点子叙述方面本文做得尤其成功，各种大大小小的点子设定全都由人物的行动和心理活动自然带出，顺序有条不紊，节奏张弛自然，毫无生硬急躁或堆砌之感，这种稳健悠然的叙事心态值得学习借鉴。

练笔进阶

1 近年来，依托新材料、新能源、人工智能等技术，“人造义体”距离实用化已经越来越近，可以想象在不远的将来，诸如“人造器官”“人造肢体”“人造皮肤”“电子辅助大脑”等改造项目将逐步实用化，并在全社会广泛普及，并将有越来越多的人为了生活的便利和工作的快捷，主动接受对自己身体进行技术改造。也许在这个过程中，有人会自愿接受改造，有人会迫于生活和工作的压力，不得不逼迫自己接受改造，也有人会拒绝改造，而人类社会也将随之面临种种或正面或负面的变化。请以“人造义体普及后的世界”为主要点子，设计一个科幻小说大纲，其中包括对主要人物和社会环境的简介。

点拨 构思科幻小说时，若是先构思好了科幻点子，则一般应以点子为情节的起点，用科幻点子中包含的技术要素去促发、推动情节的发生。即使是一个简单的科幻点子，其中也会含有多个不同的构成要素，要注意找出一个最具冲突性、最有可能产生故事的要素，例如与人类生活密切相关的要素、容易产生矛盾冲突的要素、可能引发社会巨大变动的要素，以及有可能带来灾难后果的要素等。“人造义体”的改造内容和改造过程中，哪种技术将改变人类社会的形态？哪种技术将给人类带来伤害？哪种技术将可能导致痛苦、悔恨、社会动荡乃至战争风险？在点子设定中挖掘出这样的“种子”后，后续情节将会随着“种子”的生根发芽而蓬勃生长，但在情节“生长”的同时也要时刻注意其与点子的紧密联系，不能脱离“种子”本身。在对点子、人物、环境、情节进行具体设计时，可参照本书其他课程的相关内容。

2 人类征服外层空间的过程中，能源传输是必须首先解决的重大基础问题。现有一篇科幻短篇小说，讲述未来人类设法将太阳的能量传输到近地轨道使用的故事，并给出科幻点子，其构思如下：

在太阳附近建造一个巨型环状能量收集和发射装置，与太阳的赤道自转速度同步。该装置装有大规模的纳米级碳分子材料和氧原子、碘原子材料，受巨量太阳辐射后，碳分子材料与氧原子、碘原子产生激发作用，造成高能激光，定期射向地球。地球方面的激光接收装置设在太阳与地球之间的拉格朗日点（L1）处，收到激光后借助转换装置，将激光分别散射至地球轨道附近的空间发电站，从而实现能源利用。为实现低耗损，这种激光波长较短，光路呈绿色，且传输时采用超大规模的多光束同时发射。在环日能量接收发射装置、拉格朗日点能量接收装置、近地轨道空间发电站等太空设施中，需要派驻科研工作人员长时间驻守。

请以上述构思为基础，写出一段科幻点子的介绍文字，字数600—800字。

点拨 本题为科幻点子介绍的片段作文练习，不需要构思完整的故事情节，但在点子的介绍过程中必须设计出身份合理、具有行事动机的人物角色，通过他们的言行举止和所见所闻，利用画面描写手法，将宏伟壮阔的能量激光跨越宇宙空间的场面生动地描绘出来。根据字数限制，建议片段中的角色数量不超过三人。依据材料提示，可以在“环日能量接收发射装置”“拉格朗日点能量接收装置”“近地轨道空间发电站”三处设施中选择一处作为角色的活动背景，也可以利用宇宙飞船等移动装置全景呈现发电链路的全貌。练习时需注意，点子介绍文字的穿插安排必须灵活生动，避免死板僵硬，同时要着力体现巨大的太空设施、壮观的绿色输电光束、宏伟的天体背景等种种宇宙奇观的壮丽美。为呈现科幻美感，也可以在文中对该科幻点子做适当的修改和补充。

3 随着人工智能和高速无线网络等技术的飞速发展，无人操控车辆走进日常生活的那一天距离我们已越来越近。无人驾驶车辆技术将令人们的交通和运输变得更加舒适便捷，但同时，车辆失控和交通管理方面可能出现的隐患也将给社会生活带来新的风险；无论正面作用还是负面效应，今后人类社会的面貌都将因此发生巨大的变化。请以“无人时代”为题，以“交通工具无人化”为核心点子写一篇短篇科幻小说。字数800—1500字。

点拨 在审题时，首先要注意题目中“时代”二字包含的隐藏要求：一方面，小说的世界观背景应是已经进入无人驾驶时代的未来；另一方面，小说需要对社会生活场景进行着重书写。在对文中的无人驾驶技术进行科幻点子设计时，需要注意其中的主要设计要素必须与即将发生的故事情节紧密结合，点子要成为故事的推动契机，故事也要对点子进行充分展示；同时还要注意点子的创新性和超越性，必须展现出比当下已实现的自动驾驶技术更先进之处，以突出“科幻”的味道。至于小说的主旨思想，“无人驾驶利大于弊”和“无人驾驶弊大于利”两种思路均可以选择，但需注意，主旨一经确定，点子和情节就必须与选定好的主旨严密关联，不可牵强或矛盾，应事先精心谋划好全文的整体大纲。

第 13 课

思想价值

写作要点

科幻小说同样强调中心思想

正如我们在学校学习的课文和写的作文一样，科幻小说同样必须具备中心思想。任何一篇科幻小说，无论是偏向商业化还是偏重文学性，其所蕴含的思想价值都非常重要。它是作者思考的结晶，是读者阅读和感悟的对象。读凡尔纳，我们得以感受自然科学对文明的推动作用；读威尔斯，我们能够体会技术与社会的复杂冲突；读阿西莫夫，我们体察到人性的温暖；读阿瑟·克拉克，我们领会到人类在宇宙中的地位。刘慈欣的作品引领我们思考道德与文明的关系，菲利普·迪克的小说促使我们反思科技与人性的矛盾……。深刻的思想内涵，是写作科幻作品时必须首先考虑的问题。

科幻小说的思想价值体现在哪里

其一，对科学理性的追求。

与其他类型的文学作品不同，科幻小说必须具备科学要素，而这种科学要素在科幻中的体现，在于一种严谨的科学思维方式，即重视理性和逻辑。可以说，对科学思维方式的推崇是一切优秀科幻小说共同具备的信仰。以阿西莫夫的经典作品《神们自己》为例，小说中最重要的两个设定，平行宇宙和外星智慧生命，即使是以当年的读者水准看来也并不具备太多新意，然而这部作品一经问世就立刻被全球科幻界视为杰作，这是由于在设计科幻点子时，作者极度追求科学理性逻辑：文中的平行宇宙并非便捷地出现，而是以看似微不足道的元素电荷数量变化为契机，借小说中无数科学精英的辛勤科研，方才打通两个宇宙之间的“通道”；文中出现的平行宇宙生命，其设计也并非像《星球大战》那般浪漫随意，而是用极其严谨的生命科学原则精心推导出的一种“三性别生命体”，它们的日常生活和社会文化严格依照生物进化论方式推想而出。一篇优秀的科幻小说，在科幻点子的设计上绝不会与奇幻、玄幻、神话传说等其他文类混同，而是遵循理性的科学思维方式，通过严谨的设定向读者传达出小说对于科学理论和科学技术的深邃思考，这也是科幻小说最本质的特征。

其二，对历史理性的遵循。

所谓历史理性，是指人类社会发展过程中必然遵守的规律，也就是我们在历史课本和思想政治课本中常接触到的“生产力发展”“经济基础与上层建筑”等一系列客观规律。文学是对社会的反映，科幻小说也不例外，真实反映人类社会前进规律的科幻小说，其中必然蕴含正确而深刻的思想价值。在威尔斯的《时间机器》、奥威尔的《1984》、赫胥黎的《美丽新世界》等社会推想类科幻小说中，对人类未来社会的悲观描绘绝非只是追求猎奇效果的耸人听闻，而是严格依照生产力发展规律中“人的异化”这一科学结论所推导出的资本主义社会远景。当后世读者阅读它们时，往往会惊讶地感到，书中种种异化现象正逐步成为现实。明明是虚构的故事，却仿佛有种未卜先知的洞察能力。一篇科幻小说的设定和情节如果能体现出对历史理性的正确认识，那么它即可拥有这种真实可信的洞察力，令读者在惊心动魄之余深受震撼，对社会产生反思，乃至在心中生出一种变革社会的情感力量。

其三，对人性价值的关照。

科幻小说是文字艺术，而一切艺术所必然包含的情感价值，即是对“真”“善”“美”的守护。呼唤真诚，弘扬善良，追寻美好，这是人性所在，是所有人的情感追求，优秀的科幻小说也必然以追求和捍卫这样一种情感价值为己任。在《三体Ⅲ·死神永生》中，为何要让程心这一极富争议的人物从头至尾担当故事唯一的真正主角？就是因为在作者看来，程心这样的人物形象代表着人性的价值。面对末日，哪怕天崩地裂，山河破碎，宇宙走到尽头，人类对善良、博爱、美好的追求也永远不会消失；虽然他们总是不断犯错，总会因为情感而干扰了理性的判断，但他们也总是不断思考，不断前进，不断反思和追问，永不言弃。这正是人性，正是人类的价值所在，正是人之所以为人，而不是动物和机器的本质力量的体现。在菲利普·迪克的《仿生人会梦见电子羊吗？》等赛博朋克风格科幻小说中，科技的畸形进步无时无刻不在压迫着人性，生存在这种社会中的人们，日日夜夜处于被异化的险境中难以自拔；但即便如此，故事里的人物却始终保持着思想的独立性，不断思考着自身的存在和社会的真相，尽管会消沉，会迷惘，但对自由的渴求哪怕在肉身覆灭之时也绝不会被抛弃。对人性价值的高扬，在看似虚幻的故事和场景中被愈发充分地表达出来，这正是科幻小说独有的艺术魅力。

其四，对哲学命题的思索。

“哲思”一词看似高深，其实在科幻小说中并非虚无缥缈，简而言之，即是作者在小说中体现出的对宇宙、社会、人类、文明等重大问题之本质的理性思考。人类应当怎样生存，宇宙将会如何变迁，人类与整个客观世界的关系应该是怎样的，对这些终极问题的探索往往只有在科幻小说的宏大世界中才能真正得到充分的体现。在《最后的问题》中，阿西莫夫设想了宇宙进化到最终阶段时的状态，思考了物质、能量、时间、空间已全部终结后，宇宙的真相该如何显露出来；作者通过科幻小说的形式进行了一场思想实验，试图对宇宙的“终极一问”做出解答，这已然上升到了哲思的层面。在《与罗摩相会》中，阿瑟·克拉克笔下的外星飞船以一种超然姿态无视人类的探索，犹如神明一般陡然出现又骤然消失，只留下无穷无尽的谜团，这象征着作者关于大自然和人类关系的思考。在特德·姜的《你一生的故事》中，外星人的“非线性时空观”与地球人迥然不同，在它们的影响下，读者连同书中人物一道，对“人生是什么”“人生应当如何度过”等哲学命题产生了全新的感悟。哲学思考的路径有很多，不同的作家有不同的观点和角度，跟随他们的作品，读者将收获丰富多彩的哲学思辨成果。

常见错误类型和解决对策

在科幻小说里，思想感情体现的是作者对众多重大问题的思考，这原本就是一件颇具难度的事，而在具体的创作中，作者常会在这一环节出现或多或少的问题，令小说有所欠缺。常见的问题有以下几种：

其一，徒有故事，缺乏主旨。

小说当然离不开精彩的情节，但若是一篇科幻小说除了惊险刺激的故事外，对人生和世界的重大问题缺少思考，那么小说就会显得缺乏思想内容，不能给读者带去知识性和思想性，沦为纯粹的娱乐文字，无法获得更多人的欣赏喜爱。小说写作并非游戏笔墨，我们在构思写作一篇科幻小说前，首先要做的是对社会和人生进行思考。小说的中心思想内容必须在构思之前就已经存在，因为小说的思想实际上就是作者的思想。对科学、社会、人性、哲理等命题早已有所思考的人，一落笔便能传递出自己的想法，而那些平日里一贯对自己和世界毫无想法的人，显然是暂不适合写作的。

在日常生活中，我们必须时刻对自己及自己所处的这个世界保持观察和思考，广泛接触各类时事要闻，同时养成勤于读书的习惯，长期阅读科学、文化、历史、政治、哲学等各类书籍，用自己的头脑和前人的思考作为写作的资源。一个优秀的作者，必然也是一个深刻的思想者。建议可使用笔记簿或手机等工具，随时随地将自己一些零碎的思想感悟记录下来，待到将要创作时集中整理，利用它们帮助自己构思立意。

其二，主旨牵强，表达生硬。

有些作者意识到了中心思想的重要性，但小说中的表现比较生硬，往往是临到故事结尾时才强行加入一段思想感情升华。也有的作者会为了写出某篇作品而去临时“设计”一种思想感情来使用。这样的小说，中心思想在情节里缺少体现，甚至与情节产生矛盾，于是作者的思考和抒情就显得苍白虚假，变成所谓的“为文造情”。解决这个问题，首先要像解决前一个问题一样，把设置中心思想放在构思阶段；其次是必须牢记，科幻小说是叙事文学，无论多么深刻的想法，在小说里都只能以人物形象、情节叙述、环境描写以及科幻点子这四大要素来体现，并且它们之间是有机融合的关系，不可偏废。

具体而言，在设置情节时，情节如何发展，故事的结局究竟是好是坏，都要以我们的思想为评判的标准；在描写环境时，应有意识地描绘出能够体现情感氛围的画面；在设计科幻点子时，一开始选择和创造科幻要素的阶段，就要保证点子必须与自己表达的情感是紧密联系的关系，要确保点子能够体现自己的思想，因为一旦科幻点子和思想感情之间出现割裂，那么对于读者来说，科幻点子会显得突兀，文章的思想感情也没有感染力。

至于小说中应当如何抒发思想感情，其手段取决于小说的风格，和小说采用哪种叙事视角等具体情况。但有一点可以明确，即作者不应在小说里随处大发议论。这种只顾作者本人倾诉而不顾读者感受的习气，必将导致作品的失败。一般来说，思想的直接表达在文章里主要以人物的讲述为方式，而情感的抒发主要分为直接抒情和间接抒情两种，前者主要借人物（以及作者本人）之口直接抒发，后者主要以景物描写和环境气氛的营造来委婉地升华。思想的表达和情感的抒发，有一条基本原则：要合情合理，有所节制。

其三，欣赏追求阴暗消极的思想感情。

一些对科幻颇有涉猎的小作者，误以为科幻就是对未来的消极悲观看法，于是以模仿这种所谓的风格为追求。在他们的笔下，小说的世界观和人物性格总是阴暗压抑，情节也充斥着惊悚残酷乃至血腥暴力，思想情感方面也故作偏激，甚至有意背离人性价值。其实这是一种对科幻小说的误解。一些经典科幻小说的情节和思想看似阴暗消极，但那其实只是表象，优秀的科幻作者最终追求的仍是人性价值。他们往往以悲观消极的故事风格为背景，通过人性光明面与丑恶面的冲突去加深对社会的反思，以悲剧美学和崇高美学为手段，借那些看似黑暗的外在表象，去反衬出人类对于光明的内在追求，最终目的仍是颂扬那些积极向上的价值理想。

“赛博朋克”“后启示录”“世界末日”等一些世界观，源自国内外一些科幻作家所处的历史背景或宗教文化背景，我们在学习借鉴时必须穿透表象，认识到那些作家内心深处对人文理想的呼唤和歌颂，不能生吞活剥地一味模仿作品的外在形式，更不能在小说中粗暴宣泄一些稚嫩的偏激情绪，否则就背离了科幻小说“观照人性价值”的思想原则，也不可能得到广大读者的认同和欣赏。在思考人生和创作小说时，我们要时刻保持一种对全人类和全宇宙的包容和热爱，在设计人物、情节、环境、世界观时贯彻一种对人性理想的希望，这才是科幻写作所必需的健康心态。

水 星 播 种

王晋康

节选自《水星播种》，王晋康等著，沈阳出版社2019年版。王晋康，高级工程师，当代著名科幻作家。

水星是离太阳最近的行星，距太阳0.387地球天文单位，即5789万公里。太阳光猛烈地倾泻到水星上，使它成了太阳系最热的行星。它的白昼温度可达450℃，在一个名叫卡路里盆地的地方，最高温度曾达到973℃。由于没有大气保温，夜晚温度可低至－173℃。这个与太阳近在咫尺的星球上竟然也有冰的存在，它们分布于水星的两极，常年保持着－60℃以下的温度。

水星质量为地球的1/25，磁场强度为地球的1/100。公转周期为87.96天，即1000地球年＝4152水星年。水星自转周期为58.646天，是其公转周期的2/3，这是由于太阳引力延缓了它的自转速度，造成了一定程度的引力锁定。

水星地貌与月球相似，到处是干旱的岩石荒漠，是陨星撞击形成的环形山（卡路里盆地就是一颗大陨星撞击而成）。地面上多见一种舌状悬崖，延伸数百公里，这种地形是由水星地核的收缩所形成。水星的高温使一些低熔点金属熔化，聚集在凹部和岩石裂缝内，形成广泛分布的金属液湖泊。由于水星缺少氧化性气体，它们一直保持金属态的存在。夜晚来临时，金属液凝结成玻璃状的晶体。当阳光伴随高温在58.6个地球日之后返回时，金属湖迅速开冻。

如此严酷的自然环境，毫无疑问是生命的禁区——可是，真是如此吗？

“疯了，”我神经质地咕哝道，“真的是疯了，只有疯子才这样异想天开。”

何律师安安静静地看着我：“可是，历史的发展常常需要一两个疯子。”

“你很崇拜沙女士？”

“也许算不上崇拜，但我佩服她。”

我干笑道：“现在我知道这笔遗产的内容了，是一笔数目惊人的负遗产。继承人要用自己的财产去维持生命熔炉的运转，维持到哪一年——天知道。不仅如此，他还要为这些金属生命寻找放生之地，一劳永逸地解决这个问题，而这么做，至少需要数百亿元资金，需要一二百年的时间。谁若甘愿接受这样的遗产，别人一定会认为他也疯了。”

何律师微笑着，简单地重复着：“世界需要几个疯子。”

“那好，现在请你忘记自己的律师身份。你，我的一个朋友，说说，我该接受这笔财产吗？”

何律师笑了：“我的态度你当然知道。”

“为什么该接受？对我有什么益处？”

“它使你得到一个万年一遇的机会，可以干一件前无古人的事。你将成为水星生命的始祖之一，它们会永远铭记你。”

我苦笑道：“要让水星生命进化到会感激我，至少得一亿年吧，这个投资回收期也太长啦。”

何律师笑而不答。

“而且，还不光是金钱的问题。要到水星上放养生命——地球人能接受吗？毕竟这对地球人毫无益处，说不定还会给地球人类增加一个竞争对手呢。”

“我相信你，相信沙女士的眼力，所有困难你都有能力、有毅力去克服。”

我像是被蝎蜇似的叫起来：“我去克服？你已坐定我会接受这笔遗产？”

那个狡猾的律师拍拍我的肩：“你会的，你已经在考虑今后的工作啦。我可以宣读遗嘱了吧，或者，你和夫人再商量一次？”

6天后，我们举行了一个小小的正式仪式，我和妻子签字接受了这笔遗产。

我为这个决定煎熬了6天，心神不宁，长吁短叹。我告诉自己，只有疯子才会自愿套上这副枷锁，但海妖的歌声一直在诱惑我，即使塞上耳朵也不行。40亿年前，地球海洋中诞生了第一个能自我复制的蛋白质微胞，那是个粗糙的、微不足道的东西。如果真有上帝，恐怕他也料不到，这种小玩意会进化出地球生命的绚烂吧。现在，由于偶然的机缘，一种新型生命投到我的翼下。它是一位女上帝创造的，它能否在水星发扬光大，取决于我的一念之差。这个责任太重了，我不敢轻言接受，也不敢轻言放弃。即使我甘愿做这样的牺牲，还有妻儿呢？我没有权力把他们拖入终生的苦役中。妻子对此一直含笑不语，直到某天晚上，她轻描淡写地说：

“既然你割舍不下，接受它不就得了。”

她说得十分轻松，就像是决定上街买两毛钱白菜。我瞪着妻子：“接下它——你知道这意味着什么？”

“意味着咱俩一生的苦役。不过，如果不能按自己的意愿和兴趣去生活，活一辈子又有什么意义？我知道，如果你这会儿放弃它，老了你一定会后悔的，你会为此在良心上煎熬一生。行了，接受它吧。”

那会儿我望着妻子明朗的笑容，泪水潸然而下。

现在妻子仍保持着明朗的笑容，陪我接受了沙姑姑的遗产。何律师今天很严肃，目光充满苍凉。我戏谑地想，这只老狐狸步步设伏，总算把我骗入彀中，现在大概良心发现了吧。沙午实验室的两名工作人员欣喜地立在何律师身后。屋里还有一个不露面的参加人，就是沙午女士，她正待在那座生命熔炉的上方，透过因高温而抖颤的空气，透过厚厚的墙壁在看着我们，我想她的目光中一定充满欣慰。我特意请来的记者朋友马万壮则是咬牙切齿：

“疯了！全疯了！”他一直低声骂着，“一个去世的女疯子，一对年轻的疯夫妻，还有一个装疯的老律师。义哲，田娅，你们很快会后悔的！”

我宽容地笑着，没有理他。不管怎样反对，他还是遵照我的意见把这则消息捅到新闻媒体中去。我想，行这件事，既需要社会的许可，也需要社会的支持。那么，就让这个计划尽早去面对社会吧。

老马把那篇报道捅出去之后，我立即接到一位朋友的电话，他兴高采烈地说：

“我见到报道了！金属生命，水星放生，一定是愚人节的玩笑吧。”

我说：“不，不是。实际上，那篇报道原来确实打算在4月1号出台，但我忽然悟出4月1号是西方愚人节，于是通知报纸向后推迟4天。”

“正好推迟到4月5号啦，清明节，那这篇报道一定是鬼话喽！”

我苦笑着，慢慢放下话机。

此后舆论的态度慢慢认真起来，当然大多数是反对派。异想天开！地球人类的事还没办完呢，倒去放养什么水星生命！也有人宽容一些，说只要不妨碍人类的利益，人人都可干自己想干的事，只要不花纳税人的钱。

在这些争论中，我沉下心来全力投入实验室的接收工作。我以商人的精打细算，最大限度地压缩实验室的开支，算一算，我的家产能够维持它运转30年。这种生命很顽强，高温能耐到1000℃以下，低温则可耐受到绝对零度。在温度低于320℃时，它们会进入休眠。所以，即使因经费枯窘而暂时熄灭熔炉也没什么关系，只是暂时中断这种生命的进化。

不过，我不会让生命熔炉在我手里熄灭的，我不会辜负沙姑姑的厚望。

晚上，我和妻子常常来到生命熔炉，看那暗红涌动的金属液，或者把图像调出来，看那些蠕动的小生命。这是一些简单粗糙的生命，但无论如何，它们已超越物质的范畴。1亿年之后，10亿年之后，它们进化到什么样子，谁能预料到呢？看着它们，我和妻子都找到一种感觉，即妻子腹中刚刚诞生一个小生命时的感觉。

老马很够朋友，为我促成一次电视辩论。“或者你说服社会，或者让社会说服你吧。”

我、妻子和何律师坐在演播厅内，面对中央电视台的摄像镜头，聚光灯烤得脸上沁出细汗。演播台另一边坐着七位专家，他们实际是这场道德法庭的法官，不过他们依据的不是中国刑法，而是生物伦理学的教义。台前是一百多名听众，多数是大学生。

主持人耿越笑着说：“节目开始前，首先我向大家致歉，这次辩论本来应放在水星上进行的，不过电视台付不起诸位到水星的旅费。再说，如果不配置空调，那儿的天气太热了一点。”

听众会心地笑了。

“‘水星放生’这件事已是妇孺皆知，我就不再介绍背景资料了。现在，请听众踊跃提问，陈义哲先生将做出回答。”

一位年轻听众抢着问：“陈先生，放养这种水星生命——这样做对人类有益处吗？”

我平静地说：“目前没有，我想在一亿年内也不一定有。”

“那我就不明白了，劳神费力去做这些对人类无益的工作——为什么？”

我看看妻子和何律师，他们都用目光鼓励我，我深吸一口气说：“我把话头扯远一点吧。要知道，生物的本质是自私的，每个个体要努力从有限的环境资源中争取自己的一份，以便保存自己，延续自己的基因。但是，大自然是伟大的魔术师，它从自私的个体行为中提炼出高尚。生物体在竞争中发现，在很多情况下合作更为有益。对于单细胞生命，各细胞彼此是敌对的。但单细胞合为多细胞生命时，体内各个单细胞就化敌为友，互相协作，各有分工，使它们（或大写的它）在生存环境中处于更有利的地位。于是，多细胞生命便发展壮大。概而言之，在生物进化中，这种协作趋势是无所不在的，而且越来越强。比如，人类合作的领域就从个体推至家庭，推至部族，推至国家，推至不同的人种，乃至于人类之外的野生生物。在这些过程中，生命一步步完成对自身利益的超越，组成范围越来越大的利益共同体。我想，人类的下一步超越将是和外星生命的融合。这就是我倾尽家财培育水星生命的动机，我希望那儿进化出一种文明生物，成为人类的兄弟。否则，地球人在宇宙中太孤单了！其实，在一个月前我还没有这些感悟，是沙女士感化了我。站在沙教授的生命熔炉前，看着暗红涌动的金属液中那些蠕动的小生命，我常常有做父母的感觉。”

一位中年男人讥讽地说：“这种感觉当然很美妙，不过你不要为了这种感觉，而培育出人类的潜在竞争者。我估计，这种高温下生存的生命，其进化过程必定很快吧，也许1000万年后它们就赶上人类啦。”

我笑了：“别忘了，地球的生命是40亿年前诞生的，如果担心地球生命竞争不过40亿年后才起步的晚辈，那你未免太不自信了吧。”

耿越说：“说得对，40亿岁的老祖父，1000万岁的小囡囡，疼爱还来不及呢，哪里有竞争？”

观众笑起来，一位女听众问：“陈义哲先生，我是你的支持者。你准备怎么完成沙女士的托付？”

我老实承认：“不知道，至少到目前为止我还不知道。我的家产能在30年内维持生命熔炉的运转，但30年后怎么办？还有，怎样才能凑出足够的资金，把这些生命放养到水星上？我心里没有一点数。不管怎样，我会尽我的力量，这一代完不成，那就留给下一代吧。”

听证会进行了近两个小时，七名专家或称七名法官一直一言不发，认真地听着，不时在纸上记下一两点，从表情上看不出他们的倾向性。最后耿越走到演播台中央说：“我想质询已相当充分了，现在请各位专家发表自己的意见吧。你们对水星放生这件事，是赞成、反对还是弃权？”

七位专家迅速在小黑板上写字，同时举起黑板，上面齐刷刷全是同样的字：弃权！听众骚动起来，耿越搔着头皮说：

“如此一致呀！我很怀疑七位裁判是否有心灵感应？请张先生说说，你为什么持这个态度？”

坐在第一位的张先生简短地说：“这件事已远远超越时代，我们无法用现代的观点去评判将来的事。所以，弃权是最明智的选择。”

赏读

王晋康是20世纪90年代以来国内最著名的科幻作家之一，其作品一向以雄浑大气、对社会和人性充满理想主义关怀而著称。生命科学技术是王晋康科幻作品的主打题材，本章节选的《水星播种》则是他的短篇科幻代表作。《水星播种》讲述人类在创造出一种金属元素生命后，耗费巨资，历经数亿年的光阴，最终在水星上播种出一种高级智慧文明，并随着该文明对人类这个“创世神”进行崇拜和探究的过程，探讨了生命、宗教、人性、文明等诸多重大议题。

本篇选文中，继承了金属生命创造技术的主角之一陈义哲，意识到将这种生命放养在水星上的庞大计划将耗尽自己全部家产以及家人毕生的光阴，代价无比巨大，但是，面对创建新生命的宏伟壮举，他最终超越了普通人的狭小视野，毅然选择将自己的一切全都投入放养水星生命的计划当中。在小说中，借助对话访谈的情节，作者顺畅自然地借陈义哲之口，表达了对生命进化——这一宇宙中最神圣之事件的崇敬，并以周围其他人物的质疑反对声音，反衬出陈义哲等主要人物的理想主义和宏大视野，从而表达出作者的思想感情：对生命的热爱，对广阔未来的向往，对人类积极进取信念的颂扬。同时，作者借由人物的科学精英身份，在文中列举了大量翔实可信的科学数据，回顾了人类历史和文明的客观规律，倡导一种建立在理性思维基础之上的科学信念，令小说的科学性显得深刻而扎实，这也是经典硬科幻风格小说的主要叙事特征。

叶落归根

张　旭

家是一个人一生的归宿。

——摘自2020年第一期《时代》封面语录。

以下由2119年的纪录片《叶落归根》改编。

因为张天言院士在一百年前发现并提取出“叶落”物质，第一个树叶房屋在21世纪20年代的中国出现。那时的树叶房屋还很低级，除了自我降解和光合作用外，几乎没有其他功能。

如今，随着科技的不断发展，“树叶”的功能越来越完备，几乎能满足一个人一生中所有的需求。接下来，我们将通过出生在“亚洲之森”的“他”的一生来介绍“树叶”的具体功能。

他出生了。

迷茫的他哇哇地哭叫着，眼前没有母亲，没有医生，只有一棵巨大的绿树，枝繁叶茂。渐渐地，一片又一片树叶枯黄，陨落，化作泥土……。当树叶落尽之时，他眼前的画面才终于消散，取而代之的，是面色红润，满溢着笑容的双亲和代表着生命的绿白色，银色的星光斜斜地注满小屋，这是他的小家，从父母的叶片上探出，亲密无间，甚至三人都可以从墙上直接进出。

他渐渐长大，那房子也不断变绿变大，不过里面暂时只有思维传导器和幼儿级别零式机。思维传导器让他在十岁就掌握了所有理工科知识和基本的生活技能，零式机则是让他继续上学，只不过，学校里教的只有文科罢了，这一切的实现都是由于十年前“零式粒子”的发现，它沟通了人的思维和身体，让虚拟现实不再虚拟。人们发现，在那里做了什么，自己身体上也会有相应的反馈，比如，在零域里锻炼了一小时，外面的身体也会强壮一些。为了纪念这项跨世纪的成就，人们将意识上传之地称作“零域”。当他发现这一点时，他几乎每一秒都泡在零式机里，在求学路上，他读了不少公元纪年的书，让他记忆最深的是2020年的第一期《时代》，他尽管不明白封面上的那句“家是一个人一生的归宿”的意义，但他还是深深铭记于心。

转眼间，他就已经十六了，这是个叛逆的年纪。绿叶小屋也从淡绿逐渐转化为春天里嫩柳树叶的颜色，也变得更大了，父母的枝丫就要快承受不住，微风吹拂，总是摇摇晃晃，如调皮的孩子在父母的怀里挣扎。幼儿级零式机消失不见，取而代之的，是一台VR设备和一个小型厨房。从未接触过VR的他依然像以前一样，把自己全部的精力投入其中，很快，他发现了不同：VR世界虽然比零域要精彩许多，让他流连忘返，但却无法像在零域之内一样进行意识与身体的沟通，这也就意味着他要时常下线去做饭或蹭父母的饭，要不然就会饿肚子。他第一次与父母争吵也就是因为吃饭的问题：

“孩子，该吃饭了。”

“不吃，你们吃吧！”

“不吃怎么行？会饿坏身子的。”

“要你管！啰里啰唆！”

“你怎么和你妈说话呢！”

“我就这个态度！不要你管！”

“你出来！别逼我动手拽你出来！”

“好，我出来，你找我干吗？”

“向你妈道歉，你妈生了你，你就不应该尊重她吗？你这些年学习的文化礼仪都学到哪去了？”

“妈，对不起。”他极不情愿地低下头，嘟囔着。父亲生气的模样让他心中无比愤恨。走的想法在他心中开始愈发强烈。

转眼四年已过，他也已经二十岁了，点点星光再也不能透过墙壁照在他酣睡的身上，叶片彻彻底底地与父母的枝丫分离，后面的聚变发动机也正式投入工作，他可以选择留下，或者离去。因为这四年来，他与父母的战火不断升级，最终他选择了离家，原本以为自己会冷漠度之的，但泪痕还是悄然爬上他的眼角。在这一年的新年之时，他的小屋里再度长出了零域机，不过那却是成人版，需要付费。这也标志着他不劳而获的安逸生活彻底结束了。

第一份工作是送快递。不仅工资少到几乎只能维持自己的温饱，而且几乎每时每刻他都在工作，一天内只有6个小时留给他自己支配，这里面还包括了睡眠和吃饭的时间，这也导致了他再没有闲暇进入VR或是零域了，哪怕他有了钱。

三个月后，他被辞了。只是因为他生病而上班迟到。他有些愤愤不平，以前与父母住在一起时，那种“黄发垂髫，怡然自乐”的生活又在眼前浮现。他后悔了。由于以前的他太过安逸，从来没有存钱的习惯，这就导致了他的账户余额几乎是零。原本准备休息一下，换个心情的他只好再度开始一轮艰苦而又枯燥的工作。然后是第三份，第四份……

就这样摸爬滚打又是四年过去。这四年里，他试过保安、黑客等工作，最辉煌的时候甚至还做过教授。不过他从来没能在岗位上待过超过二个月，不是他看不上这个，就是那个看不上他。这四年来，他的小屋愈发绿得青翠，有点“流油”的意味。屋子里的VR和零域，他一次都没有用过，每天一到家，要么去厨房，要么去卧室。

又是一年过去，他开始尝试着文学创作，也在业界获得了不错的声誉，获得的稿费不仅满足了他最基本的生活要求，甚至还有些结余。最重要的是，他终于有时间进入零域了！在零域里，他遇到了自己一生的挚爱，我们暂且称之为“她”吧。现实里，她是他的粉丝，最爱他的文章。于是很快两人选择正式结婚。

或许两人一辈子也忘不了这一天。

结婚那天，她的叶子被树送到他的身边，两片叶子轻轻地蜷曲，仿佛两只手挽在一起，也就在这时，原本绿色的叶子瞬间变成粉色，小时候陪伴他们的AI在两人惊喜的目光下浮现，为他们的婚礼做了见证人，不，不仅是它们，就连周围的人们也纷纷拉开了礼炮，为新人祝福。两人幸福地拥抱在一起，良久良久……

转眼又是一年过去，他们的女儿出生了。初为人父，看着自己女儿漂亮的小脸，他才深刻地理解作为一个父亲的责任，也决定了，就在明年，他要回家，他要看看父母。

又是一朝春风度。他回到了最初的地方，那个在心底被称作“家”的地方，带着妻女，衣锦还乡。只是父母的枝丫早已朽颓，父母的叶片早已消失，慌乱之下，他四处打听，最终在“亚洲之森”政府处知晓：自己的父母已于半年前因抑郁症双双选择安乐死。他愣住了。手上还未来得及放下的礼物悄然滑落，与之同时落下的，还有两行清泪。

时间慢慢过去，他回到“亚洲之森”定居，他的孩子渐渐长大，自己却慢慢变老，原本绿得发亮的叶子渐渐染上黄色。让他欣慰的是，女儿没有像自己当年那么任性，总是那么乖巧听话。但是在她二十岁那年，他还是决定让女儿离家。毕竟，自己不是她的全部，她也要有自己的天空，也要有自己的奇遇与艰难。看着她稚嫩的叶片离去，泪水逐渐迷茫了夫妇二人的眼睛。不舍，被写在脸上。

这一刻，他也终于理解了为何联邦政府在生态环境如此好的情况下，还要人们工作，甚至还提供了那些在年轻时的他眼里看来完全可以由机器人甚至可以由房子自主完成的工作。那不仅是为了世界文明的发展，更为了他们每个人的成长！只有这样，人才不会陷入一个冷漠的环境里；只有这样，一个人才会成长！那些原本他以为可有可无的工作，只是政府给予他这样叛逆而一无所长者的关怀和警示。而那间厨房，则是在告诉他，只有自己亲手做的东西才有家的感觉，而家才是一个人一生的归宿。

转眼，百年已过，已经一百多岁的他已然垂垂老矣，就要走到生命尽头，他的叶片已经完全泛黄，甚至还有些透明。他的后代们都站在他的身边，女儿在他的床边轻轻地抽噎。他都没有在乎，眼前仿佛走马灯在闪烁，他的一生倒带似的回放着：先是妻子去世，又是女儿出生，紧接着又是自己离开父母……，最后的最后，是出生时看到的那一片凋零的叶子，永远占据了他的心灵。

当他闭上眼的那一刻，陪伴了他一生的叶子终于摇摇晃晃地飘落，在它出生的地方死去。这是叶落，归了根。

研讨

亲情是每一个人情感生活的主旋律之一，而对于学生作者来说，亲情主题是最常见也是最易把握的主题情感。这篇习作不仅在情节各处都凸显出亲情主题，更难能可贵的是，文章巧妙地将科幻点子的设计与文章的“落叶”主题衔接对应起来，科幻点子、情节、思想感情几个环节融合得当，且文中那幢科幻建筑物也不仅仅只是科幻想象力的体现，更带有了一丝象征的韵味，这在学生习作中是相当难能可贵的。

练笔进阶

1 盔甲的历史悠久，是人类身体的延伸。它的发展进化史也是人类依靠科学力量，不断增强肉体极限的技术探索历程。现有一部硬科幻风格的小说，故事背景发生在近未来时代的木卫二“欧罗巴”上，主要人物是一群人类移民木卫二的先驱探索者，他们在这颗卫星表面进行科考和建设，并努力探索是否有生命存在于木卫二上。请为他们设计一套在木卫二上使用的机甲，并通过一段小说片段来介绍描绘。字数在600—800字之间。

点拨 “机甲”是当下科幻小说中一个比较热门的设定类别，通常指一种“机械化的外骨骼”。在为文中人物设计机甲时，首先要注意时代背景，所使用的动力、控制、探测、通信等系统，不但要符合基本的科学原理，还要注意不能超出“近未来”的时代设定，否则容易陷入奇幻化或魔幻化的境地。其次，在进行设定前，要通过各种手段查阅真实的木卫二资料，确认它的气象特点和地质特征等，依托理性的工程思维，严谨推导出合理的机械设定内容，否则容易脱离硬科幻风格而走向“太空歌剧”。最后，本题的要求是书写小说片段，而非只是写出设定，因此在实际下笔时，必须依托人物在环境中的活动，人物的言行举止和心理活动，以及外貌描写等手段，使用文学语言介绍机甲设定，通过故事来呈现点子。

2 近年来，“丝绸朋克”这一极富中国文化特征的科幻小说类别日趋繁荣。通过科幻小说的形式展现华夏民族悠久的历史和丰富的文化，借助科学与历史的碰撞，对中华文明展开想象和反思，是它的主要魅力所在。请以历史上的南京城为背景，设计一篇短篇科幻小说的提纲，要求包含人物、环境、科幻点子、思想感情，以及故事情节，字数800字左右。

点拨 所谓“丝绸朋克”风格世界观，其关键在于科幻点子与中华文化同时在文中出场，双方形成或是共同前进，或是相互冲突的张力关系。为实现这一点，常见的世界观设计思路是由当代人或未来人穿越回历史之中，或者借平行世界的概念设计一个生产力发展水平超越真实历史的“架空历史”，其地理环境则必须放置在中国。假如重新再给封建时代的华夏文明一次机会，我们究竟是可以改写历史，提早崛起于世界民族之林，还是必须屈从于某种历史规律和文化规律，最终依然要面临深重的灾难？只有在对这个核心问题做出结论后，我们方才能够确定文章的思想感情基调，而具体是选择“时光穿越”还是“平行世界”，则可依据我们自己的兴趣来决定。

“丝绸朋克”风格体现在科幻设定上，需要将科学原理和科技器物与中国传统的器物、习俗、手工艺美学等本民族特有的文化特征结合，以创建出一种迥异于西方科幻小说的独特美学。在构思本文的同时，还需要对所设定的时空背景中那些中华文化加以研究，如历史上某一时期南京的地理情况、文化特征、历史人物和历史建筑、社会制度、手工业和农业生产等，对这些基本情况有所了解，以防出现“奇幻化小说”现象或硬伤，破坏小说的科幻性。

3 对于亲情的内涵和价值，不同年龄的人有不同的理解，不同的时代和环境中，观点也会发生变化。请以“亲情”为话题写一篇短篇科幻小说，字数800—1500字。

点拨 面对话题作文，下笔前首先要做的是确认文章在人物、环境、情节、科幻点子这四要素方面的取材范围，然后在题干中抽取出隐含的要求和提示。在本题中，主要人物必须存在亲子关系，尤其对学生而言，将儿女辈人物作为主角来设计是很自然的；环境和情节，自然也要以亲子关系为主轴来设计，居家和离家，求学和求职，亲子间的交往联系方式，以及其他一切与家族亲缘有关的地点和事件，都需要重点考虑。在题干中，“不同的理解”和“时代和环境造成的变化”是隐含提示，因此，两代人之间关于亲情的不同理解乃至冲突，想象时空中的亲情与现实生活中的亲情会有哪些不同和冲突，这些都是我们可以用来思考的线索。将上述基本问题考虑清楚，下笔之前先设计出简单的大纲，将会对写作有很大帮助。

第 14 课

画面感、想象力和科幻思维

写作要点

画面感：用文字拍摄你的故事

刘慈欣《流浪地球》开头有这样一段描写：

> ……从我住的地方，可以看到几百台发动机喷出的等离子体光柱。你想象一个巨大的宫殿，有雅典卫城上的神殿那么大，殿中有无数根顶天立地的巨柱，每根柱子像一根巨大的日光灯管那样发出蓝白色的强光。而你，是那巨大宫殿地板上的一个细菌，这样，你就可以想象到我所在的世界是什么样子了。其实这样描述还不是太准确，是地球发动机产生的切线推力分量刹住了地球的自转，因此地球发动机的喷射必须有一定的角度，这样天空中的那些巨型光柱是倾斜的，我们是处在一个将要倾倒的巨殿中！南半球的人来到北半球后突然置身于这个环境中，有许多人会精神失常的……

在这段描写中，有一句话道破了画面感的含义："这样，你就可以想象到我所在的世界是什么样子了。"作者在描述的过程中努力帮助读者构建起对这个新故事场景的直观想象，读了文字就像眼前已经看到场景一样。

科幻小说的写作中，画面感十分重要，因为科幻小说中创造的世界，多半来自你的想象，如此主观而独特的场景，画面感是你的故事与读者之间的桥梁，它让你的故事具象化，看得见，摸得着，将读者带进你的奇幻之境。许多同学写科幻作文不善于描写画面感，故事读完让人觉得“空”，觉得“虚”，无法建构出栩栩如生的形象，显得缺乏诚意，让人无法琢磨，很难提起读者的兴趣，等于将读者拒之门外，你的故事就只能成为一种自娱自乐。

怎样让自己的故事具有画面感？

你可以想象自己是这个故事的导演，正在拍摄剧集或者电影，呈现出脑海中的画面和故事。阿西莫夫在《永恒的终结》开篇是这么写的：“安德鲁·哈伦迈步走进时空壶。时空壶壶身呈现出完美的圆形，严丝合缝地镶在一道垂直竖井里。竖井由一圈排列稀疏的竖杆围拢而成，这些杆子微光闪烁，一直向上方延伸，在哈伦头顶之上六英尺的高度，没入一片雾气之中消失不见。哈伦设定好控制仪，推动手感平滑的操纵杆。”时空壶是小说中重要的时间旅行的交通工具，一个完全由作者想象出来的物体，作者用简短而具体的描述，将故事主角的行动与时空壶的客观形象所组成的场景展现出来。这是一个吸引人的开场，人物以最紧凑的节奏出场，新奇的科幻形象跃然纸上，时空旅行的主题也一目了然。

在各种文学样式中，戏剧影视是视觉类艺术，最注重画面感，每一个动作，每一处表情，每一句台词，每一处环境，都要求能拍出来，让我们看见。同学们可以选读一些影视脚本，学习戏剧影视脚本语言的画面感及表达手法。

在科幻写作中要记住：要用具体的名词，用数量、颜色、形状、方位等代替抽象的形容词、副词来描述物体和场景；通过具体的视觉、听觉、味觉、嗅觉、触觉的描写来使场景和人物具有真实可信的质感；用生动的比喻，变陌生为熟悉，化抽象为具体，引起读者想象和共鸣。

想象力：画面背后的创造力

科幻作品中栩栩如生的画面从哪里来？与其说是作者在生活中真实看见的，不如说是作者通过想象而创造出来的。不过，想象并非凭空产生，而是以现实生活为基础，通过各种变形、叠加、组合、拆分，生发出的从未存在于世的新形象，以及构成新形象的种种画面。

想象，是与生俱来的天赋超能力，但它也可以通过后天的学习和训练来开发和提高。于是，我们的问题就成了“如何打开我们想象力的‘天眼’，让我们看见未来世界的画面”。

1．广泛阅读，搭建你的科幻题材构架

科幻写作的题材根基在于人类现有的各个学科门类所提供的科学概念。如理科范畴的物理、生物、化学等，文科范畴的哲学、社会学、历史学等，这些大门类下面还有细分的专业，如生物信息学、电磁场与无线技术、应用语言学等。广泛阅读科学书籍扩大知识面，同时阅读大量经典科幻作品，分析其涉及的学科领域，如《你一生的故事》涉及的语言学，《球状闪电》中贯穿的量子力学，《三体》中提及的核物理理论、天体物理学、社会学及哲学内容等。在科幻小说里，想象是建立在科学经验之上的。大量的阅读是通往广袤想象空间的捷径，阅读的过程也是不断产生创意的过程。在阅读的积累过程中，寻找你所擅长或感兴趣的学科领域，让它们成为你私人的科幻世界的架构，有助于更好地激发科幻写作的题材灵感。毕竟找到独特而有深度的题材角度，小说已经成功了一半。当然即便找不到最新颖的题材也没关系，设计一个全新的科幻故事也已经很棒了。

2．观察生活，抽离现实，俯瞰大地

想象力并非虚无缥缈不可捉摸，它存在于生活之中，只待被点燃。

有时候我们以为科幻故事的发生应该在未来或者地球之外，但实际上它可能就在你生活的某个细节里。平行世界的缺口会不会就在教室的门后，你最好的朋友会不会是为了执行某个任务穿越来帮助你的，家门口的盆栽有没有可能其实是来自某个无法解释的硅基文明……。加以设计后，它们都可以成为一个小说的开头或者结尾。

你看，郝景芳的《北京折叠》：

折叠城市分三层空间。大地的一面是第一空间，五百万人口，生存时间是从清晨六点到第二天清晨六点。空间休眠，大地翻转。翻转后的另一面是第二空间和第三空间。第二空间生活着两千五百万人口，从次日清晨六点到夜晚十点，第三空间生活着五千万人，从十点到清晨六点，然后回到第一空间。时间经过了精心规划和最优分配，小心翼翼隔离，五百万人享用二十四小时，七千五百万人享用另外二十四小时。

大地的两侧重量并不均衡，为了平衡这种不均，第一空间的土地更厚，土壤里埋藏配重物质。人口和建筑的失衡用土地来换。第一空间居民也因而认为自身的底蕴更厚。

小说中，为了解决八千万人的生存空间严重不足的问题，将城市设计成如魔方一般可以折叠翻转，并且严格划分了空间和时间，不同空间的人在不同的时间生活和休眠，相互被分隔开来，不能有交集。

仔细体会这篇小说的设定，不难发现它其实是基于国内一线城市真实的生存状况，以及针对贫富差距巨大的社会问题而进行的想象、概括和变形。小说对主人公老刀所处的底层生活的描写，放在小说中成立，放在现实中也很写实。观察生活中的细节，但同时要跳出生活环境的束缚。科幻写作中，从宏观的社会学的视角思考人的处境，把熟悉的社会场景和矛盾放置到陌生的世界观设定中去，就是一次想象力带给你的创造。

科幻思维：在科学逻辑与创意想象之间

科幻写作中，驱动我们看见未来的想象力背后又是什么？是科幻思维。

科幻思维，也可以叫“科学创意思维”。它由科学素养和科幻创意两者化合而成。“科学素养”强调的是理性、严谨，强调对事物千差万别的表象之下规律性的内在真实的探寻；“科幻创意”强调的则是跨界和跳脱，其中也包含着对现有时空维度的开拓。所以，所谓科幻思维，就是将两者结合起来，从一种科学所强调的内在真实和更加宽广无垠的时空维度去思考问题。

科幻思维既尊重已有的学科知识理论基础，同时也对现有事物提出质疑，并发散创造出天马行空的事物及各种发展的可能性，是一种既有广度又有深度的思维方式。

科幻小说的创作应从科学设定的角度出发，不断进行思考与探索，突破现有知识的屏障，颠覆平庸的生活轨迹，建立新的世界观及创造新的游戏规则。例如慕明的小说《涂色世界》选择了一个比较小的科幻切入点：未来世界可以在人眼中植入调整镜使人能看见更多奇妙的色彩，获得更丰富的视觉体验。文章中阐释了调整镜的运行原理，以及植入后绝妙的视觉体验。作品将这个科幻点子融入反映家庭亲子关系的故事中，即女儿和母亲因是否植入调整镜的分歧而产生巨大的心理隔阂。直到最后女儿才知道执意不愿植入调整镜的母亲其实生来就拥有非凡的视觉能力，而自己却遗传了父亲的色盲。但父母认为色彩世界不是唯一的路，即便看不见这么多奇妙的颜色，依旧可以通过阅读书籍等方式去体会世界的美好，调整镜的出现反而让人们错失了很多其他体验世界的方式。从具有创造性的科幻点子，到一个情感丰富的故事，再到对这个科幻故事中出现的社会问题的反思，这篇小说科幻思维的脉络清晰可见。

科幻思维更是一种批判精神，勇敢提出质疑，时常陷入反思，试图追求本质。科幻小说并不是一定要摒弃我们的现实世界，去创造完全不同的景象，而是通过思想实验，抛开最表面的场景，获得更深层次的认识。科幻的世界虽然可能遥远得让人匪夷所思，但它最终要抵达的还是以人性及人类社会为本的基本问题。

刘慈欣的《时间移民》创造了人类进化不同阶段的社会场景，并由有形走向了无形，从科学深入到了哲学，它所探讨的依旧是人类智慧发展到终极的一种可能；达蒙·奈特的《温良国度》里的只有善没有恶的社会设定，实质上也是来自人类对善的追求，对至善价值观的向往；雷·布拉德伯里的《火星编年史》描写的火星殖民兴衰史所映射的依旧是人类社会的种种矛盾，只是换成陌生的外星舞台和布景，让审美距离增加了小说诗意的惆怅感罢了。

名作赏读

太阳之死

刘慈欣

节选自《流浪地球》，刘慈欣著，长江文艺出版社2017年版。题目为编者所拟。选入本书时有改动。

“我们本来可以战斗到底的，但这可能导致地球发动机失控，这种情况一旦发生，过量聚变的物质将烧穿地球，或蒸发全部海洋，所以我们决定投降。我们理解所有的人，因为在已经进行了四十代人、还要延续一百代人的艰难奋斗中，永远保持理智确实是一个奢求。但也请所有的人记住我们，站在这里的这五千多人，这里有联合政府的最高执政官，也有普通的列兵，是我们把信念坚持到了最后。我们都知道自己看不到真理被证实的那一天，但如果人类得以延续万代，以后所有的人将在我们的墓前洒下自己的眼泪，这颗叫地球的行星，就是我们永恒的纪念碑！”

控制中心巨大的密封门隆隆开启，那五千多名最后的地球派一群群走了出来，在叛军的押送下向海岸走去。一路上两边挤满了人，所有人都冲他们吐唾沫，用冰块和石块砸他们。他们中有人密封服的面罩被砸裂了，外面零下一百多度的严寒使那些人的脸麻木了，但他们仍努力地走下去。我看到一个小女孩，举起一大块冰用尽全身力气狠命地向一个老者砸去，她那双眼睛透过面罩射出疯狂的怒火。

当我听到这五千人全部被判处死刑时，觉得太宽容了。难道仅仅一死吗？这一死就能偿清他们的罪恶吗?！能偿清他们用一个离奇变态的想象和骗局毁掉地球、毁掉人类文明的罪恶吗？他们应该死一万次！这时，我想起了那些做出太阳爆发预测的天体物理学家，那些设计和建造地球发动机的工程师，他们在一个世纪前就已作古，我现在真想把他们从坟墓中挖出来，让他们也死一万次。

真感谢死刑的执行者们，他们为这些罪犯找了一种好的死法：他们收走了被判死刑的每个人密封服上加热用的核能电池，然后把他们丢在大海的冰面上，让零下百度的严寒慢慢夺去他们的生命。

这些人类文明史上最险恶最可耻的罪犯在冰海上站了黑压压的一片，在岸上有十几万人在看着他们，十几万双牙齿咬得嘣嘣响，十几万双眼睛喷出和那个小女孩一样的怒火。

这时，所有的地球发动机都已关闭，壮丽的群星出现在冰原之上。

我能想象出严寒像无数把尖刀刺进他们的身体，他们的血液在凝固，生命从他们的体内一点点流走，这想象中的感觉变成一种快感，传遍我的全身。看到那些人在严寒的折磨中慢慢死去，岸上的人们快活起来，他们一起唱起了《我的太阳》。我唱着，眼睛看着星空的一个方向，在那个方向上，有一颗稍大些刚刚显出圆盘形状的星星发出黄色的光芒，那就是太阳。

啊，我的太阳，生命之母，万物之父，我的大神，我的上帝！还有什么比您更稳定，还有什么比您更永恒，我们这些渺小的，连灰尘都不如的炭基细菌，拥挤在围着您转的一粒小石头上，竟敢预言您的末日，我们怎么能蠢到这个程度?!

一个小时过去了，海面上那些反人类的罪犯虽然还全都站着，但已没有一个活人，他们的血液已被冻结了。

我的眼睛突然什么都看不见了，几秒钟后，视力渐渐恢复，冰原、海岸和岸上的人群又在眼前慢慢显影，最后完全清晰了，而且比刚才更清晰，因为这个世界现在笼罩在一片强烈的白光中，刚才我眼睛的失明正是由于这突然出现的强光的刺激。但星空没有重现，所有的星光都被这强光所淹没，仿佛整个宇宙都被强光融化了，这强光从太空中的一点迸发出来，那一点现在成了宇宙中心，那一点就在我刚才盯着的方向。

太阳氦闪爆发了。

《我的太阳》的合唱戛然而止，岸上的十几万人呆住了，似乎同海面上那些人一样，冻成了一片僵硬的岩石。

太阳最后一次把它的光和热洒向地球。地面上冻结的二氧化碳干冰首先汽化，腾起了一阵白色的蒸汽；然后海冰表面也开始融化，受热不均的大海冰层发出惊天动地的巨响；渐渐地，照在地面上的光柔和起来，天空出现了微微的蓝色；后来，强烈的太阳风产生的极光在空中出现，苍穹中飘动着巨大的彩色光幕……

在这突然出现的灿烂阳光下，海面上最后的地球派们仍稳稳地站着，仿佛五千多尊雕像。

太阳爆发只持续了很短的时间，两个小时后强光开始急剧减弱，很快熄灭了。在太阳的位置上出现了一个暗红色球体，它的体积慢慢膨胀，最后从这里看它，已达到了在地球轨道上看到的太阳大小，那么它的实际体积已大到越出火星轨道，而水星、火星和金星这三颗地球的伙伴行星这时已在上亿度的辐射中化为一缕轻烟。但它已不是太阳，它不再发出光和热，看上去如同贴在太空中的一张冰冷的红纸，它那暗红色的光芒似乎是周围星光的散射。这就是小质量恒星演化的归宿：红巨星。

五十亿年的壮丽生涯已成为飘逝的梦幻，太阳死了。

幸运的是，还有人活着。

赏读

太阳即将爆发氦闪，这将毁灭地球和人类。为了生存，人类发明了地球发动机，带着地球逃离太阳系。在宇宙中流浪数百年后，流浪者们通过望远镜发现所谓太阳氦闪根本没有发生，他们开始质疑这一场逃离太阳系的行动本身是联合政府政治性的骗局。人们愤怒了，开始反抗联合政府，军队也叛乱了，控制了联合政府最后的五千人。最后五千人选择了投降并接受了全人类的审判。他们被收走密封服加热用的核能电池，很快被冻毙。然而就在这时，太阳氦闪爆发了……

上面的选段描写的正是投降的联合政府成员被执行极寒死刑以及一小时后太阳氦闪爆发的情景。这一章节充满了情节反转的戏剧性，联合政府五千人被狂怒的人民审判并处死，以及太阳氦闪爆发的场景描写如发生在眼前一般，令人瞠目结舌，扼腕叹息。作者以读者所熟悉的天文学知识为基础，大胆想象设计了超越现有科技能力的宇宙逃亡计划和太阳发生氦闪最终死去的场景，宏大而悲壮，而这个悲剧暴露出的人性弱点正是作者想要表达的讽刺内涵。

乡村教师（剧本）

解淏中　章子健

【道具：床、被子、床边小桌、蜡烛、粉笔、黑板、药、课本】

（演员带好黑板、粉笔、药、课本，上台摆好造型）

【关灯】

第一幕

【地点：黄土高坡茅草屋】

【灯效：舞台灯较暗】

男娃A　老师歇着吧，明儿个讲也行啊。

男娃B、女娃　老师……是啊，老师……

老师　（苦笑）明儿个有明儿个的课。

（老师伸手示意，男娃A递粉笔和黑板）

（老师接黑板粉笔，手抖，嗒嗒写字，写不动，摊开黑板）

老师　（伸手去够桌）药。

（男娃A递药）

（老师放弃在黑板上写字，挥手让男娃A拿走）

老师　今天的课同前两天一样，也是初中的课。这本来不是教学大纲上要求的，我是想到你们中有的人可能这一辈子永远也听不到初中的课了，所以我最后讲一讲，也让你们知道稍深一些的学问是什么样子。

（娃们小声议论）

老师　今天我们讲初中物理。物理你们以前可能没有听说过，它讲的是物质世界的道理，是一门很深很深的学问。这课讲牛顿三定律。牛顿是从前英国的一个大科学家，他说了三句话，这三句话很神的，他把人间天上所有东西的规律全都包括进去了。

【**点评**　牛顿三定律是这篇小说的核心，既是其科学层面的落脚点，也是一个重要的埋伏，是剧情转折的重要动力。】

老师　我先讲第一条定律。当一个物体没有受到外力作用时，他将保持静止或匀速直线运动不变。

（娃们听讲）

老师　就是说，你猛推一下谷场上的那个石碾子，它就一直滚下去，滚到天边也不停下来。

（男娃B偷笑）

老师　宝柱你笑什么啊？是啊，它当然不会那样，这是因为有摩擦力，摩擦力让它停下来，这世上，没有摩擦力的环境，是没有的……

（老师振作一点）

老师　哎，牛顿第二定律比较难懂，先来讲牛顿第三定律。当一个物体对第二个物体施加一个力，这第二个物体也会对第一个物体施加一个力，这两个力大小相等，方向相反。

（娃们作疑惑思考状）

老师　（急迫地、吃力地）牛顿第二定律是……一个物体的加速度，与它所受的力成正比，与它的质量成反比。你们听懂了没！

娃们　（停顿）我们懂了！我们懂了！老师快歇着吧！

老师　我知道你们不懂，但你们背下来，以后慢慢会懂的。

女娃　老师，我们真懂了，求求你快歇着吧！

老师　（焦急用力）背呀！

娃们　（难过哽咽）一个物体的加速度，与它所受的力成正比，与它的质量成反比。一个物体的加速度，与它所受的力成正比，与

它的质量成反比。一个物体的加速度，与它所受的力成正比，与它的质量成反比……

【配乐：悲伤背景音乐】

【灯光：灭灯】

【切PPT：黑幕】

娃们　老师……老师！（摇老师，扒着老师的椅子大哭）

女娃　老师！

【**点评**　第一幕由原小说的第四章开始改写，略去了前几章对故事背景的交代。这样改写大大提高了人物行动的效率，用人物的语言、动作、神情交代故事的背景，即老师得了绝症，在最后的时刻为孩子们普及最重要的物理定律。】

【配乐：独白背景音乐】

【灯光：追光打在老师身上】

老师　（和蔼）娃儿们啊，我看着你们总想起我小时候的模样。

（坚定）其实我早就选定了，回到这里，选定了回到这个山村小学，因为这是我的命。我的命是我的老师给的，当年他一个人，把我这个没爹没娘的小子当亲儿子带！（情绪波动、呜咽）我记得那年冬天的积雪很厚，记得老师的家很远，记得狼的眼睛会闪出绿光，还记得老师眼里的牵挂，是最后的牵挂！那时的我读懂了这份牵挂，而今天我拥有了这份牵挂。

镇上的医院说我的食道癌还是早期，动手术就能治好，只要两万，可这两万……对我来说太难了。我是不怕苦日子的，不怕被掐了电、断了柴，不怕和村上的人对着干，但我怕你们没了校舍，夜里睡觉着凉，怕锅里没有油星，你们吃不饱又穿不暖。我怕我不能再教书，我怕娃们这辈子离了知识，怕娃们离开了火光，怕娃们的眼睛变得灰暗……（语气渐强再渐弱）

可是我的力量太微小了，（叹气）呵，还是没能抵过我人生的摩擦力。留给我的日子原来这么短，比想象中的还要短吗？

（不舍地）我不奢求你们都能走出大山，我只希望愚昧导致的悲剧不要发生在你们身上了，所以我想讲的知识，还有好多，好多好多，好多……

【灯灭，老师下】

【撤藤椅】

【**点评** 第一幕的后半段用老师的独白表达出老师对教学、对学生的热诚，对生命的不舍，老师对物理学基础定律的认识在后文对整个地球的命运起到了关键性的作用。宏大与渺小的对比，更是令人唏嘘、感动和痛心。】

第二幕

【地点：太空】

【飞船音效】

（三个娃上场，闭眼）

【灯光：娃站好后打追光】

（A、B、C、D均为幕后画外音）

C　　蓝84210号舰报告，目标编号：500921473，第3号行星发现生命！

（娃们睁眼开始观察，互相看，蹲下来摸摸地）

女娃　怎么……都不见了？

男娃A　这个地面是光滑的，没有摩擦力了！

男娃B　这会不会就是牛顿第一定律！

C　　开始3C级文明测试，3C文明测试试题 1 号：请叙述你所在星球生物进化的基本原理，是自然淘汰型还是基因突变型。

（娃们听到声音作害怕反应，退缩到一起，完成站位造型）

C　　3C文明测试试题 1 号测试失败。

C　　3C文明测试试题2号，请简要说明恒星能量的来源。

（娃们疑惑、纳闷、慌张，男娃A与男娃B互动）

C　　3C文明测试试题2号测试失败。

A　　到此为止吧！不能再耽误时间了，否则我们无法按时完成第一阶段的任务。发射奇点炸弹！

B　　等一下！奇点炸弹到达目标大约还有十分钟，再用五分钟时间进行测试吧。

A　　是，最高执行官阁下。

C　　3C文明测试试题11号。一个三维平面上的直角三角形，它的三条边的关系是什么？

（娃们继续反应，男娃A与女娃互动）

C　　3C文明测试试题11号测试失败。

A　　（急切地，C还没说完）这没有意义啊，阁下。

C　　3C文明测试试题13号，当一个物体没有受到外力作用时，它的运行状态如何？

男娃B　（灵机一动地）当一个物体没有受到外力作用时，它将保持静止或匀速直线运动不变！

（另两个娃反应）

C　　3C文明测试试题13号通过！3C文明测试试题14号……

B　　（打断）等等！下一道试题也出关于甚低速力学基本近似定律的。这不违反测试准则吧？

A　　当然不，只要是测试数据库中的试题。

C　　3C文明测试试题14号，请叙述相互作用的两个物体间力的关系。

娃们　当一个物体对第二个物体施加一个力，这第二个物体也会对第一个物体施加一个力，这两个力大小相等，方向相反！

C　　3C文明测试试题14号通过！3C文明测试试题15号：对于一个物体，请说明它的质量、所受外力和加速度之间的关系。

娃们　一个物体的加速度，与它所受的力成正比，与它的质量成反比！

C　　3C文明测试试题15号通过，文明测试通过！确定目标恒星500921473的3号行星上存在3C级文明。

（娃们惊喜，但不知道会发生什么）

B　　（大声地）奇点炸弹转向！脱离目标！！

【飞船音效】

（娃们站立不动，画外音进行对话）

A　　这个行星的基本特征是什么？

D　　您想知道哪些方面？

A　　比如，这个行星上生命体记忆遗传的等级是多少？

D　　他们没有记忆遗传，所有记忆都是后天取得的。

A　　那么，他们的个体相互之间的信息交流方式是什么？

D　　极其原始，也十分罕见。他们身体内有一种很薄的器官，这种器官在这个行星以氧氮为主的大气中振动时可产生声波，同时把要传输的信息调制到声波之中，接收方也用一种薄膜器官从声波中接收信息。

A　　这种方式信息传输的速率是多大？

D　　大约每秒1至10比特。

舰队众人　（诧异）什么?!

D　　真的是每秒1至10比特，我们开始也不相信，但反复核实过。他们有一种个体，有一定数量，分布于这个种群的各个角落，这类个体充当两代生命体之间知识传递的媒介，被称作教师。

舰队众人　教……师？

D　　一个早已消失的太古文明词汇，很生僻，在一般的古词汇数据库中都查不到。

B　　在银河系联邦时代，独立进化的文明十分罕见，能进化到这个等级的更是绝无仅有，我们应该让这个文明继续不受干扰地进化下去，对它的观察和研究，不仅有助于我们对太古文明的研究，对今天的银河文明也有启示。

A　　那就让蓝84210号舰立刻离开那个行星系吧！并把这颗恒星周围一百光年的范围列为禁航区。

【关追光灯】

【黑幕】

（三个娃下台）

【点评　这一幕直接进入了高等文明的测试阶段，虽然前文并无铺垫，但测试内容都是为人熟悉的基础科学知识，所以在认知上给人一种亲切感。改编后的剧本通过明场暗场以及紧凑的人物对话，很快交代出场景的变化，并展现出高等文明对地球进行测试过程中发生的一波三折。牛顿定律、外太空高等文明、个体相互之间的信息交流方式等科学设定也在简洁的对话中逐一呈现。**】**

第三幕

（把有粉笔课本的小桌搬上台）

【地点：黄土高坡茅草屋】

【灯光：舞台灯一盏一盏依次打开】

【配乐：抒情背景音乐】

（B、D为幕后画外音）

B　　真是一个让人向往的时代啊，一粒灰尘样的行星对先祖都是一个无限广阔的世界，在那绿色的海洋和紫色的草原上，先祖敬畏地面对群星……这感觉我们已丢失千万年了。

D　　（欣喜地）可我们现在又找回了它！看这个小小的世界，她上面的生命体在过着自己的生活，做着自己的梦，对我们的存在，对银河系中的战争和毁灭全然不知，宇宙对他们来说，是希望和梦想的无限源泉，这真像一首来自太古时代的歌谣。

（男娃B虔诚地端盆花放到小桌上，然后下台）

B　　（感慨地）宇宙的最不可理解之处在于它是可以理解的。

D　　（感慨地）宇宙的最可理解之处在于它是不可理解的。

【**点评** 结尾一幕是全篇立意的升华，从现实层面的乡村教师的故事，到高等文明俯视地球时发出的感慨和赞美。本文用一个全新的宇宙大尺度视角解读了教师职业的崇高本质。】

剧终

研讨

这篇习作是由刘慈欣的短篇小说《乡村教师》改编的三幕剧剧本（原小说可参看第11课“名作赏读”）。原著讲述了一个身患癌症的乡村教师，在生命的最后时刻，向学生教授了物理学基础——牛顿三定律。与此同时，这些学生正巧被宇宙中的高级文明随机选定进行地球文明等级测试，因为背下了老师嘱咐背诵的牛顿三定律，答出了相关的三道题目，使地球免于被清除。高级文明感到惊叹的同时对地球传授知识的教师职业表达出由衷的敬意。

原小说以一个乡村中发生的师生之间的感人故事为切入点，将外太空高等文明这个比较常见的科幻类型与为人熟悉的师生场景巧妙连接，产生了直击人心的戏剧效果。小说的剧本改编有一定的难度，而将科幻作品搬上戏剧舞台更是有诸多限制。本文除了较好地掌握了戏剧的写作格式特点外，更抓住了小说最核心的几个场景，以精炼的人物对话，到位的情绪理解，紧凑的发展节奏，使剧情在有限的篇幅中得以高效展现。

练笔进阶

1 选取自己生活中或新闻里的三个情景或信息，列出它们涉及的学科知识，将它们两两相连，设计三个具有科幻元素的故事背景，每个故事背景不少于250字。

点拨 示例：新闻信息——全球生育率持续下降，很多国家开始出现人口负增长。

学科知识：生物体有防止物种灭绝的自我保护机制，为了物种的继续生存而努力适应环境并不断进化。

整合想象：由于生育意愿的持续降低，人类的人口增长率也逐渐降低，500年后人类的激素分泌和生殖结构发生了质变，绝大部分人类彻底失去了生育能力，他们主要负责社会生产力的持续发展，而一小部分人类拥有了超强的生育能力并能保障基因组的多样化，他们的社会分工是为社会提供稳定的人口增长率，社会不再以家庭为基本单位，而是以各种各样的社会分工部门为基本单位。那时的历史学家和生物学家对这种改变的解释是物种的自然选择与进化。但实际上这和未来的联合政府悄悄启动的以几代人为实验品的激素改进实验有关。这种越来越像蚂蚁、蜜蜂等社会性昆虫的社会结构，究竟是追求高效的进化还是保全物种的退化呢？

2 人生如同一场旅行，旅行同样也塑造人生。在旅程中，我们将见证自己和他人的命运，而当旅行完成时，我们自己也将随之成长。有三位少年，他们因为某个意外事件，迷失在一处离家很远的地方，为了找到回家的路，他们不得不投身一场旅程，面对艰难险阻，他们必须运用自己学过的知识和技能，靠勇气和毅力来实现自己的成长，最终战胜外界的敌人和内心的缺陷，找到回家的路。请设想一个科幻点子，结合上述故事线索设计一个科幻小说大纲，其中包括对主要科幻点子和人物、环境的简介。字数不超过1500字。

点拨 有时，我们会先构思出一段故事和一些人物，然后再寻找合适的科幻点子来组织一篇科幻小说。在这种情况下应注意，找到的科幻点子必须真正适合我们想要书写的故事，不可牵强附会。本材料中的故事，其关键词是“旅行”，在常见的科幻点子中有时间旅行、空间旅行、宇宙探索等可供选择，它们必须有一个共同点，即包含“时间或空间的转换变化”这一要素。同时，故事里的要素，尤其时空背景，应当进行适当的科幻改造，使故事情节与科幻点子密切关联，争取达到“删去科幻点子将导致故事不成立”的程度。另外，短篇科幻小说中的科幻点子应较为单纯，只包含一个核心要素，不宜在一个点子里混杂进另一个点子，防止出现喧宾夺主或超出字数限制的情况。

3 根据以下提示材料，结合本书课程内容，以“远程时代的科技”为科幻设定，设计一篇科幻小说的情节大纲，其中包含科幻点子设计、人物形象设计、叙事视角设计。字数不超过1500字。

当疫情成为生活常态后，不知不觉间，我们每个人都已逐渐习惯了远程化和居家化的社会生活。学习可以远程，工作可以远程，饮食购物可以远程，人与人之间的交流也已远程化和网络化，所有人都成了网络社会的一个结点。远程生活给我们带来了自由和便捷，也带来了孤独和压抑，今后它还将带来什么？在不远的将来，我们还将遭遇到哪些新情况和新问题？

点拨 构思社会题材科幻小说，除了要对社会生活进行翔实的观察和了解外，还要确立自己的写作动机：究竟是为了表达个人情感，还是为了反映社会问题，还是为了阐述哲学思考？三种方向没有高下之分，写作时可根据自己的兴趣和能力自由选择。以反乌托邦题材小说为例，张冉的《以太》反映了作者对自由的向往之情，郝景芳的《北京折叠》反映出作者对社会阶层问题的观察思考，菲利普·迪克的《仿生人会梦见电子羊吗》反映的是作者对人性本质的哲学思索。社会问题纷繁复杂，选择题材时，一般可从“人与自然”“人与社会”“人与他人”“人与自己”这四个角度出发进行思考。

动机和题材确定后，点子、人物、环境、情节等要素需紧密围绕动机和题材来设计，并要运用恰当的文字技巧来表达。一般而言，表达自我情感的小说，文字中多有抒情渲染，犹如诗歌散文之韵味；反映社会问题的小说，语气通常冷静严肃，类似主流文学中的现实主义小说风格；表达哲思的小说，文风往往缥缈深邃，注重隐喻和暗示，颇有卡夫卡和博尔赫斯等现代主义作家之风。

第15课

其他难点及其破解

写作要点

在本书第1课至第14课中，我们接触了创作科幻小说需要掌握的诸多基本要点，而在最后一课，我们将帮助大家解决其他方面的难点。这些难点或许并非每次创作时都会遇到，但若是长期进行科幻文学创作，它们或迟或早总会出现，成为我们创作途中的艰难险阻。克服这些困难，将使我们未来的创作之路走得更远，走得更顺。

下面我们提炼科幻写作中普遍遇到的10个问题，加以简要回答。

我写科幻作品常常写不完，往往开个头就放到一边，怎么办？

古往今来，无数有水准、有天分的作者最终选择放弃写作，是因为他们发现自己渐渐陷入了“为写而写”的困境，失去了创作动力，无法在创作中找到自我。其实，文学的本质是沟通和对话，每个作者总有想要倾诉的内容。找到自己想说的话，用科幻小说的形式传递给读者，保持这样的创作动机，写作便不再是难事。

每个人的创作动机都不相同，分类来看，第一种是“表达情感”，将自己胸中最热烈的情感、思绪、愿望通过科幻情景和人物形象传达出来；第二种是“反映现实”，把现实世界中种种问题和弊端，用科幻的方式变形并展示出来；第三种是“体现哲思”，将自己对于世界和宇宙的哲理思考，利用科幻手段象征性地体现出来。在日常生活中，我们要时刻对自己、对社会、对宇宙保持审视和思考，让各种思绪在心中积累和发酵，构思和写作时要以气运文，有的放矢，带着目的去写作，借科幻小说展现自己的情绪和思想，这样才能让我们的写作更有意义，更具持久性。你说呢？

问题2　怎样让自己写的科幻作品更让人爱读、受人喜爱？

要有代入感。代入感强的故事，读者在阅读时会迅速把自己融入角色中，宛如亲身经历故事里的一切，并且很容易被作者的思想感情打动，所以强烈的代入感是一篇优秀小说所必需的品质。

怎么增强代入感？在构思小说前，我们首先要找到“预设读者”，问问自己：“我这篇小说是准备写给谁看的？”将读者预设为志趣相投的同龄人，是一种常见办法。我们可以假想自己的小说就是为了写给同学和朋友看的，然后开始构思。构思人物时，要注意让人物的思想感情和言行举止的意愿动机与预设读者相一致，让人物想读者之所想，说读者想说的话，做读者想做的事。情节构思方面，要设计那些容易让预设读者产生兴趣的故事，如探险类、情感类等；构思环境时，要优先考虑那些预设读者熟悉的场景，如校园、家庭、都市等，然后用科幻手法将其进行一番改造。

问题3　怎样让自己写的科幻作品更具有真实感？

科幻小说永远是虚构的，但这并不代表它就是虚假的。科幻小说中的真实当然要基于现实生活，但它是一种高级的“艺术真实”，不追求形似，而追求神似。好的科幻作品虽然写的是想象虚构的事物，但是读起来却有一种逼真的感觉，让人沉浸其中，常常忘记是作者虚构出来的。

写故事时，我们不能照搬现实中发生的事，而应该归纳总结出现实世界的某种规律，然后用这种规律去构造小说中的情节，并让情节富有吸引力；现实世界中存在许多偶然事件和不合逻辑的事件，我们不需要照搬它们，而是要找到偶然中的必然，挖掘出不合逻辑事件背后蕴藏着的逻辑。设计人物时，我们不能照搬现实中的人物，而是要对那些真实人物进行归纳整理，总结出一系列人物形象谱系，提取那些人物身上存在的典型特征，然后组合成一个全新的人物形象，加工后放入小说中，以便让人物更生动有趣，并反映我们对真实世界里那些人物的看法。构造小说场景时，也不必非要照搬现实场景，而是要去除那些与小说创作意图无关的无用细节，提炼出那些对小说有价值的有用细节，将它们组合并改造，这样创造出的全新艺术场景才更有美感。

科幻小说是否具有真实感，不在于它表面看上去与现实世界有多么相像，而在于它能否体现出未来世界背后的某种趋势和真相。

问题4　科幻写作有灵感吗？如何寻找灵感？

所谓“灵感”，并非难以捉摸的超自然现象，而是人类特有的心理现象。它是一种顿悟，且富于创造性，可以让我们在一瞬间突然觉察到某种绝妙的构思或情绪，对创作产生极强的推动作用。灵感不能靠苦思冥想来获得，恰恰相反，很多时候它会出现在意外的场合里。当写作陷入“卡壳”状态时，我们可以试着暂时放下文稿，放松心情休息或从事其他活动；在身心放松的状态下，思维会在意识深处继续思考那些写作难题，并很有可能在我们做其他事情的时候突然冒出灵感来。灵感稍纵即逝，极易受到干扰，一旦捕捉到灵感，我们应尽快将它记录下来，尽可能迅速地重新投入创作，一气呵成地将思绪写进文稿中。需要注意的是，灵感的降临看似轻易，实则必须建立在艰苦的思索和创作基础之上，只有那些时刻关注着创作的勤奋作者才更容易迎来灵感。

问题5　科幻写作中经常提到叙事视角，是怎么回事？又怎样在写作中灵活运用？

我们知道，作文写作中有所谓第一人称、第二人称和第三人称的写法，科幻写作也同样如此。但它有个专门术语，叫“叙事视角”。小说是讲故事的艺术，所有小说里都必须要有一名“叙事者”，故事通过叙事者之口在书中“说”出，让读者们“听”见；小说作者在书中扮演这名叙事者，所以扮演时必须选择一定的口吻，也就是所谓的叙事视角。通常有“第一人称”和“第三人称”两种视角，它们各有利弊和偏重，要根据小说整体效果和作者自身的喜好，在创作前先精心选定。

使用第一人称时，作者只能透过人物（一般是主角）的眼睛和耳朵观察书中世界的一切，并可随时使用心理描写来展现人物心灵。这种视角的优点是代入感很强，读来让人身临其境，缺点是所能展现的信息量较小，对于人物无法当场获知的信息，作者不可以直接叙述出来，只能通过他人的语言和书信等间接手段来体现。

使用第三人称时可以有两种选择。一种是全知视角，即俗称的“上帝视角”。作者可如上帝般四处穿梭，任意讲述书中所有的信息，随时随地发表议论，并可随意进入任何一个人物的内心进行窥探。其代价是写作难度较大，需要的篇幅较多。另一种是有限制的第三人称视角，作者的视线紧密追随在一个或数个人物身后，描绘人物的遭遇，并可在不同人物之间来回跳转。它比第一人称视角更灵活，但自由度不如全知视角，要注意隐藏作者自身的观点，叙述的口吻需更客观、更冷静。

所谓的“第二人称视角”叙事，其实是一种变相的第三人称视角，作者以一种与读者展开对话的姿态进行叙述，难度很大，不建议初学者采用。

问题6 我也知道“突转”很重要，可为什么写出来总给人生硬虚假的感觉？

之前的课程中我们提到，要重视情节里的转折，但有时转折中的“突转”和“发现”看上去会有些突兀生硬，仿佛作者是为了解决构思难题而临时强加进去的一样。有经验的作者常会在转折发生前埋设伏笔，以消除这种生硬感。在“突转”情节发生前，可先简略地提示一些预示着情节将要发生转折的线索，如环境和情节中出现一些异常迹象、某些人物出现异常举动等。在“发现”情节前，可简略提示一些零星的信息，如意义不明的台词、含义模糊的文字材料等。短篇小说设计伏笔时需要注意，伏笔出现的位置距离转折发生的时刻越远越好，最好是在开篇时就出现伏笔。在实际写作中，一般不宜先想伏笔后“填坑”，而是应该先在初稿阶段把完整情节全部叙述完，修改二稿时再有针对性地添加伏笔，防止出现先埋下的伏笔在后期无法自圆其说，导致伏笔成为无效信息扰乱读者阅读，或者干扰后续情节发展的情况出现。另外，伏笔本身应当简短和模糊，追求一种神秘和悬疑的效果，不能太过直白，否则将使读者提前猜出后续情节，令转折效果大打折扣。

问题7 感觉自己写出来的东西总是落入俗套，如何能做到像高手一样创新？

初学写作者往往从模仿经典作家作品起步，但倘若一直局限于模仿他人，不仅会影响读者的观感评价，也会令作者自身感到困惑和挫折，因为创新才是艺术创作应有的品格。不能摆脱前人窠臼的科幻创作是难有前途的。

那么应当如何创新呢？首先，我们可以尝试用“陌生化”手法，将一些前人写过的概念换个说法，扭转一些前人惯用的情节套路，尽可能让小说的语言和结构变得新奇起来，引发读者的兴趣。其次，要注意自己风格的个性化，在每一次创作中尽量体现自己独有的个性特点，用独具特色的文字技巧表达出来，竭力避免作品的风格与他人雷同。再次，还可以尝试对经典作品进行反向改写，用一种“叛逆”的心态去改编经典作品，以帮助我们摆脱经典作品的影响焦虑，当然在改写时不可简单照搬前人的点子、人物、情节。最后，创新的基础来自自身的积累，只有通过多读才能避免构思撞车，只有通过多写才能令自己的写作能力达到创新的程度。

问题8 听人说，科幻作品能把意思讲清楚就行，语言和形式不必太讲究，是这样的吗？

并非如此。小说是讲故事，但又不仅仅只是讲故事，作者叙事时的语言和形式本身也包含着美感。当阅读和创作的经验足够充分时，我们可以尝试在小说语言和形式本身的创新方面下功夫，让文字本身体现出美感来。这种形式之美，并非简单地使用好词好句，而是在情节结构和章节安排上进行创新，让读者感受到一种从未读过的新意，并且能从小说结构本身感受到作者的情感和思考。

比如，在使用第一人称视角写作时，可以尝试在小说里安排不止一个人做主角，让多个不同人物的第一人称叙事互相配合，相互补充，用多重视角讲述同一个世界里的同一件事，这样可以让小说更加冷静客观，更有真实性和广度。又如，可以让角色的对话和他们内心的心理活动形成冲突，构造出一种“内部对话”的效果，以此反映出角色以及作者本人对待世界的矛盾观点，以“自我矛盾”式的冲突和张力深入挖掘人心。再如，可以让人物的思绪流动去主导情节的展开，借鉴意识流的写法，将客观的场景和事件仅仅作为人物情感和思考的背景，让人物自身的想法成为小说真正的主角，深切体现作者本人的思想。

此外，还可以跨越体裁，根据我们自身的创作目的，在小说中借鉴诗歌、散文、戏剧等其他文类的风格进行写作。但要注意，这种跨体裁式技巧，最终目的仍然是完成一篇有创造性的小说，而不能丢掉了小说本身的特性，不能抛弃人物、情节、环境，让小说真的变成诗歌散文或剧本，那将出现文体意识不清晰的毛病。

问题9　如何在写作中体现出我自己的风格?

这需要我们每位创作者首先做到“找到自己”，也就是看清自己作为一个具备独立人格的个体，自己身上有着怎样的独特个性，然后再借小说来体现自己的这种个性。可以借助一些性格分类法，如“四种气质类型”等方法，先找到自身的性格定位，同时在日常阅读中，找到那些符合自己脾性的佳作，用心揣摩不同性格的作家们用了哪些技巧来表达自身性格特色，然后在创作中综合使用各种技巧，充分展现出自己的个性。

通常来说，个性直爽冲动者，作品往往宏伟昂扬，激烈有力；个性活泼外向者，作品往往温暖热情，敏捷活跃；个性沉稳理智者，作品往往严肃客观，更重视逻辑性和思想性；个性忧郁含蓄者，作品往往温婉内敛，情感细腻而深邃。性格没有高下之分，创作时无须强求自己一定要符合哪一种风格特点，最重要的是了解自己的个性，找到那些可以透彻展现自己个性的手段，充分运用那些适合自己性格的写作内容和写作技巧，让作品替自己代言，用作品来展示自己作为一个有思想、有个性的作者的人格魅力。

问题10　我很喜欢我们国家的传统文化，怎样结合我们的传统文化进行科幻写作？

在中国，科幻小说是由海外引进的，长期以来国外科幻小说一直居于主流地位，在我们的科幻阅读和写作过程中，国外科幻小说也影响巨大。但随着我们综合国力的不断提高，科幻小说的中国化已成为今后我国科幻创作的主流。因此在写作科幻时，我们要注意克服国外科幻作品的影响，尽可能更多地体现我们的民族风格。

五千年的悠久文明，造就了中华民族自身独有的文化，这其中包括思想、哲学、道德、情怀以及民族精神。我们在写作富有民族特色的科幻作品时，可更多地应用一系列民族元素，如民族器物、历史事件、历史人物、历史场景、历史典故、神话传说、文字风格等，同时还要体现本民族特有的文化情感和文化思考。这就要求我们“功夫在诗外”，在课本阅读和科幻阅读之余，还要多多品读一些本民族的文化经典，如文学、历史、哲学、美术、音乐、宗教等领域的古典著作，真正做到科幻文学的中国化。

地　铁

韩　松

节选自《地铁》，韩松著，上海文艺出版社2020年版。韩松，新华社记者，中国当代著名科幻作家。选入本书时有改动。

他被沸响吵醒。空气中挤满早餐奶般的光线。明亮的尘埃像呕吐物在跳舞。地铁车站的大门不知什么时候打开了，两个像是有着芥蒂的世界又勾通了。五彩缤纷的人群如山洪暴发，轰隆隆漫过他的身体，像在清洗一具出土的古尸……是赶早班地铁的人们，兵士出操一般，却对躺着的他，视若不见。他悲哀地迷惑不解，怀疑陷入了新一重梦幻。

这就是那个吞噬了他一辈子的名叫“生活”的怪物吗？那么，昨夜的又是什么呢？如果确有多个世界存在，哪个比较靠谱一些呢？他为第一次看见了横亘在昼夜之间的那条巨大鸿沟，而打了一个寒战——昨晚受凉了。这时，他也许想的是走到大街上，赶快从这是非险厄之地逃走，末了却像是被什么力量控制了，浮尸般立起，随同人流，依稀恍惚，走下站台。他没有看到体毛似的青苔和人血样的水珠。

正大光明中，巍然升起了广告牌的崇山峻岭，包围住整个世界，令人肃然起敬乃至要下跪涕泣。仿佛演出的另一幕开始了，站台像是施了伪装一样，重新变得浮浪喧腾。报摊上一份份报纸被满脸焦渴的读者购走，卖早点的亭子前排起了摩拳擦掌的长队，售票员、检票员、秩序协管员、警务治安员等一干人物，也皆身着华丽制服，威风凛凛出现了，像是故意要让自己展示在乘客视线中，以炫耀地下世界仍置于他们的掌控下。他已有很久不曾坐过早班地铁了，竟羞怯着不能习惯。

步伐齐整的乘客们好像是工厂复制出来的机械装置。他们似乎并不知道出事了，还照常来搭乘地铁，就像狂热的信徒朝圣。站台上的时钟重新开始走动。连他的手表也复归正常了……列车，绿森森的列车再次巨响着出现了！还是昨晚那列吗？他身不由己，又像是十分主动地，附随盛装表演的大队人马拥入车厢，他的手碰到了别人的身体——多么的牢固啊，跟装甲一样……乘客一动不动挤贴着，虽则隔了厚重的冬衣，积久陈年的肉感却分外结实可靠，连人与人之间的信任也好像恢复了。

他的确正与众人共享这短暂时光，所有人都紧密锁连着，浩然一体。虫豸样的生命，由于过分充盈而高压，不停喷射出内脏中腐败浓郁的暮气，加上源源流溢的湿汗，使车厢内妖雾笼罩。粉墨登场的乘客们统统面无表情，除了地铁轻蔑而威慑的龙鸣，车内竟人声殊杳。他如同白日见鬼，看着戏剧谢幕前的虚张高潮。

无知的演员，无知的观众。

他觉得，列车像是随时会发生爆炸。

——如果向乘客们宣布地铁已出事了，待在车厢中旅行下去十分危险，一定会遭到严重耻笑吧。大家可都是急着去上班啊。若不能在太阳升高之前按时进入陵寝般的单位大楼，那才是最大的危险！而这不正是地铁本来的使命吗？

报警之类的想法，太不切实际了。他怎能把自己的噩梦与无辜者分享呢？一切都会安全的……他自卑地想着。但并没有一丝的阳光。车厢中灼耀的，是医院重症监护室里才有的那种皂白色聚光灯，是为车窗外永不落幕的黑暗而准备的，真实情况是，漫漫长夜在这里从不曾有过一刻的中断。不过他还是感应到了由白昼才能制造出来的万钧压力，密密匝匝钻透头顶厚厚的混凝土层，挟带着父亲般成年男人的浓烈体臭，炸弹一样大团大团倾泻下来。这是欺负人的势力，却不能在暗夜里保护市民不受无常的侵害。

然而，分庭抗礼着的白昼与黑夜，却又仿佛是镜像，是兄弟，是一唱一和……甚至，它们就是一体的！随即，他沮丧地意识到，自己乘上的，竟是驶往单位方向的地铁。而他本来是要回家去的。

唯一令他略觉宽慰的是，与昨夜不同，像是假惺惺要给人以希望，晨间的黑暗并不完整而连续。站台隔三岔五浮现了，在幻灯片一样的快速闪光中，面具般轮换着一批批乘客的脸孔。不一时，已到了昨夜他上车的那个车站。他万般无奈，只好下车。

步出地铁站的瞬间，他努力打起精神，想看看有没有那些怪人们——他们会不会混在上早班的人群中呢？他们会连白天也不放过吗？

他什么也没有看到。只有可口可乐广告牌，依然主神一样，傲视万物，但熊熊烈焰已暂告熄灭。是为了在晚上祭出来吓人，而正在养精蓄锐吧。的确没有别的去处了。晨光中，他只好故作镇静去到单位——那个经年为他报销交通月票、让他一遍遍乘坐末班地铁的不变所在。原来，长期以来，他得以活下去，就是因为单位的恩惠，像那些靠人类施舍食物而苟且偷生的老鼠一样，竟一直坚持到了地铁出事的这一天……

很快，见到了同事们。他欲一吐为快，却怯惮着不知怎么提起才好。充沛而猥亵的阳光正急着把办公室的空洞塞满。他灰心丧气坐在了自己的位置上。

处长走过来，阴阳怪气地说："你不是上夜班么，怎么白天也来了？"

他想说：出事了，因为出事了，出大事了啊！我要来告诉你们！我要来给你们报信！我要来找答案！但他只是赶紧起立，低头说："因为没事可干，所以来看看。"

"嗬，到底是前辈，工作责任心就是强哇。不像刚分配来的大学生，吊儿郎当。"

处长的语气不知是讽刺，还是赞赏，也许他觉得，快退休的老人了，对单位还是有着特殊感情的，而以自我为中心的新一代人，对公家的事务却只是在敷衍应付。

"既然来了，那就请你把这份表格填一下吧。"处长见缝插针又说，"你最有经验了。交给新人我还真不放心呢。"

"这是我应该做的。"

他躬起身，感激不已地双手接过表格，就好像那是一根救命稻草，同时偷瞥了恩赐给他这重要物品的人一眼。

哦，处长本人，正是个仪表堂堂、具有强大质感和气场的年轻人，与末班地铁上猥琐单薄的空心乘客却不同，在办公室里整齐精干的小青年中，他也是鹤立鸡群。奇怪的是，不少快要退休的老人，一夜间都拼命讨好起年轻人来了。他也未能免俗。就连地铁的出事，也不能阻止这个趋势么？

近些年，单位陆续地进了大批年轻人。办公室成了他们的俱乐部。人气弥足，新人类在麻雀般叽叽喳喳，兴奋得不行的样子，还谈论着下班后去聚餐，去游玩，去看电影，去商场采购，多么的自信和骄傲，却果然没有一人在正经工作，也无人注意到他竟在白天来上班了。

像站在奈何桥的另一端，他远远观望他们，想要跟他们讨论昨夜发生在地下的事变。是的，得说给他们听，他老了，无所谓了，但年轻人需要被警告——他们经过重重汰选，来到单位工作，觉得人生有了保障，日子一天好似一天，困难和问题都解决了，可是，末班地铁却险峻地发出了信号：不是这样的！你们无法轻松下来！

然而，年轻人是集体乘早班地铁来上班的，他们是白昼的同盟军，怕是要嘲笑他的。而他是一个被暗夜牢牢擒住的老人，说什么都会被当作梦呓。另外，他还想到了那些因为一句话而断送了性命的故事——是的，他这才重新记起了，在多年前那个梦游年代，许多人不就是因为不经意泄露了“天机”，而死于非命了么？那些家伙如果活到今天，又会怎样呢？铁钉还会照样噗嗤打进脑门吗？还是会被装入盛满绿液的玻璃瓶？他无意中目睹了一个阴谲秘密。这个秘密本不该由他来单独承受，至少年轻人应该分担一些吧。但时过境迁，做不到了。

接下来，他开始填表格。轻车熟路，他很快做完了。他趁处长不注意，偷偷翻看报纸，却不见有地铁出事的报道……。

这时，老婆打来电话，问昨晚为什么没有回家。他窥视了正在忙碌的处长一眼，迅猛地挺起胸膛，用近于悲壮的口气回答——加班了。老婆挂电话时，他觉出了她的疑心。但仅仅是疑心，这又使他失望了。如果她要追问一下，也许就会打破这让人喘不过气来的顽戾僵局吧。连她也并不关心，那么还会有谁在乎呢?

他又急切等待晚报。晚报赶得上趟。更让人期待的是，晚报通常是热衷登载这一类都市奇闻的。答案也许是在晚报上！但是，晚报并没有来，他才记起，这城市只出一张报纸！然而，末班地铁不停息地行驶了这么长时间，满满一车乘客都被怪人装在玻璃瓶里扛走了，千万人口的城市对此竟毫无知觉么？说起来，城市的运作机器，那可是多么的严整肃然，明察秋毫，一环紧扣一环呀……。也许，报纸的主编得到了某方面的指示，把那条消息扣下了吧……

白天过得飞箭一样快。再捱一会儿就要到傍晚了。他越来越于心不安。他一向是个认真的人。全车的人除他外都被劫走了。想一想，那些蒙面人就活动在地下十米！这种事情，今夜还会继续发生吧？他思想激烈斗争了一阵，觉得自己是有义务的，就查了黄页，给地铁公司打去电话。那边是一个不耐烦的、年轻女人的声音:“你要干吗?”

“我是一名乘、乘客。我想问一下，昨晚我坐地铁……”

他寻思着，怎样才能把话讲清楚，又不让人觉得他是故意找麻烦。不过，如果说普通人不知情，那么地铁公司内部一定传扬开了吧。司机不是也被劫走了么?

“地铁？地铁怎么了？嫌太挤，你打车呀!”接电话的人的反应似乎本能地十分强悍。

“我、我可不是这个意思。我是想问，昨晚的末班地铁是不是出事了?”他终于鼓足勇气说出来，自己也吃了一惊，又微微得意。

“你，什么意思呢？难道盼望地铁出事？你，到底是什么人?”对方的声音愈发如临大敌般咄咄逼人。

“是末班地铁啊……”

“末班地铁，那又怎么了?”女子的语调中透着专横刁蛮。

“它是不是准点到站的呢?”

“这与你有什么关系呢?”对方无聊地耻笑道。

“哦，是关于司机和乘客的去向问题……”

“喂，你到底是哪个单位的？你的身份证号码是多少？”

这最后的一击要害的喝问令他大窘。他锐气尽失，慌手慌脚把电话挂了。向警察局、消防队或新闻媒体报告的念头，完完全全打消。这时他觉得：大概城市里所有人其实都已知晓秘密了，只有他一人被瞒着！他苦恼地抱肩而坐，蛹般一动不动，又想昨夜是不是真的做了一场梦，或者他的眼睛和记性出问题了……。

赏读

科幻小说《地铁》讲述大都市的地铁中出现许多诡异的不明生物，在它们的影响下，地铁车厢不再停靠，而是不断地疯狂行驶，车内的乘客也逐步发生了变异，最终导致地球上的人类走向了另一条进化的道路。本书是中国新生代科幻作家韩松的长篇代表作，被评论界喻为“技术时代的聊斋志异、电子囚笼中的卡夫卡”。选文从一名普通城市居民的角度出发，以限制性第三人称的视角方式描述了地铁车站内一幅幅怪异奇诡的画面：看似平静热闹的日常活动背后，埋藏着现代文明的种种弊病，如人与人之间的冷漠和麻木，商业和权力对日常生活空间的侵蚀；面对日益逼近自己的危险，人们毫无察觉，只是担心自己日复一日的庸常人生，而对于主角这样仍抱有一丝独立意志的人，他们唯有嘲讽和打压……。借书中人物的心理活动，作者塑造了一个初步觉醒，却无力发出呐喊的异化者形象，并借文中大量新鲜奇诡的类比和隐喻，以象征手法暗示出作者对于当下文明的种种忧思。这些忧愁深邃的思考，在小说中以充满神秘气息的陌生化语言为表象，充分调动起读者的心理波动，以其富于创新性的文字形式，将现代社会、后现代文明、人的异化等种种并不算新鲜的议题深深烙印在每位读者的脑海中，令读者心中的哲理体悟和反思之情油然而生。

豆汁儿

赵一睿

何为坐在奥迪的后座上，舒服地伸了个懒腰，任由这辆车的AI带他去往目的地——西城区中级人民法院。

看着自己右手边车玻璃上那一道长长的划痕，一股怒气涌上他的心头。又是那帮无业小贼干的，被AI抢了工作，就来找我撒气。何为又想起前两天去投诉时，那个衣冠楚楚的市政AI彬彬有礼地向他表示，因为失业率上升，暂不追究因为失业产生的不严重犯罪。那还不是你们干的！何为心里又骂了。司机、厨师、教师、公职人员，哪一个不被人工智能替代了，老子出来办点事，半天见不到一个活人。

但说实话，何为也许是这个时代最不应该吐槽AI的人了。他是个律师。在这个创造AI的算法工程师们一步步被自己的心血抢了工作的时代，纯人工化的司法系统居然被大部分保留了下来。这恐怕已是超人工智能在框架下的无奈和人类最后的保障：守住了立法权、执法权和司法权，人类永远有翻盘的机会，无框架人工智能也绝无出头之日。

可这些又和何为有什么关系，他不过是一个勉强考上二本法学院，在北京讨生活的法律民工罢了。他倒是应当感谢命运没有给曾经极力反抗的他当头一棒，而是交给他一份人人羡慕的工作。

【点评　在情节中利用人物心理活动带出世界观和点子设定，顺畅自然。】

忘了说了，何为任职于北京何新律师事务所，何新是他老子。

何为从小和何新就不对付，他爸老喜欢把自己的喜好强加在何为身上，成为律师也是其中之一。但何为印象最深的，还是七岁那次。那是一个周末的中午，从来没及格过的他破天荒的数学考了81分。何新先是带着他去北海划船，接着去了护国寺，说是带他吃好吃的。爷俩的矛盾是从那一碗豆汁儿端上来的一刻开始的。何为看着那一股臭袜子味道的汤水，死活都不愿意喝。何新急了，可不管怎么劝，何为是一口都不愿意碰。“你小子堂堂正正的北京人，怎么不喝豆汁儿！”何新彻底放弃了，说完自己连喝两碗，可回家的路上再也没和何为说过一句话。从那之后，这父子俩就再也没有关系好的时候。特别是高考完何新直接帮何为报了法律专业又在毕业后安排他进了自己的律所，让何为被迫与心爱的土木工程和姑娘说了再见。

【点评　豆汁儿是故事的情节线索以及伏笔。】

终于有一天，何为喝醉后大闹何新的办公室。何新彻底放弃了。他撤走了何为的带教律师，只把没钱挣的法律援助案子交给何为做。反正不需要面对客户投诉，不上法庭的辅助性法律咨询AI又得到大规模应用，这种开庭像个摆设的案子何为还是能自己搞定的。想到这儿，何为终于记起要看看今天这个案子的资料。非法雇佣罪，AI提供的建议是认罪认罚，毕竟这种无关痛痒的案子只要认罪悔过，缓刑的概率还是很大的。但奇怪的是被告坚持上诉，还申请了法律援助。何为再一看被告的身份，护国寺小吃法人、总经理！怪不得昨天那个老爸特意叮嘱我好好办。

想着，奥迪稳稳停在了法院门口，何为进去时被告已经到了。他看着那张沧桑的老脸，还是心疼了一下，好像就是当年那个为他们点菜的服务员啊。庭审开始了，说实话并没有什么律师发挥的空间，这样简单的案子几乎已成定局。

……

“被告，你是否承认你作为护国寺小吃的法人，在担任该公司总经理的12个月中，违反相关法律规定，雇佣人类员工从事厨师、服务员、清洁工等职业？”

“是。”

“你是否承认在你雇佣期间，向总计13名被非法雇佣人员发放工资65万余元人民币？”

“是。”

“好的，你还有什么想说的吗？”

“有。”

“我承认我犯罪了。不签认罪认罚、一直上诉只是希望有更多的人能看到、知道这件事。AI比人便宜多了，我为什么不用？不就是不愿意看到自己的同胞在大街上饿死、冻死，或者被送到福利院去过那样行尸走肉的生活！进去吃了救济，他们这一生还能有什么意义!我不愿意，更重要的是他们自己也不愿意啊！你们说不让他们干厨子、服务员的活儿是保护他们。是，这些工作是辛苦，但好歹有一份钱拿，有一口饭吃啊。我错了，我也认了，可是我不服啊。法律可是人类最后翻盘的机会啊！”

“被告辩护律师，你有什么想说的吗？”

“有！”纠结中，何为还是站起了身。

【点评　开始展现情节矛盾冲突。】

“我只是一个普通二本毕业的法学生，被父亲安排进律所，初出茅庐，能力也不济。但我想在这里以法律的名义说几句话。我是北京人，这些年我看着三里屯的人变少了，看着东单西单的商铺变成了全自动VR体验店，看着朝阳公园、什刹海一个个被夷为平地。北京变了，变成我不认识的那个北京了。从前我总喜欢泡在胡同里看大爷下棋，去朝阳公园里滑冰、游泳，混在大街小巷就为了听大爷大妈的那一声京腔。可现在呢？我只有在法院才能看见活生生的人啊。AI说的也是北京话，可那能是一个味儿吗？时代变了。我是律师，AI的确让我活得光鲜亮丽，但那些流落街头的人，他们才真正属于这个时代。对不起，扯远了。从法律层面上我建议被告签署认罪认罚具结书，从个人层面上，如果被告继续上诉，我愿意提供免费的法律咨询服务。结束了，谢谢法官。”

“本案将择期宣判。”

……

走出法院，何为坐在奥迪车上无所事事，不知不觉竟开到了护国寺小吃门口。这当年的老字号如今已经变得残破，但灯还亮着，隐约有几个人影。何为走了进去，发现这里的员工居然还在坚持着做生意。“两个焦圈儿，一碗豆汁儿。”这么多年过去了，还是那个价格。何为坐在墙角，看着刚刚端上来的豆汁儿。还是那一股臭袜子的味道。他端起碗，抿了一口。

其实喝起来也就那样。

忽然间，何为想起何新曾经在他反对读法律时大吼道：“法律怎么了！那是人类的尊严和底线！那是我们的命！”

一饮而尽。

【**点评**　以收伏笔作为结尾，体现人物的转变和主题的升华。】

研讨

AI技术逐步替代越来越多的人类工作，这已经是当下真实的社会现实。人工智能加速进化的过程中，人类原本的社会形态会出现怎样的变迁，愈发激烈的人与机器的矛盾是否有化解的可能？这是一个很大的话题，也是科幻小说领域极为常见的题材。在这篇习作中，作者较为巧妙地以文中主角的法律工作者身份为契机，以法庭辩护为介入点，以小见大地探讨文章的主题：在技术万能、效率至上的年代，普通人类的生存权利能否得到保护。小说的背景设在北京，增加了读者的代入感，且“豆汁儿”这一题眼，以及诸多中国传统文化要素，都显示出文章浓郁的民族文化特色。

练笔进阶

1 根据以下背景设定，结合本书课程内容，设计一篇科幻小说的情节大纲，其中包含科幻点子设计、人物形象设计、叙事视角设计。字数不超过500字。

不远的未来，人类刚刚踏上火星移民的道路，随即探测到外星文明正逐步进犯太阳系的迹象。根据估算，外星文明将在五十年后抵达。为了打赢未来战争，人类在火星殖民地建立了预备学院，并从地球招收了一批少男少女送至该学院进行严格训练，打造未来军事人才；但在进入学院后，其中一些学员却无意间发现了有关学院和外星文明的隐秘真相……

点拨 以青少年为主角的科幻小说有很多，如刘慈欣的《超新星纪元》和奥森·斯科特·卡德的《安德的游戏》等，同题材的影视、动漫作品更是层出不穷，因此在构思时必须时刻牢记创新精神，绕开或改写前人已写过的点子设计和情节套路，用更奇更巧的构思超越前作。在设计主角形象时要注意增强读者的代入感，人物的思想感情和意愿动机要与现实中的青少年读者们相符；设计火星学院的环境时也要贴近实际生活中的校园环境，并注意不能过于脱离环境设定的范围（近未来的时代背景、火星移民之初的技术能力）。选择视角前要先想清楚自己的创作意图：小说是以展现人物群像为主，还是以某个人物的内心世界为主？是以事件的全景展示为主，还是以人物情感体验的表达为主？完成转折情节设计后，可在大纲中加入伏笔，伏笔描述用简略的字句点到为止。

2 在广阔无垠的信息海洋中，日常生活变得愈发网络化和虚拟化，网络世界则愈发显得真实。网络时代里，我们每个人的生活都变得越来越虚实相生，虚拟的网络正逐步变成人们无法摆脱的现实生活，以至于常令我们感到人生虚实难辨。现有一篇以网络生活为主题的短篇科幻小说，风格为赛博朋克，核心世界观和科幻点子的设计要点如下：

近未来的都市生活中，年轻一代早已习惯以虚拟互动的方式生活，日常各类生活设施和生活场景也以虚拟互动的方式为主要手段。虚拟互动设备主要为一台实时联网的AR眼镜，佩戴于用户头部，可伸缩隐藏，也可安装在眼镜架上，配合用户手环的动作，可与大量生活设施形成互动，如公共交通车辆、地铁、电器等，同时其自身具备通信和网络浏览功能。设备工作时，将在用户眼前投出只有自己能看见的立体画面（同时伴有音频收听功能），画面与设施同步关联，因而届时所有生活设施都将不再需要专门的实体显示屏。该设备终生与用户一切个人信息相关联，包括身份信息、消费金融、信用记录、学习与工作、治安犯罪记录等，一旦离开该设备，现实生活在个人面前将变得一派寂静、空无一物。

基于上述世界观和点子构思，请写出一段描绘小说主要人物日常生活体验的片段，字数500—800字。

点拨 题目中的世界观设定是十分常见的赛博朋克式世界观，因此在写作时需要格外留意文字的创新。由于是片段练习，所以不需考虑整体故事情节，只需着力展现人物在这种虚实难辨的网络生活中所产生的感受即可。

提醒几点。首先，本文的主要人物应是这种网络生活的体验者，因而将他们设计为普通的城市居民是较好的选择，尤其要注意人物设计的代入感，最好设计为学生、青年人，文中的场景也最好与我们的日常生活场所靠近。其次，这段文字的主要目的在于展示一种生活体验，令读者更好地领略世界观的魅力，所以人物的感性体验尤为重要，必须着力描绘人物的所见所闻，充分利用视觉、听觉、触觉等多种感官，这就要求我们的知觉必须敏锐和感性，必须精心选择词汇和修辞技法，想方设法让读者产生身临其境之感。再次，赛博朋克风格小说的一大特点是，它们往往皆是一场“情感的盛宴”，人物的快乐、悲伤、空虚、迷惘、寂寞等主观情绪是刻画重点，所以在构思时选择合适的叙事视角尤为关键，究竟是采用更细腻、更情绪化的第一人称，还是采用更理性、更具反思性的第三人称，都应在构思之初就确定下来。最后，细腻的情思一定要通过极富个性的语言来呈现，只有风格新奇的文字才能吸引读者走进幻想世界，利用散文化、诗意的字句增加文字的情趣，引入诗句和歌词，使用广告语、新闻腔、翻译腔等特定风格文字进行拼贴，这些手段都有助于让我们的作品尽快脱离“作文腔”，逐渐变得富有艺术气息。

3 2021年，“祝融号”探测器顺利登陆火星，随着中国火星探测计划的稳步实施，火星移民的广阔未来正在向我们中国人走来。请以《火星，我的故乡》为题写一篇科幻小说，字数不超过2000字。

点拨 本题虽属命题作文，但要注意题目中的隐含要求。首先，题干中多处强调“中国人”的概念，这对文章提出了要求：主要人物须是中国人，且太空探索的技术背景须有中国要素。其次，题目中的“我的故乡”，意味着文中主要人物须在火星生活过，并且当时火星移民早已成功实现，因而火星才能够被称作“故乡”，这就对文章的时代背景提出了要求。对于故土的怀念是中华民族悠久的文化传统，在写作本文时，需要时刻留意“中华文化”的体现，譬如在人物身份、人物行事动机、人物思想感情、人物的家族设定、未来社会的文化形态、故事中的场景塑造等方面，都应融入华夏文明的文化特征。可以参考国内外一批丝绸朋克风格的科幻小说，以及电影《流浪地球》等作品，帮助创作构思。

后　记

常有朋友见到我开玩笑说：“老曹你真行，这两年带着学生又读科幻又写科幻，风生水起，居然开辟了一个新的天地！”经朋友提醒，回头一看，连自己都惊讶，科幻成了我教学探索的新领域，弄出了动静，翻开学术生涯的新篇章。

可我以前并非如此。像许许多多语文同行一样，我习惯站在传统语文的立场上，对科幻既不关注也无兴趣。那些博大精深的纯文学作品我还读不完，哪有工夫读科幻？在我眼里，科幻作品意味着幼稚、休闲和边缘，嘴上不说，但心里是羞于读科幻谈科幻的。后来，我在学校组建了经典夜读小组，带领学生读书，发现一个问题：学生读书，一条腿粗一条腿细，人文类阅读这条腿粗，读得多，科学类阅读这条腿细（甚至是跛足），基本不读。而一个未来的公民，仅仅读一点文学类、人文类的东西是远远不够的，他们还需要科学类的阅读，需要科普阅读和科幻阅读，需要人文和科学的跨界阅读与创造。发现了不足，在科普科幻界朋友的启发和鼓励下，我便从科普和科幻两个阅读方向调整充实，着手建设科学阅读课程。我们成立了星航科幻社，开展丰富多样的科幻活动，让孩子们有了精神之家；开发了“科幻作品阅读和写作”这门校本选修课，让科幻读写扎根课堂；带领学生编印了全国第一本中学生科幻杂志《朝闻道》，发表学生的科幻原创作品，提供成长的平台和空间；邀请科幻作家学者进校园给学生开设讲座，举办科幻夜读沙龙，聚集人气，掀起高潮……。让读书具有了时代气息，也让校园读书文化有了新的内涵。

我发现，那些理科见长的同学特别痴迷科幻作品的阅读。为什么会这样？我在《朝闻道》第一期的卷首语中说：在当下分数就是王道的应试重压之下，人们把那些与考试无关的书统统称为“闲书”，而崇尚实际功利的传统心理，更把科幻当作“闲书中的闲书”，因此，我们喜爱科幻阅读，便有了不认同现实并隐隐地与之对抗的意味，希望去追求一种创造的青春、奋斗的人生。而科幻文学具有的先锋、青春、批判的气质，天然地与睁大眼睛打量世界正在成长的我们具有契合同构关系，它就是我们青春的标记，是我们看待人生、看待世界的一种眼光，凭着这个接头暗号，我们聚集在一起，寻找我们未来生活的无限可能。表面上看，科幻作品吸引我们的是它粗粝的科幻美感和匪夷所思的惊奇感，实际内核是让我们的视野和心胸得到无限拓展的想象力和好奇心。通过想象，科幻虚构现实生活中不存在的事物，描绘超现实的奇观，让我们在星际航行中看到人类大航海时代的图景，看见文明像蒲公英的种子在宇宙中播撒……

喜欢是一回事，真正成为一个擅长读写的科幻少年则是另外一回事。我们近几年每年都组织学生参加全国科普科幻作文大赛，让人尴尬的是，往往报名的人多，最后交稿的人少。为什么会出现这种情况？学生有热情想参与，但苦于不会写科幻作文，不了解科幻作文的基本特点和写作要领，写出来的东西往往缺少科幻味。而多数老师，也缺少这方面的知识和能力，无法有效指导，遇到学生求助常常是两手一摊：我也不懂，你叫某某老师帮你看一看吧。在辅导学生写作的过程中，我了解了他们科幻写作的痛点所在，积累了指导科幻写作的知识和技能，想法也变得越来越清晰：最能实现科幻教育价值的是让学生写一写科幻作文，从不会写到能写一写其实就是领会科幻特点的过程；即使成不了科幻作家，这样的写作经历也是一笔难得的财富，可以帮助他们成为一个优秀的科幻读者。

就像看了别人的优秀作品却还是写不出来一样，学生也不可能通过科幻作品的阅读自然习得科幻写作的技能，他们需要像作文写作一样，通过科幻写作训练来入门。于是，我便萌生了写一本科幻写作指导书的想法。2020年年底，在教育科学出版社代周阳编辑的鼓励下，我约请了一批志同道合的探索者，组建了写作团队。团队中既有科幻作家，也有热心探索科幻教育的中学老师。我们反复研讨，形成本书的体例，构建了一个科幻写作的课程。编写这本书最大的困难在于，可供参考借鉴的成果比较匮乏，市面上不多的几种书，或是从国外引进的，或是为培养科幻作家服务的，还有的是学生习作汇编，总之，都不大适合学生使用。我们依据科幻写作的一般特点，萃取其中必不可少的写作元素，如科幻点子的设定、世界观的构建、故事的构思、情节的安排、冲突的展开、对话的运用、细节的描写、点子与故事的融合等，依次归纳为“写前构思”“写作技法”“难点突破”三个方面，分为十五节课。每一节课中又依据中学现有的写作教学的成功经验，分为“写作要点”“名作赏读”“习作研讨”“练笔进阶”四个板块，形成一个由低到高、由知到行的训练程序。这样纵横交错，把看似复杂而神秘的科幻写作过程变成一个写作的知识清单，转化成帮助学生一步步看得见摸得着进步的过程，形成了我们科幻写作的课程体系。

本书是编写团队集体创造的结晶，感谢我们团队的每一个人为这本书付出的心血、做出的贡献！本书的写作过程中，科幻作家墨熊和汪彦中做出了很大的贡献，撰写了本书多数章节。两个人都是优秀的科幻作家，关心中学科幻教育，常被我拉到学校给学生开科幻讲座，开科幻工作坊，指导学生科幻写作。他们把自己的科幻专业写作的职业经验和智慧贡献了出来，保证并提升了这本书的专业水平和质量，在此，我向他们表示感谢！

特别要说明的是，本书“名作赏读”精选了15篇中外科幻大家的名作片段，其中绝大多数的作品得到了刘慈欣、王晋康、韩松、何夕等科幻大家和郑文光先生亲属的授权，得到译林出版社等出版单位的支持，在此表达真诚的感谢。但也有个别选文的作者，一直没有联系上，这几位作者看到书后盼及时联系我们，同时也希望得到朋友们的支持和谅解。

在今天，我们语文教学需要一种跨界的品格，而我更需要跳出职业生涯中缓存的自满和倦怠，推动自己教学探索的转型。几年来，我不仅在阅读上不断跨界，在学术生活中也力争跨界，跳出舒适区，“跨”字当头，“融”在其中，焕发学术青春。因为机缘，我认识了一批国内科普科幻界的朋友，加入科普科幻协会，开设公开课，撰写论文，参加有关学术会议和活动，和许多业内大咖成为朋友，了解了科幻共同体的价值追求、学术成果、探索前沿、思维方式等，具备了和他们对话的能力。这些朋友大多具有理性、开阔、自由、跨界和乐观面对未来的特点，让我受到感染，有一种星辰大海的敞亮感。我愿意向他们学习，在科幻和语文这两个学术共同体之间架起桥梁，把科幻界优秀的东西引入语文教学界，让语文教学有新的突破和局面。

少年时，我也曾是一个无线电爱好者，喜欢动手，整天摆弄电烙铁和电路图，从矿石机到8管超外差收音机都玩过。那时家住在安徽的一个小县城，离南京不远，常常搭便车到南京新街口“摊贩市场”，用口袋里仅有的几块钱买5毛钱一把的二手无线电零件，然后沉醉在满是松香气味的无线电爱好者的梦幻之中……。只是后来迷上了文学，大学毕业做了语文老师，长期的教学生活，把自己封闭在语文圈子里，忘了曾经的梦想……。忽如一夜春风来，少年时埋下的种子，在这块新开辟的处女地上，竟然悄然萌芽，绿叶纷披，日夜歌唱。感谢我与科幻作品的相遇，感谢科幻教育给我带来的变化。它给了我一种面向未来的品质，让我面对不确定的未来时不再害怕，变得自信，变得开放，克服了从前偏于传统的审美趣味和相对保守的学习态度，重新变得年轻，不断生长，充满力量。我愿意把自己这种学习态度的转变以及由此而获得的专业成长的满足，传递给所有的语文同行和朋友，和大家一起进步。

曹勇军
2021年9月20日
于玄武湖畔

出 版 人　李　东
责任编辑　代周阳
版式设计　锋尚设计　孙欢欢
责任校对　翁婷婷
责任印制　叶小峰

图书在版编目（CIP）数据

科幻写作十五课 / 曹勇军主编；墨熊等编写. —北京：教育科学出版社，2022.1（2024.3重印）
ISBN 978-7-5191-2737-4

Ⅰ. ①科…　Ⅱ. ①曹…②墨…　Ⅲ. ①幻想小说—小说创作　Ⅳ. ①I054

中国版本图书馆 CIP 数据核字（2021）第 220551 号

科幻写作十五课
KEHUAN XIEZUO SHIWU KE

出版发行	教育科学出版社		
社　　址	北京·朝阳区安慧北里安园甲 9 号	**邮　　编**	100101
总编室电话	010-64981290	**编辑部电话**	010-64989422
出版部电话	010-64989487	**市场部电话**	010-64989009
传　　真	010-64891796	**网　　址**	http://www.esph.com.cn
经　　销	各地新华书店		
制　　作	北京锋尚制版有限公司		
印　　刷	中煤（北京）印务有限公司		
开　　本	720 毫米 ×1020 毫米　1/16	**版　　次**	2022 年 1 月第 1 版
印　　张	19.25	**印　　次**	2024 年 3 月第 2 次印刷
字　　数	241 千	**定　　价**	68.00 元